# 論說戲曲

曾永義 著

# 不是序的序

永義治戲曲已經有三十幾年的歲月了，他接下了因百師與清徽師的棒子，孜孜不倦，爲傳統戲曲的研究與發揚，眞可以說是不遺餘力的了。

多年來，他所指導的學生，無論是本國人或外國人，已經逐漸在學術界嶄露頭角，眞正是站在他的肩膀上而「爬得更高」了；多年來，經他鼓勵、指導、甚或直接參預引領的民間戲曲團體，無論是布袋戲班、歌仔戲團、南管樂府以至個別的藝師，都因而受到政府與民衆的重視、肯定，開拓了一片美好的發揮空間而欣欣向榮。永義又經常不辭辛勞率領各類民間戲曲團隊，漂洋越嶺，遠赴美加、歐、亞、非、澳洲巡迴演出，眞正把傳統文化的精髓展現在國際友人眼前；近幾年，永義積極倡導精緻歌仔戲與中國現代歌劇，並致力於兩岸戲曲學術與戲曲藝術的交流，一樣獲得極大的回應，並有豐碩的成果。

因此，他的學生，固然對他禮敬有加，民間戲曲工作者對他的信仰，在永義爲他雙親金囍大慶所舉行的宴會上，鑼鼓喧天、諸戲並陳的盛大場面便可以看出大概了，而大陸戲曲學術界的知名教授與各劇種戲團的大牌名角，來到臺北，莫不以一瞻丰采爲無上之喜悅與榮耀。

永義便有這種魅力，而這一魅力是由他在學術研究上的卓越成就與爲人處世的眞情眞性、無私無怨而自然形成的！

永義的《論說戲曲》出版在即，因論說此「人或知之」而「未必知其所以然」者，以分享永義之愉快，非敢以之爲書序也！是爲序！

黃啟方寫於丙子年歲除前一日

# 自序

民國六十五年九月聯經出版事業公司爲我出版《說戲曲》一書，收入《文化叢刊》之中。二十年來，拙著雖經數版而存書已售罄，叢刊亦早不再發行，於是《說戲曲》一書竟成絕版，學生與同道欲作參考，頗爲不便。

《說戲曲》收錄論文十篇，其中〈評騭中國古典戲劇的態度與方法〉一篇，已作爲拙著《中國古典戲劇的認識與欣賞》（正中書局民國八十年出版）一書中的一章；〈元代的文論、詩論和詞曲論〉一篇，原是拙編《元代文學批評資料彙編》（成文出版社民國六十七年出版）一書中的〈緒論〉；〈影響詩詞曲節奏的要素〉一篇，經改寫後易題爲〈中國詩歌的語言旋律〉，已收入拙著《詩歌與戲曲》（聯經民國七十七年出版）一書。另兩篇〈太和正音譜的曲詞〉和〈王驥德曲學述評〉，時賢後進，包括我的學生李惠綿的碩士論文，其所論所述，已超過我的見解，可以

〈雜劇中鬼神世界的意識形態〉、〈元雜劇分析的問題〉、〈《太和正音譜》的作者問題〉，以及〈元代的文論、詩論和詞曲論〉中的〈詞曲論〉部分，覺得皆尚有供學者參考的價值，所以敝帚自珍的想要把它們保留下來；乃將此六篇與近三年所寫的八篇論文結集爲一書，凡二十萬言，而爲了《說戲曲》一書的「往日情懷」，本書因署名作《論說戲曲》。

《論說戲曲》新收的八篇論文，除〈兩岸傳統戲曲交流之現況與展望〉和〈天下第一團南方片〉二篇外，有五篇在國際學術會議，有一篇在兩岸學術會議上發表。其中〈論說「拗折天下人嗓子」〉和〈論說「五花爨弄」〉二文，還蒙國家科學發展委員會分別評爲八十二年度與八十四年度的傑出著作，雖愧不敢當，亦應謹此誌謝。

個人在中國戲曲方面的研究不覺已三十二年，在鄭騫（因百）、張敬（清徽）兩位老師的教誨之下，總希望略有寸進，以博老師欣喜，而因百師於民國八十年辭世，清徽師亦於近日仙去，使我頓感學術失去憑依，悼念之情與惆悵之懷，實難付諸筆墨。雖然，仔細深思，謹記老師的教言，發揚老師的學術，完成老師的期望，似更能告慰老師在天之靈。爲此也使我想到：持續的在戲曲的領域之中創發一己之得和終於能寫成一部別開生面和見解的中國戲曲史，應當是我努力的目標吧！

曾永義 序於台大長興街宿舍
民國八十六年元月廿八日

# 目次


不是序的序……㈠
自序……㈢
戲劇的虛與實……一
男扮女妝與女扮男妝……九
雜劇中鬼神世界的意識形態……二三
元雜劇分折的問題……四七
《太和正音譜》的作者問題……五一
元代的詞曲論……七一
明代帝王與戲曲……八五

關漢卿研究及其展望……一一三
論說「拗折天下人嗓子」……一六一
論說「五花爨弄」……一九九
論說「戲曲劇種」……二三九
兩岸傳統戲曲交流之現況與展望……二八七
天下第一團南方片……三〇五
台灣歌仔戲之近況及其因應之道……三一五

# 戲劇的虛與實

國內三家電視台經常改編歷史故事爲連續劇，其諸多違背史實，弄得非驢非馬，頗受各界的批評。戲劇違背史實，甚至將奸作忠，將善爲惡，雖不是「於今爲烈」，但可以說「自古已然」。譬如徐渭《南詞叙錄》於所載宋元舊篇〈趙貞女蔡二郎〉一劇下注云：

即舊（疑爲蔡之誤）伯喈棄親背婦，爲暴雷震死。里俗妄作也，實爲戲文之首。

伯喈就是東漢末年文史學家蔡邕的別字。根據舊戲文，則蔡邕是個不孝不義的人，他的下場是被「暴雷震死」。蔡邕地下有知，必然「暴跳如雷」。陸放翁〈捨舟步歸四絕〉之一云：

斜陽古柳趙家莊，負鼓盲翁正作場；死後是非誰管得，滿村聽說蔡中郎。

可見放翁對於伯喈死後千古，竟然被俗子的無端誣衊，深致嘆息。後來高則誠改作《琵琶記》，特爲標目「全忠全孝」，用意蓋「一洗伯喈之冤」；但其本事仍舊與史不符。舉此以例其餘，誠如王伯良在其《曲律雜論》中所說的「古戲不論事實，亦不論理之有無可否。」因爲他們選取運用戲劇題材的方法是「於古人事多損益緣飾爲之」，只是「尙存梗概」而已。王伯良，這位明代最偉大的劇論家，認爲戲劇的本事應當「就實」，不應當「脫空杜撰」。所以他對當時「揑造無影響之事以欺婦人、小兒」的劇作，斥爲必是「優人及里巷小人所爲」，因爲那是「大雅之士」所「不屑爲」的。他這種觀點是否正確，另當別論；而他對於戲劇的本事已經提出「就實」的「實」和「脫空杜撰」的「虛」。

所謂「實」，並非指事實或史實而言，王氏以爲只要戲劇本事出於「史傳雜說」的，就算「實」，否則就算「虛」。筆者以爲：所謂「虛」，除了「脫空杜撰」者外，應當還包括對於「史傳雜說略施丹堊」的「點染」。如果戲劇的本事以此爲「虛」、「實」，那麼我國古典戲劇的作者，其運用虛實的方式，約有四種，即：以實作實，以實作虛；以虛作實，以虛作虛。

①以實作實：就是戲劇根據史傳雜說改編，其關目情節、人物性情很忠實的依照原本敷演，幾不加點染。這類劇作雖然敷演容易，但不流於板滯者幾稀。例如明代劉兌《嬌紅記》雜劇係根據元人宋海洞《嬌紅傳》敷演而成，除了將悲劇改作喜劇，令金童玉女下凡的男女主角婚配團圓、回歸仙界外，幾乎依樣畫葫蘆的把《嬌紅傳》所有的情節完全搬進去，甚至連小說中許許多多的詩詞也不肯捨棄。因之不但關目煩冗蕪雜，即排場亦平板無生氣；無論場上案頭，都教人困頓欲眠。傳奇如陸采《明珠記》根據薛調《無雙傳》，梁辰魚《浣沙記》根據趙曄《吳越春

秋》，都不免「手段庸劣，斷非佳作」之譏。

②以實作虛：就是戲劇雖根據史傳雜說改編，但其關目情節有所剪裁和點染、人物性情有所刻畫和誇張，由此而寄寓著作者所要表現的思想和旨趣。這一類作品在所謂「文人劇」中最多。因爲一方面有所憑藉，一方面又可以酌意抒寫，所以易於結撰和發揮才情；也因此評價高的戲劇文學作品，往往見於此類。例如元人關漢卿《竇娥冤》雜劇乃是憑藉鄒衍《六月飛霜》和《東海孝婦》的故實，從而表現元代政治的黑暗、社會的混亂，以及人民呼天搶地的痛苦呼號；清初雜劇如吳偉業《臨春閣》、《通天臺》，王夫之《龍舟會》，陸世廉《西臺記》，土室遺民《鯁詩讖》；傳奇如吳偉業《秣陵春》，洪昇《長生殿》，孔尚任《桃花扇》；莫不假藉史傳雜說，以寄寓麥秀黍離之思。他們或指桑罵槐、批評人物，或發抒感嘆，以資勸懲，所以每多絃外之音。

③以虛作實：就是戲劇是脫空杜撰的，但其內容和思想卻能夠表達人們的共同心靈和願望。此類劇作，長處在不受拘礙，可以自由抒發，馳騁才情；短處則在托空無所，耗時費力，如非資質俊拔、涵養功深的作家，很少不流於矯揉造作。例如湯顯祖《牡丹亭》傳奇，純出機杼獨運，刻畫少女幽微的心理，歌頌人世間死生不渝的至情；加以文詞優美，意境佳妙，所以感動了許多讀者，成爲千古的名著。可是劉清韻的《天風引》雜劇，寫馬俊行商，舟遭颶風，天妃娘娘護持，吹送至羅剎國，爲該國執戟郎知遇，延爲上賓，並代製假面具，使同其國人之臉面，以便交通該國貴人。後馬受同官排擠，乃辭官，棄面具，感慨道：「想我生於文明之世，禮義之邦，視

掇巍科如拾芥，躡高位如探囊。那知一經飄泊殊方，不特才華沒用，連面目亦不得守其常。」此劇純出虛構，作者的用意很明顯，旨在諷刺滿清末年那些沒有民族氣節的洋奴；但因爲才華短絀，處處顯得捉襟見肘，感人之力，自然不深。

④以虛作虛：就是戲劇是脫空杜撰的，所要表現的也只是作者個人的空中樓閣。此類劇作未能植根於故實和群衆，所以如果不是成了曲高和寡的絕世之作，便是成爲荒謬絕倫的下駟之品。例如明寧獻王朱權的《獨步大羅》雜劇，記呂純陽、張紫陽二仙奉東華帝君命，至匡阜南蠡西點化沖漠子。先鎖住心猿意馬，次去酒色財氣，再逐去三尸之蟲，更與一丹藥服之，教以養嬰兒姹女之理，又於渡頭點化之，然後同入大羅天，引見東華帝君諸仙。劇中的沖漠子，其實就是朱權晚年的自我寫照，而那些成仙了道的方法，也不過是他個人執迷的一派胡言而已。又如鄒兌金的《空堂話》雜劇，寫的是自言自語，內容無非是放志清虛，不問世事。其兄式金眉批云：「叔弟深入禪，即此文從妙悟中流出，筆墨俱化。」儘管其「逸氣高清，藻思雅韻」，最多只是案頭清供而已。

以上四類，就我國古典戲劇來說，自然以「以實作虛」者爲絕大多數，其他三類都屬少數。這和我國戲劇是以歌舞樂爲美學基礎，以及戲劇的目的在於教化和娛樂有很密切的關係。因爲戲劇本事有所憑藉，作者便可專注於文辭的修飾和排場的美化，同時也可以在思想情感上多所發抒，強化主題。倘若以虛作虛必然空泛無根，以實作實又嫌拘礙太甚，以虛作實又非人人爲關漢卿、湯顯祖；所以「以實作虛」，不失爲戲劇之道。

至於虛實之用，用實當以不扭曲其面目爲原則。就史實來說，不必如清周樂清《補天石》雜劇，有意替古人補恨，於是其〈宴金臺〉：燕太子丹終於滅亡暴秦；〈定中原〉：諸葛亮滅吳魏，蜀漢統一天下；〈河梁歸〉：李陵得自匈奴歸漢，遂滅匈奴；〈琵琶語〉：王昭君得自匈奴再歸漢宮；〈紉蘭佩〉：投汨羅而死的屈原，又回生爲楚王所重用；〈紞如鼓〉：晉鄧伯道失子復得團圓；〈碎金牌〉：秦檜伏誅，岳飛滅金立功；〈波弋樂〉：魏荀奉倩之妻不死，終得夫妻偕老。像這樣的「補恨」，或可稱一時快意，但情趣不免低俗。就人物來說，赤壁之戰時的諸葛孔明不過二十八歲，就不必硬教他帶「三髭髯」、穿道袍，使他顯得「仙風道骨」；因爲他其實是重法尚儒的政治家。我國古典戲劇雖然不講求名物制度、地理官爵，有時胡天胡帝，荒唐可笑，譬如元曲選本的馬致遠《漢宮秋》，可以教王昭君投入黑龍江而死；但是那是時代頹廢思想的感染，人們是可以視若無睹的。而若在科學昌明、民智發達的今日如法炮製，觀衆必然如芒刺在背，認爲大受愚弄而憤然不平。所以用實之道也應當顧及時代背景。至於用虛，當以循其實而予以剪裁、點染、誇張、強化爲是。戲劇成就高下的關鍵，就是在於能否善用其虛。譬如楊潮觀《吟風閣短劇三十二種》，除了要「借丹青舊劇，偶加渲染」，以「自家陶寫性中天」外，更重要的是要從「兒女淚、英雄血」中見出「百年事、千秋筆」，以「暮鼓晨鐘」來震撼世道人心。也因此其三十二劇，篇篇自然妥貼而臻奇妙，偉然自成風格。

總上所論，戲劇虛實之道，當循其實而善用其虛；斤斤於實，固然有傷引人入勝、騰挪變化之姿；去實太遠，亦必教人坐立不安、無從領受。而虛之爲用，乃在明淨其實、強化其實，並非肆意胡天胡帝。今日的電視歷史連續劇，倘能選擇富於開展、光明的故實敷演，而善用其虛實，則庶幾可以免於公衆之譏了。

## 附記

寫完此文，猛然憶及笠翁劇論有〈審虛實〉一節，其全文如下：

傳奇所用之事，或古、或今，有虛、有實，隨人拈取。古者，書籍所載，古人現成之事也；今者，耳目傳聞，當時僅見之事也；實者就事敷陳，不假造作，有根有據之謂也；虛者，空中樓閣，隨意構成，無影無形之謂也。人謂：「古事多實，近事多虛。」予曰：「不然。傳奇無實，大半皆寓言耳。欲勸人爲孝，則舉一孝子出名，但有一行可紀，則不必盡有其事，凡屬孝親所應有者，悉取而加之，亦猶紂之不善不如是之甚也。一居下流，天下之惡皆歸焉。其餘表忠、表節，與種種勸人爲善之劇，率同於此。若謂古事皆實，則《西廂》、《琵琶》，推爲曲中之祖；鶯鶯果嫁君瑞乎？蔡邕之餓莩其親，五娘之幹蠱其夫，見於何書？果有實據乎？孟子云：『盡信書不如無書。』蓋指〈武成〉而言也。經史且然，矧雜劇乎？凡閱傳奇而必考其事從何來，人居何地者，皆說夢之癡，人可以不答者也。然作者秉筆，又不宜盡作是觀。若紀目前之事，無所考究，則非特事跡可以幻生，並其人之姓名，亦可以憑空捏造，是謂虛則虛到底也。若用往事爲題，以一古人出名，則滿場腳色，皆用古人，捏一姓名不得；其人所行之事，又必本於載籍，班班可考，創一事實不得。非用古人姓字爲難，使與滿場腳色同時共事之爲難也；非查古人事實爲難，使與本等情由貫串合一之爲難也。予既謂『傳奇無實，大半寓言』，何以又云『姓名事實，必須有本』？要知古人塡古事易，今人塡古事難。古人塡古事，猶之今人塡今事，非其不慮人，考無可考也；傳至於今，則其人其事，觀者爛熟於胸中，欺之不得，罔之不能，所以必求可據，是謂實則實到底也。若用一二古人作主，因無陪客，幻設姓名以代之，則虛不似虛，實不成實，詞家之醜態也。切忌犯之。」

可見笠翁所謂的「實」是指「事實」而言，所謂的「虛」是指「虛構」而言。虛實的觀念和筆者已經有所出入，不過他說「傳奇無實，大半皆寓言耳」，卻和筆者所謂的「以實作虛」、「以虛作實」相近。至於他所主張的「虛則全虛，實則全實」，雖純粹就觀衆的心理而論，但事實上恐非戲劇運用虛實之道。

（原載《中外文學》第五卷第四期）

# 男扮女妝與女扮男妝

「妝扮」是戲劇的要素之一。我國自從優孟爲孫叔敖衣冠，巫覡爲《九歌》中的神靈以來，已啓戲劇妝扮的先聲。戲劇的妝扮，演員的性別和所飾演的人物，不必求其一致；也就是男可以扮女妝，女可以扮男妝；這是人所共知的事實。但若考其源起，觀其時代風氣，那麼對於我國古典戲劇的了解，必然有所助益。

## 一　男扮女妝

戲劇的演員稱作優伶，男優與女優，究竟孰先孰後，已經很難考察。《禮記·樂記》有一段魏文侯和子夏討論音樂的對話，子夏說：

今夫新樂進俯退俯，姦聲以濫，溺而不止；及優侏儒，獶雜子女，不知父子。樂終不可以語，不可以道古；此新樂之發也。

注云：

獶，獮猴也。言舞者如獮猴也，亂男女之尊卑。獶或作優。

可見「優侏儒，獶雜子女」是「新樂」較之「古樂」的特色之一。我國戲劇的音樂必擺脫穿上道德外衣的「雅樂」，即此已可見其端倪；同時也可以看出男優、女優的起源都相當早。但若以史傳所記載的優施、優孟、優旃看來，則先秦的男優似乎較女優爲活躍。

焦循《劇說》卷一引楊用修之語云：

《漢·郊祀志》優人爲假飾伎女，蓋後世裝旦之始也；然未必如後世雜劇、戲文之爲，緣其時郊祀皆奏樂章，未有歌曲耳。

遍查《漢書·郊祀志》，成帝時，匡衡但云「紫壇有文章采鏤之飾及玉、女樂。」並無優人爲假飾伎女之事，楊用修蓋一時誤記，或別有所據。若楊氏之語可信，則男扮女妝已始於漢代。《魏書·齊王芳紀》裴注引司馬師廢帝奏云：

（帝）日延小優郭懷、袁信等，於建始芙蓉殿前裸袒遊戲，使與保林女尚等爲亂，親將後宮瞻觀。又於廣望觀上，使懷、信等於觀下作「遼東妖婦」，嬉褻過度，道路行人掩目，帝於觀上以爲讌笑。

郭懷、袁信既作「遼東妖婦」，則爲男扮女妝無疑。崔令欽《教坊記》云：

> 踏謠娘：北齊有人姓蘇，鮑鼻。實不仕，而自號爲「郎中」。嗜飲，酗酒；每醉，輒毆其妻。妻銜怨，訴於鄰里。時人弄之：丈夫著婦人衣，徐步入場行歌。每一疊，旁人齊聲和之，云：「踏謠，和來！踏謠娘苦！和來！」以其且步且歌，故謂之「踏謠」；以其稱冤，故言「苦」。及其夫至，則作毆鬭之狀，以爲笑樂。今則婦人爲之，遂不呼「郎中」，但云「阿叔子」；調弄又加典庫，全失舊旨。或呼爲談容娘。又非。

《舊唐書·音樂志》、段安節《樂府雜錄》、劉賓客《嘉話錄》及《太平御覽》，均作「踏搖娘」，惟宋樂史《太眞外傳》與《教坊記》同，作「踏謠娘」。此劇初時由「丈夫著婦人衣」搬演，則爲男扮女妝，再由其且步且歌及稱冤如《御覽》所謂「乃自歌爲怨苦之辭」看來，顯然已是合歌舞用代言體演故事的戲劇，不止曲白兼備，而且隱然有旦、淨、衆等角色。又《隋書·音樂志》云：

> （北周）宣帝即位，而廣召雜伎，……好令城市少年有容貌者，婦人服而歌舞。

又云：

> 大業二年，突厥染干來朝，煬帝欲誇之，總追四方散樂，大集東都。……伎人皆衣錦繡繒綵，其歌舞者多爲婦人服，鳴環佩，飾以花毦者，殆三萬人。

又《樂府雜錄·俳優》條云：

武宗朝，有曹叔度、劉泉水，鹹淡最妙；咸通以來，即有范傳康、上官唐卿、呂敬遷等三人弄假婦人；大中以來，有孫乾、劉璃缾。近有郭外春、孫有熊。

又唐無名氏《玉泉子眞錄》云：

崔公鉉之在淮南，嘗俾樂工習其家僮以諸戲。……鉉命閱於堂下，與妻李氏坐觀之。僮以李氏妬忌，即以數僮衣婦人衣，曰妻曰妾，列於旁側，一僮則執簡束帶，旋辟吐諾其間，張樂命酒笑語，不能無屬意者。李氏未之悟也。

以上四段材料，或謂「婦人服」，或謂「弄假婦人」，或謂「衣婦人衣」都可見係男扮女妝。前二者屬歌舞，後二者屬戲劇。時代則北周以迄隋唐。《玉泉子眞錄》云「以數僮衣婦人衣」，則後世變童妝旦，已見於此。

周密《武林舊事》卷四〈雜劇三甲〉所紀「劉景長一甲八人」中有「裝旦孫子貴」一人。根據耐得翁《都城紀勝·瓦舍衆伎》條、陶宗儀《輟耕錄》卷二十五〈院本名目〉條，宋雜劇、金院本每一甲通常五人，「裝旦」或「裝孤」乃臨時加入，非屬正色。而由「裝旦孫子貴」看來，則爲男扮女妝無疑。《永樂大典戲文三種·張協狀元》一劇有云：

（旦）奴家是婦人。（淨）婦人如何不扎腳？（末）你須看他上面。

此劇錢南揚《宋元南戲百一錄》考訂爲南宋時九山書會所編，可見南宋戲文和宋雜劇一樣，都有男性扮演旦角。

元雜劇似乎沒有男扮女裝的記載，明代則由於左都御史顧佐在宣德三年奏禁歌妓（見沈德符《野獲編‧補遺》卷三〈禁歌妓〉條、崔銑《後渠雜識》），於是席間用變童「小唱」及演劇用變童「粧旦」，便應運而生。《野獲編》卷二十四〈小唱〉條云：

> 習尚成俗，如京中小唱，閩中契弟之外，則得志士人致孌童爲廝役，鍾情年少狎麗豎若友昆，盛於江南。

又卷二十五〈戲旦〉條云：

> 自北劇興，名男爲正末，女曰旦兒。……所謂旦，乃司樂之總名，以故金、元相傳，遂命歌妓領之，因以作雜劇。流傳至今，旦皆以娼女充之，無則以優之少者假扮，漸遠而失其眞耳。

可見劇中的旦角，明代有以「優之少者假扮」的情形。沈璟《博笑記》第十五齣至第十七齣三齣演「諸蕩子計賺金錢」，簡題作「假婦人」，其第十六齣有一段曲文：

> 〔北仙呂寄生草〕（小旦）我記得殺狗和白兔，（衆）孫華與咬臍郎。（小旦）荊釵拜月亭，（衆）都好。（小旦）伯喈蘇武和金印，（衆）妙。（小旦）雙忠八義分邪正，（衆）是了。（小旦）尋爹尋母皆獨行，（淨）尋爹的是周瑞龍，（二丑）尋娘的是黃覺經。（小旦）精忠岳氏孝休征，（衆）精忠記是岳傳。（小旦笑白）休征是誰呢？（小丑）修經麼是我爛熟的。（小旦）又來打諢。（小丑）這是花臉的本等。（淨丑）這個想

不起。（小旦）王祥，表字休征，（衆）是了，臥冰記，再呢？（小旦）還記得綵樓躍鯉和孫臏。（衆）都是妙的，卻怎麼沒有新戲文呢？（小旦）新戲文好的雖多，都容易串，我只在戲房裏看一出，就上一出，數不得許多。（衆）博笑記到有趣。（小旦）還不曾見。（丑）你也遲貨寶器了。（小旦）啐！（淨小丑）你方才數的都是南戲，怎倒把北曲唱他？（丑）你每說差了，他雖是男，如今要他去扮女，正該北曲。

「他雖是男，如今要他去扮女，正該北曲。」可見劇中的「小旦」是男扮女妝的。近人葉氏引用這段文字，因而推測元人的北曲雜劇，係由女性演唱。按元無名氏《藍采和》雜劇開場正末賓白云：

小可人姓許名堅，樂名藍采和，渾家是喜千金，所生一子是小采和，媳婦兒藍山景，姑舅兄弟是王把色，兩姨兄弟是李簿頭。俺在這梁園內作場。

此劇將藍采和寫成一個作場的優伶，他是這個家庭劇團的首領人，自居末尼色，獨唱全劇；則元雜劇似乎未必純由女性演唱。但元雜劇由女性主演，則是不爭的事實，詳下文。

明代以孌童妝旦的風氣，到了清代更爲盛行，甚至於在同光之前，女性戲子一再爲政府所禁止。《欽定吏部處分則例》卷四十五〈刑雜犯〉「嚴禁秧歌婦女及女戲遊唱」云：

民間婦女中有一等秧歌腳墮民婆及土妓流娼女戲遊唱之人，無論在京在外，該地方官務盡驅回籍。若有不肖之徒，將此等婦女容留在家者，有職人員革職，照律擬罪。其平時失察，窩留此等婦女之地方官，照買良爲娼，不行查拏例，罰俸一年。

又清孫丹書《定例成案合鈔》卷二十五〈犯姦〉有云：

雖禁止女戲，今戲女有坐車進城遊唱者，名雖戲女，乃於妓女相同，不肖官員人等迷戀，以致罄其產業，亦未可定，應禁止進城；如違進城被獲者，照妓女進城例處分。

案孫書成於康熙五十八年。又乾隆三十九年福隆安等纂輯《中樞政考》卷十六〈癸部雜犯〉亦有「嚴禁秧歌婦女及女戲遊唱」之律。就因爲政府嚴禁女戲，所以清代演戲便不得不男扮女妝。乾隆間安樂山樵《燕蘭小譜》記述扮演花旦的優伶多人，其中如：

張蓮官：年逾弱冠，秀雅出群，蓮臉柳腰，柔情逸態，宛如吳下女郎。

鄭三官：而立之年，淫冶妖嬈，如壯妓迎歡。

羅榮官：旦中之夭桃女也。年未弱冠，何粉潘姿，不假修飾。

王慶官：年始成童，抹粉登場，浪蕩妖淫。

魏三：媚態綏綏別有姿，何郎朱粉總宜施；自來海上人爭逐，笑爾翻成一世雌。

這些演花旦的伶人，很顯然都是男扮女妝的。道光間華胥大夫《金臺殘淚記》卷三有云：

《燕蘭小譜》所記諸伶，太半西北，有齒垂三十推爲名色者，餘者弱冠上下，童子少矣。今皆蘇揚、安慶産。八九歲，其師貲其父母、券其歲月，挾至京師，教以清歌，飾以艷服，奔塵侑酒，如營市利焉。券歲未滿，豪客爲折券柝廬，則曰出師，昂其數至二三千金不等。蓋盡在成童之年矣；此後弱冠，無過問者。自乙巳至今，為日幾何，人心風俗轉變若此。

又光緒間藝蘭生《側帽餘譚》云：

雛伶本曰像姑，言其貌似好女子也，今訛為相公。……若輩向係蘇揚小民，從糧艘載至者。嗣後近畿一帶嘗苦飢旱，貧乏之家有自願鬻其子弟入樂籍者，有為老優買絕，任其攜去教導者。

即此，我們如果再參看《品花寶鑑》這部小說，那麼對於清代那些男扮女妝演旦角的優伶，其身世及生涯，便會有很清楚的認識。而民國以來，梅蘭芳、程艷秋、尚小雲、荀慧生，號稱海內四大名旦，無不以男扮女，則可以說是這種風氣的沿襲。

## 二　女扮男妝

女扮男妝似乎較男扮女妝為晚。最早見於記載的是唐代的參軍戲。薛能詩有「此日楊花初似雪，女兒絃管弄參軍」之句。趙璘《因話錄》云：

肅宗宴於宮中，女優有弄假官戲，其綠衣秉簡者，謂之參軍樁。

可見唐代的參軍戲，女優也可以扮演，其扮演自然要女扮男妝。

宋代是否有女扮男妝的情形，由於資料缺乏，不得而知；而到了元代，則習焉爲常，蔚成風氣。元明間散曲作家夏庭芝所著的《青樓集》，記述元代幾個大都市的一百十餘個妓女生活的片段，這些妓女大多數是戲曲演員、曲藝演員，包括雜劇、院本、嘌唱、說話、諸宮調、南戲、舞蹈的著名藝人，其中：

珠簾秀：雜劇爲當今獨步，駕頭、花旦、軟末泥等，悉造其妙。

順時秀：雜劇爲閨怨最高，駕頭諸旦本亦得體。

南春宴：長於駕頭雜劇，亦京師之表表者。

天然秀：閨怨雜劇，爲當時第一手；花旦、駕頭，亦臻其妙。

國玉第：長於綠林雜劇，尤善談謔，得名京師。

平陽奴：精於綠林雜劇。

朱錦繡：雜劇旦末雙全。

燕山秀：旦末雙全，雜劇無比。

以上朱錦繡、燕山秀二人俱「旦末雙全」，珠簾秀則駕頭、花旦、軟末泥，可見她們既女妝扮旦，亦男妝扮末；所謂駕頭雜劇，乃指以帝王后妃爲內容者，順時秀「駕頭諸旦本亦得體」，當指扮演后妃而言，則南春宴、天然秀之「駕頭」當指扮演帝王而言，亦即爲女扮男妝。所謂綠林雜劇，乃指以綠林英雄好漢爲內容者，如元雜劇習見的水滸劇，則國玉第、平陽奴二人，亦應女扮男妝。由此也可以看出，元雜劇的演員，主要是樂戶中的妓女，因此她們既要女妝，又要男妝。近年田野考古所發現的山西洪趙縣廣勝寺明應王殿元代泰定元年（一三二四）「大行散樂忠都秀在此作場」的戲劇壁畫，其正中紅袍秉笏者，面容清秀，微髭；但兩耳墜有金環，顯然爲女性所扮飾，這應當就是帳額所題的主要演員「忠都秀」。那麼元代演劇，女扮男妝的情形，由此更得到了具體的印證。

妓女演劇，到了明代更加盛行，而樂戶又是明代的一種制度。明太祖先後興起胡黨、藍黨兩次大獄，將文武功臣一網打盡，把他們的妻女沒入教坊，充當樂戶。成祖靖難之變，也大行殺戮建文舊臣，他們的妻女也一樣被沒入教坊，充當樂戶。嘉靖時，權相嚴嵩被抄家，其子世蕃明正典刑之後，妻女也沒入大同、涇州安置，成爲當時的樂戶。可見明代樂戶的來源，有許多是罪臣的妻女。她們由教坊色長管領，並徵收稅金。她們所分布的地方遍及南北，常和當地商業繁榮有密切的關係（見謝肇淛《五雜俎》卷三、卷八）。周憲王朱有燉《復落娼》、《桃源景》、《香囊怨》諸劇俱寫樂戶的歌妓，說她們的身分是官妓，做的是「迎官員、接使客」，「應官身、喚散唱」；或是「著鹽客、迎茶客」，「坐排場、做勾欄」。她們扮演雜劇各種腳色，如劉金兒是副淨色，橘園奴是名旦色；並熟習許多雜劇，如劉盼春能夠「記得有五六十個雜劇」。徐樹丕《識小錄》云：

十餘年來，蘇城女戲盛行，必有鄉紳爲之主。蓋以娼兼優，而縉紳爲之主。充類言之，不知當名以何等，不肖者習而不察，滔滔皆是也。

又沈德符《萬曆野獲編》亦謂「甲辰年（三十二），馬四娘以生平不識金閶爲恨，因挈其家女郎十五六人來吳中，唱北西廂全本。」馬四娘是當時樂戶，她養了十五六個女郎，率領她們到蘇州演戲，過的是流浪江湖的「路歧人」生活。張岱《陶庵夢憶》也說：「南曲中妓，以串戲爲韻事，性命以之。楊元、楊能、顧眉生、李十、董白以戲名。」所謂南曲是指南京妓院，其中董白即董小宛。又潘之恆撰有《秦淮劇品》、《曲艷品》，列名其中的妓女三十餘人，各行角色皆備。最有名的人物，如陳圓圓、鄭妥娘，在當時都是很好的演員。

由以上的敘述，可見明代樂戶中的歌妓，和元代一樣，也是戲劇的主要演員。她們各行角色皆備，自然要女妝，也要男妝。雖然宣德間顧佐一疏，曾使她們稍事收斂，因而產生變童妝旦的風氣；但無論如何，她們在明代的劇壇上，仍是「扮演著重要角色」的。

清代既禁女戲，女伶自然式微。直至同光間，在上海才有女班成立。《戲劇月刊》一卷三期海上漱石生〈梨園舊事鱗爪錄〉「李丰兒首創女班」云：

（李丰兒爲北京來滬之小丑），彼時包銀甚微，所入不敷所用。因招集貧家女子年在十歲以上，十六七歲以下者，使之習戲，不論生、旦、淨、丑，由渠一人教授。未幾，得十數人，居然成一小班。遇紳商喜慶等事，使之演劇博資；無以爲名，即名之曰「毛兒戲班」。初時……角色不多，……逮後，大腳銀珠起班寶樹衚衕，謝家班繼之，林家班又乘時崛起，女班戲乃風行於時，漸至龍套齊全，配角應有盡有，能演各種文場大戲。

如此女班，遇到劇中男性人物，自然非反串不可，所以女扮男妝在女戲班中是必然的事。又羅癭公《鞠部叢譚》云：

京師向禁女伶，女伶獨盛於天津。庚子聯軍入京後，津伶乘間入都一演唱，回鑾後，復厲禁矣。入民國，俞振庭以營業不振，乃招津中女伶入京，演於文明園，……是爲女伶入京之始。其時尚男女同班合演，……（後行）男女分班，……不及兩月，完全女班成立，日益發達，男班乃大受其影響。

男女分班，則男班必然男扮女妝，女班必然女扮男妝。今日的平劇，不過是清末民初的餘緒，一切規矩習染，自然沿襲前人。所以高蕙蘭演小生、崔富芝演老生，爲女扮男妝；馬元亮演老旦，爲男扮女妝；都是淵源有自的。

## 結語

總上所述，可知戲劇的搬演，男女互爲反串，已經相當的古遠；而男扮女妝似較女扮男妝爲尤早。男扮女妝發端於漢代，成於曹魏，盛於明清；女扮男妝始見於唐代，盛於元明。有明一代介於胡元與滿清之間，故前半承胡元之習染，後半開滿清之風氣。男女互爲反串，固然有其時代背景和社會因素，但就戲劇的搬演來說，自然還是以「本色」爲佳。

（原載《中外文學》第五卷第四期）

## 附記

寫完此文，又得唐人王翰〈觀孌童爲伎之作〉一詩：

長裙錦帶還留客，廣額青娥亦效嚬。共惜不成金谷妓，虛令看殺玉車人。

由「留客」、「效嚬」觀之，當爲戲劇之搬演，而非止於歌舞的演出。再將此詩與前文所引《玉泉子眞錄》所云「以數僮衣婦人衣」並觀，則唐代顯然已有「孌童妝旦」的風氣。

# 雜劇中鬼神世界的意識形態

## 前言

我國古典戲劇的目的在娛樂和教化，爲了達到這兩個目的，除了戲劇藝術的表現之外，還有賴於戲劇所依托的故事情節。故事情節可以大別爲現實的和超現實的兩類。所謂現實的是指人世間曾經或可能發生的任何事件，所謂超現實的是指人們所幻設出來的鬼神世界而言。

戲劇主要在反映現實的人生，其所以運用超現實的鬼神世界，也無非在象徵現實、妝點現實，或嘲弄現實、彌補現實。也因此，我國古典戲劇中涉及鬼神的情節相當的多。本文就是想從我國古典戲劇中的鬼神世界，探索其所表現的意識形態，藉此以觀察其所反映的現實人生。但是我國古典戲劇浩如煙海，殊難歷覽，因此筆者乃先從數年來所閱讀的元明清雜劇中取材，以探討此問題。元雜劇現存一百六十餘種中，涉及鬼神情節的約五十餘種；明雜劇筆者所寓目的近三百種中，涉及鬼神情節的約八十餘種；清雜劇筆者所寓目的二百餘種中，涉及鬼神情節的約三十餘種；總計元明清雜劇六百六十餘種中，涉及鬼神情節的約一百六十餘種。這些數目字只是粗略的估計，仔細考察，或不止如此。以此一百六十餘種雜劇來觀察我國古典戲劇的鬼神世界，探索其所表現的意識形態，大抵可以得到具體而完備的概念。

若就所涉及的鬼神情節在劇中的運用來說，那麼有以下三種情形：一是與現實結合，如習見的鬼魂報冤劇和度脫劇。二是作爲點綴，又有點綴始末、結尾與劇中之分；前者如習見的金童玉女下凡，歷盡塵緣，再返仙界；其次往往作爲補恨，即好人死後升天；後者每用於人力既窮，神鬼的護持或破解。三是通劇敷演，表現超現實的形象，但見神仙鬼怪，雜沓上下；此類不外神怪劇或慶會劇。

若就所表現的鬼神世界，探索其蘊涵的意識形態，那麼約有以下幾種情形。

## 一　彌補現實人生的不足

現實人生固然有美滿的一面，同時也有缺陷的一面；而美滿與缺陷兩相比較，似乎缺陷比美滿永遠來得多。因爲人在美滿中往往不自覺，而一旦有所缺陷，便力求彌補；可是人力畢竟是有限的，所以在無可奈何的情況下，只好企慕出現一種超越的力量來彌補現實人生的不足，不管那是積極的體現，或是消極的補償，無非都是在希求使一個空虛落寞的心靈，獲得暫時的安慰與滿足。而這種超越的力量就是鬼神。在鬼神世界裡，可以使在人世間無法達成的深情至意獲得體現；可以使道德力量失去約束，法律制裁失去效用的混亂社會，還其公理；可以使善良和正義在極端的困厄中頓然突破和解脫，也可以使冥頑的惡徒不得肆其兇虐，甚至予以當頭棒喝的醒悟；同時還可以使遭遇不偶，未得現世好報的善良，獲得獎賞，而爲非作歹，得意一世的罪惡，則予以懲治；千古的遺恨也可以在鬼神世界裡補足。那其間充滿女媧的五彩之石，隨時隨地都可以彌補人世間的缺陷，人們神遊其中，心靈昇華，總可以得到渺渺然的快慰。

一、促成深情至意的體現：人世間感人最深的，莫過於男女之情，雖然「果有精誠」、「眞心到底」，則「萬里何愁南共北，兩心那論生和死。」（《長生殿‧傳概》〔滿江紅〕曲）但有情人不能成爲眷屬，總是人生的莫大缺憾；即使兩地相思，魂縈夢牽，也使人形神俱傷。於是戲劇超越了現實，彌補了這種缺憾：鄭光祖的《倩女離魂》，使相思至極的倩女離魂而去，長依郎側；喬吉的《兩世姻緣》和衡無室主人的《再生緣》，使韋皋、韓玉簫與漢武帝、李夫人，都成就了未了的情緣；無名氏的碧桃花和傅一臣的人鬼夫妻，都演「大姊魂游完宿願，小姨病起續前緣。」不以死生而易其恩愛。

男女之情固然可以不因死生而渝其誠，而親情、友情，與夫君臣之義，同樣也可以因一死一生而彌見眞切。於是戲劇便超越了死生的界限，使生者與死者透過所謂夢寐，體現了彼此間的深情至意：葉小紈的《鴛鴦夢》爲悲其姊妹綺年早夭而作，將手足至情，演之於夢幻世界，達之於瑤池仙境；關漢卿的《西蜀夢》寫關羽、張飛的鬼魂同赴西蜀與劉備暢叙平生，商略國是，不以死生易其金石之交與君臣之義；宮天挺的《范張雞黍》寫范式、張劭的誠信相守，死生相感；楊梓的《霍光鬼諫》演霍光鬼魂示夢漢宣帝，告其子孫謀反；表達了大臣謀國，全忠全節的心意。凡此都將人世間的深情至意體現於太虛幻境之中，有恨者補恨，至情者彌見其眞，至義者彌見其誠。使得有缺憾的人生，達到了美玉無瑕的境地。

二、彌補道德法律的缺陷：道德用以維繫人心，法律用以制裁惡徒。但在亂世裡，法律蕩然，道德淪喪，在爲非作歹的權豪勢要眼中，亦無法律、道德可言；若此，人世間便失去了公理，升斗小民只有任由權豪勢要剝削宰割，本分善良的人只有任由流氓惡棍欺凌壓迫。人世間充滿了大大小小的冤屈，壓抑了形形色色的悲憤；於是強力者鋌而走險；柔弱者只好借古人酒杯澆自家塊壘，希企有一位像包拯、秦脩然、錢可那樣不畏強悍而專和權豪勢要作對的淸官，出來爲他們主持正義，鋤姦去惡。如果找不到這樣一位淸官，那麼像張鼎那樣明白守正、不辭艱苦的將含冤負屈的百姓解救出來的吏目也可以。但是，在異族的鐵蹄下，究竟沒有這樣的淸官和吏目。於是等而下之，只好期待梁山泊那樣的英雄好漢，出來替他們報仇雪恨，痛快人心。可是梁山的英雄也只是可遇不可求，於是乎又等而下之，只有寄託於冥冥之中的鬼神來主持公道了。這是元雜劇中公案劇和綠林劇，以及許多鬼魂報冤劇的時代背景。「柔軟莫過溪澗水，到了不平地上也高聲。」我們透過了元雜劇，似乎聽到許許多多柔弱無助的痛苦呼號，而最教人感到聲嘶悽慘的，莫過於反映在那些鬼魂報冤的雜劇裡：關漢卿的《竇娥冤》演竇娥爲童養媳，被誣毒死公公，爲昏官汙吏所殺，死時血不沾塵土，盡染於旗鎗上之白練，晴天忽降大雪，掩蓋其屍體，不使暴露，死後楚州爲之大旱三年；確實顯現了天地的靈應。可是她的冤屈，即使有一位官拜肅政廉訪使的父親，也不能替她洗雪，還要她的鬼魂出現公庭，才使奸徒惡棍一一招伏。又《緋衣夢》演王閨香之未婚夫李慶安被誣殺死梅香，錢大尹（可）斷獄平反事。錢大尹雖然公平清正，剖決如神，可是如果不是神明託夢指點，他也無法偵知眞正兇手就是裴炎。鄭廷玉的《後庭花》演劉天義與女鬼翠鸞相遇旅邸，以〔後庭花〕詞唱和，遂被誣私匿民女，包拯勘問，明其冤抑事。包拯雖然剛正嚴明，斷案如神，可是如果不是看了翠鸞所作〔後庭花〕詞有「不見天邊雁，相侵井底蛙」之句，反覆窮治，也無法澄清這一起離奇曲折的重重謀殺案。無名氏的《生金閣》演郭成以家傳至寶生金閣及美妻爲龐衙內所窺而賈禍，包拯爲之伸雪事。可是如果不是郭成的鬼魂提著頭追逐龐衙內，遇見了包拯，申訴其事，包拯也無法爲之雪恨。又《神奴兒》演李德義妻王氏圖謀家產，勒殺德義兒子神奴兒，包拯爲之勘斷事。可是如果不是神奴兒的鬼魂追擊王氏，使得王氏上堂即服其罪，神奴兒並在公堂上歷訴其冤，包拯亦無從爲他伸雪。又《硃砂擔》演兇徒鐵旛竿白正，劫其友王文用擔中硃砂，且殺之，後遭冥譴事。此劇如果不是王從道（文用父）的鬼魂訴於天曹，王文用的鬼魂訴於東岳，岳神使太尉神及地曹率冤魂去勾取白正，使之入陰府受審，遍受地獄諸苦的話，王文用便永遠做一個冤死鬼。以上所說的這些劇本情節，毫無疑問的，在現實的人世社會中都是不可能的，也就是說冤屈是永遠無法平反的。而元代那些悲苦無訴的小民，在道德、法律淪亡的時代裡，如果不寄託於冥冥中的鬼神，來聊以慰藉內心的憤懣，而又沒有能力鋌而走險，又將如何呢？

到了明代，由於恢復漢唐衣冠，異族的壓迫和束縛完全解除，百姓的心境自然沒有元人那樣的憤懣和悲苦，所以這時的公案、綠林雜劇不止少之又少，而且只是成了教化的工具，再也沒有隱藏一點庶民的意義。涉及鬼神的，譬如傅一臣的《沒頭疑案》和《死生仇報》，不過是根據凌濛初《二刻拍案驚奇》卷二十八〈程朝奉單遇無頭婦，王通判雙雪不明冤〉和卷十一〈滿少卿飢附飽颺，焦文姬生仇死報〉的本事敷演，當作一段奇聞來傳播，以此收到善有善報、惡有惡報的警世之用。陳與郊的《袁氏義犬》本《南史‧袁粲傳》敷演，敘粲不事二姓，爲蕭道成所殺，其孤子又爲粲門生狄靈慶所賣，袁氏之犬終噬殺靈慶，爲主報仇，而且靈慶死後入地獄，還備受刀山油鍋之苦。此劇用意很顯然，旨在爲賣師求榮、不仁不義者誡。葉憲祖的《灌夫罵座》演漢竇嬰、灌夫爲田蚡所害，化爲厲鬼報仇事。此劇旨在悲悼忠良，譴責權奸，暢人心之快而已。凡此雖然也假藉鬼神的超越力量，以解決人世間的種種不平；但是意在警世教化，已經沒有元人深沉悲抑的用心。

清代倡導實證之學，戲劇雖然也偶涉鬼神，但假鬼神以報冤事，在雜劇中眞同鳳毛麟角，難於尋覓了。

三、用爲獎善與補恨：老子說：「天道無親，常與善人。」可是事實上像伯夷、叔齊那樣潔行積仁的善人，卻落得餓死首陽山的命運；而「盜蹠日殺不辜，肝人之肉，暴戾恣睢，聚黨數千人，橫行天下，竟以壽終。」善惡的遭遇卻是如此的適得其反，難怪司馬遷要大爲牢騷的說：「天之報施善人，其何如哉？」「儻所謂天道，是邪非邪？」如果司馬遷不是後來找到「君子疾沒世而名不稱焉」，感悟到天之報施善人就是給予萬世不朽的美名，恐怕對於人世間「操行不軌，專犯忌諱，而終身逸樂、富厚，累世不絕；或擇地而蹈之，時然後出言，行不由徑，非公正不發憤，而遇禍災者，不可勝數也」的怪現狀，將永遠感到「甚惑焉」。司馬遷認爲身後聲名的美醜，就是上天所以報施善惡。可是「千秋萬歲後，榮名安所之？」所以戲劇中用以報施善惡的方法，便不假藉「虛名」，而是用可以警策人的「陰報」和可以勸慰人的「陽賞」。無論「陽賞」或「陰報」都離不開鬼神世界的運用。「陰報」對於惡人的懲治已見之前文，「陽賞」則指善人死後，在衆目睽睽之下，冉冉升天，永遠留下被歌頌膜拜的典範。當然這些善人莫不秉持人世懿德美行，可是卻都遭遇不偶。元雜劇直抒胸臆，聲多悲苦，欲報仇雪恨，惟恐不及，自然無暇顧及身後的天堂；而明雜劇重在教化，講求倫理道德的維繫，所以周憲王的《團圓夢》，取材於社會實事，演宣德八年秋濟寧軍士錢鎖兒妻趙官保，夫死守志自縊事。憲王感官保的貞烈，便假藉東岳神來嘉獎兩人的節義，號夫爲義仙，號妻爲貞姬，令同登仙界。在《悟眞如》一劇中，於妙清坐化後，憲王也藉著茶三婆來讚嘆一位能守節修道，終得正果的妓女。康海的《王蘭卿》也採取同樣的手法，演王蘭卿出身妓女而爲于鵬守節，陰服砒霜自殉，于鵬舊友敬蘭卿貞烈，以王九思所塡的〔南呂一枝花〕樂府，作爲祭文，共表哀悼之意，忽見于鵬、蘭卿共成爲仙，乘雲而去。很遺憾的，雜劇中用來勸慰善人的，卻都是這一類貞烈劇；敎忠敎孝、敎仁敎義的，卻反無從尋覓。明史中烈女特多，正可以看出那「吃人的禮敎」的影響。淸代楊潮觀《吟風閣雜劇》中的〈露筋祠〉，演路金娘探望母病，露宿野中，被蚊子團團叮咬，她自忖今夜性命難全，認爲：與其零星的受罪，不如慷慨捐軀的好。便走上高坡，投崖而死。天妃感其貞孝可嘉，轉奏天庭，封她爲露筋神女，做邗溝一帶的水府神祇。所謂露筋，是因爲金娘被蚊子叮咬而額筋盡露的意思。宋米芾《露筋廟碑》說她姓蕭名荷花，或云姓鄭，有的書上稱爲「全節娥」，可見這個故事已經流傳很久。論其思想實在愚昧可笑，不如其嫂嫂之及時「避難」，來得通權達變。可是我們這位短劇大家卻要以此「思勵俗也」，寧不敎人遺憾。

今人有恨，固然可以設法彌補；古人有恨，事實上已無法可補，倘其恨又爲古今所同感，則豈不成了千古遺恨。千古遺恨，人人感嘆之餘，必然思有以補償，於是戲劇中便產生了替古人補恨的兩種方法：一種是扭曲事實，將無作有，將反爲正；譬如淸周樂淸《補天石》雜劇，一一使燕太子丹滅亡暴秦，諸葛亮統一天下，李陵歸漢滅匈奴，王昭君再歸漢宮，屈原回生爲楚王重用，鄧伯道失子復得團圓，岳飛滅金誅秦檜，荀奉倩夫妻白頭偕老。一種是假藉鬼神，尤其是通過陰司的重爲審理，使是非曲直得以大白。當然，這中間已經加入了後人的好惡和是非觀念。譬如徐渭的《狂鼓史》演「禰衡擊鼓罵曹」，合史傳的擊鼓和罵曹爲一事，同時把背景移到地獄，使曹操成爲已被第五殿閻羅天子定讞的罪犯，而禰衡則是行將被上帝徵用的修文郎。於是禰衡就可肆意罵曹，「直搗到銅雀臺，分香賣履」，以「痛快人心」。作者也因此爲禰衡雪了生前恥辱，而使曹操的罪惡更加昭彰。徐石麒的《大轉輪》本《古今小說·鬧陰司司馬貌斷獄》敷演，惟將背景移至天庭，並略有增飾。叙貧士司馬貌夢中奉天帝命至地獄判漢朝四百年疑獄，他所下的決斷是：「漢家天下，俱賴三公（韓信、彭越、英布）之力，今將他（劉邦）疆土，分與你三人承守：淮陰公到曹嵩家投胎，改名曹操，獨據中原；九江公到孫堅家投胎，改名孫權，撫御江東；大梁公到中山靖王家投胎，改名劉備，據有西南半壁。至於劉季、呂雉，仍著速轉皇宮：劉季復爲獻帝，懦弱無能；呂雉復爲伏后，後爲曹操箠死，以報長樂鍾室之冤。蕭何始而薦舉，既而謀害，著他轉世，改名楊修，始以厚祿報其恩，復以誅戮復其怨；陳平陰謀助惡，著他轉世，改名吉平，因藥進鴆，爲曹拷死；屬下舍人，誣告韓公、陳豨，皆致滅族，著陳豨轉世爲陳宮，舍人轉世爲呂伯奢，曹操同陳宮殺其全家。項王英氣不滅，可到解梁關家投胎，改姓不改名，扶助劉備；項伯、雍齒背君賣國，轉世爲顏良、文丑，陣上爲關公所斬；呂馬童等六人貪功碎屍，著轉世爲楊喜、蔡陽等六將，爲曹公把守五關，皆爲關公所殺。戚氏無辜受禍，速轉男身，改名華歆，從事曹操，擁兵入禁，破壁取后，以報前怨。」將《三國演義》故事和劉項歷史牽合，眞是異想天開，巧妙機靈；這樣一來，韓信等人的千古遺恨，在人們的心目中，似乎眞是都被彌補過來了。又唐英《古柏堂雜劇》中的〈陰勘〉，仿《狂鼓史》演周順昌因咒罵魏忠賢生祠被害，上帝封爲蘇郡城隍，並命東斗帝君勾取魏忠賢、李實、毛一鷺、倪文煥、許顯純等奸黨至蘇郡城隍處受審，周歷述其惡而定其罪，發抒了爲魏所害的忠臣烈士的悲憤。像這些雜劇都透過鬼神世界，替古人彌補了千古的遺恨，雖可以暢快人心於一時，但論其情趣，則未免低俗。

此外，假藉鬼神的超越力量，以彌補現實人生不足的，還有一種情形，那就是困阨環境的突破與解脫。這一種情形往往出現在好人遭遇災難，或世人執迷不悟的時候。前者譬如李文蔚《圯橋進履》演張良報秦滅韓之恨，擊秦皇於博浪沙，不中，李斯下令追捕。良逃竄入山，遇大雪，迷失路徑，忽然太白金星出現指引，並令往下邳，當遇明師。又傅一臣的《截舌公招》本《初刻拍案驚奇》卷六〈酒下酒趙尼媪迷花，機中機賈秀才報怨〉敷演，小說不諱巫氏於醉卧中被惡少卜良所污，劇本則改以伽藍神暗中護持，使巫氏於緊要關頭甦醒過來。又元明無名氏的《蔣神靈應》演晉謝玄拒苻堅，衆寡懸殊，玄禱於鍾山蔣神廟，蔣神顯靈於八公山，令滿山草木，皆化爲晉兵，大破苻堅。像這樣，雖然事涉迷信，但忠貞必須護持，使達成志節，所以在人力既窮或感到渺小之際，自然會想到主持正義的鬼神必有以濟助。後者則主要表現在度脫劇中的逆轉。度脫劇有一個不成文的規律，那就是凡度必爲三而始成。所謂「三度」往往是某仙或某佛發現某人有靈根宿緣，於是前往度化，先說以富貴不足恃，再喻以功名不足戀；可是被度脫的人還是執迷不悟，此時此際，乃假藉其仙佛之超越力量，幻設出各種可驚可愕的事跡，於是乎被度化的人也頓然開悟，隨其出家修道，位列仙班。譬如馬致遠的《任風子》演馬丹陽度化屠戶任風子成道事。任屠恃勇爲惡，乘醉持刀入草庵欲殺丹陽，而己反爲護法神所殺，向丹陽索頭，丹陽令其自摸，頭固在，不覺猛然省悟，投刀再拜，願隨丹陽學道。又戴善甫的《翫江亭》演李鐵拐度金童牛璘，玉女趙江梅重登仙籍事。李鐵拐先於翫江亭壽筵與牛所設酒店中度化，皆不見容。最後於郊野點化之，令寒波造酒，枯樹開花，璘始知李必爲異人，遂從之修行。其他如岳伯川的《鐵拐李》演呂洞賓三度鄭州六案都孔目岳壽於地獄油鑊之際，范康的《竹葉舟》三度儒生陳季卿於赴京求官，路逢暴風雨，墜江溺水之際，而以竹葉爲舟，設諸幻境，予以點化。似此者不勝枚舉，雖然神佛度脫劇別有其時代的意義，但其假藉神佛的超越力量以警悟執迷的世人，則爲其特色之一。至於神佛度脫劇所象徵的時代意義，那就是生活在黑暗時代裡的人們希企解脫塵寰，逍遙物外的一種冥想。

## 二　解脫塵寰，逍遙物外的冥想

生活在黑暗時代裡的人們，由於對現世感到極端的失望，深覺形神不能相親的痛苦：有情人不能相守，自然有「同心而離居，憂傷以終老」的感嘆；相知的朋友卻中途遺棄，自然有「如何金石交，一旦更離傷」的牢騷；而「人生寄一世，奄忽若飆塵」，「所遇無故物，焉得不速老」，生命的無常飄忽，多麼使人驚懼，所以在「奄忽隨物化」之前，應當「榮名以爲寶」。可是亂世裡，生命都已朝不保夕，那來榮名？何況「千秋萬歲後，榮名安所之？」於是有些人便「服食求神仙」，但「多爲藥所誤」，而感到「松子久吾欺」，因此便等而下之「不如飲美酒，被服紈與素。」「爲樂當及時，何能待來茲。」所追求的只是形體的慾望和心神的麻醉，於是乎頹廢的思想，荒唐的舉止，便籠罩、充滿了整個黑暗的時代、混亂的社會。另外也確實有一部分人希企「縱浪大化中，不喜亦不懼」的心靈境界，逃離現實社會，獨善其身，領略生命自然的種種情趣，但能達此境界的，畢竟少之又少。回顧我國歷史，東漢末年、魏晉之際，莫不如此；而元代以野蠻異族的鐵蹄蹂躪我中華禮樂之邦，其黑暗殘酷，較之前代尤有過之而無不及。生活在這個時代的讀書人沒有進身之路，一般百姓爲牛爲馬，永無翻身之時；道德爲蒙古人所摧殘，法律爲蒙古人而設；其生活之悲慘可知，其心境之空虛可想。於是便從超現實的世界裡，希企獲得指望和慰藉。恰好這時全眞道教爲當局所崇奉，陷溺的人們自然飢不擇食，渴不擇飲的信仰起來，成仙了道，解脫塵寰，逍遙物外的思想便充滿人們空虛的心目之中。也因此，元人的散曲便充滿隱居樂道的情味，元人的雜劇便大量敷演度脫凡人，成佛成仙的內容。這一類雜劇除了上面所舉的《任風子》等四劇外，尚有：鄭廷玉的《忍字記》、馬致遠的《岳陽樓》和《黃粱夢》、吳昌齡的《東坡夢》、李壽卿的《度柳翠》、谷子敬的《城南柳》、賈仲明的《金童玉女》、楊訥的《西遊記》和《劉行首》，以及無名氏的《昇仙夢》、《莊周夢》、《藍采和》、《猿聽經》等十三種。若論其度人者，則有太白金星、東華仙、毛女、鍾離權、呂洞賓、李鐵拐、馬丹陽、觀世音、彌勒佛、月明尊者、了緣、修公禪師等；被度者則除文人如莊周、蘇軾外，尚有惡吏如岳壽，俳優如許堅，茶博士如郭馬兒，富農如金安壽、劉均佐，屠夫如任屠，倡妓如劉行首、柳翠，鬼怪如柳樹精、猿精，無情之草木如桃柳等；蓋無論有情、無情，只要能遊心向道，則莫不能了卻塵緣，飄然仙去。可見元代的宗教觀念，已經徹底的平民化。試想如果沒有這一服清涼劑，將教那些空虛死寂的心靈，如何依歸，如何得到暫時的昇華？

到了明代，雖然仍有不少這類度脫劇，但其思想意趣，已經大大的起了變化。也就是它們不過是帝王貴族長生不老的企慕和文人失意後的冥求和寄託，那其間再也沒有庶民色彩。雜劇的貴族文士化，使得雜劇的內容也隨著脫離現實和群衆。明憲宗、世宗和神宗皇帝都是有名的崇信佛道、講求長生不老的君主，所以內廷供奉之劇如：《南極登仙》、《雙杯坐化》、《魚籃記》、

《拔宅飛昇》、《三化邯鄲》、《度黃龍》、《洞玄昇仙》、《李雲卿》諸劇，便以成仙了道爲主題；寧獻王朱權的《冲漠子》、周憲王朱有燉的《常椿壽》、《半夜朝元》、《海棠仙》、《小桃紅》、《悟眞如》等也都以秦皇、漢武的心理爲基礎，在富貴權位已極之際，表達了他們要牢牢把握住長生不死的心願；他們不止把修煉成仙的方法屢屢表現在劇中，同時也極力主張神佛不可冒昧，應當虔誠尊崇，甚至對於所謂符瑞之事也深信不疑。文人學士如楊愼的《洞天玄記》演胡突齋化崑崙六賊，降龍收姹女，伏虎奪嬰兒；只是他貶謫南荒時的無聊之作。陳沂的《苦海回頭》則寄寓自家遭遇，並象徵其對於宦海浮沉的厭倦與失望。葉憲祖的《北邙說法》也只在表現自己晚年的心境。湛然的《魚兒佛》乃寓佛法於戲劇之中，以之爲傳教的工具。王應遴的《逍遙遊》則旨在度世說法，表達莊子的思想而卻陷入庸腐。凡此都只是士大夫一己的理念和寄意，並沒有隱藏任何時代的意義。

## 三　抒憤寄慨和深寓諷世之義

戲劇一落入文士的手中，便逐漸遠離舞台，趨向案頭，成爲辭賦的別體；講求詞藻，罔顧排場與音律，或發抒個人的悲憤和感慨，或寄寓深遠的諷世之義。其中也有假藉鬼神來達到這兩層目的的，而以見於明清的雜劇爲多；元雜劇中似乎只有一本馬致遠的《薦福碑》。此劇演張鎬數奇，寄居薦福寺，寺僧欲拓寺中顏眞卿所書碑文與之濟貧，由於鎬曾得罪龍神，夜半碑爲雷電擊毀事。劇中的張鎬其實就是馬致遠的寫照，滿腔的鬱勃之氣，盡從張鎬之口流露出來。明人沈自徵的《霸亭秋》演杜默落第而歸，痛哭於項王廟，將英雄的失路與文士的落拓互相映襯，感動得泥人也爲之落淚。後來清代嵇永仁也有《泥神廟》，張韜更有《霸亭廟》，尤侗《鈞天樂》中亦有哭廟一折，都是寫此事，惟改易姓名，共同的特色依然是悲壯，發抒的仍舊是文士的牢騷。吳偉業的《通天臺》本《陳書·沈烱傳》，演梁尚書左丞梁亡後流寓長安，偶過漢武帝通天臺，不禁興亡之感，痛哭久之。乃草表奉於武帝之靈，醉卧間，夢武帝召宴，並欲起用之。烱固辭，帝設宴餞別，令宮女麗娟出歌，益增其悲，遂送之函谷關外。醒時，己身仍在通天臺下酒店中。鄭氏跋此劇云：「或謂烱即作者自況。故烱之痛哭，即爲作者之痛哭。蓋偉業身經亡國之痛，無所洩其幽憤，不得已乃借古人之酒杯，澆自己之塊壘，其用心苦矣。」劇中寫漢武帝自稱華胥國王，擬起用沈氏，沈氏固辭的一番話語，實即作者初志的表白；由此愈見其不得已而仕異朝的苦衷。楊潮觀《吟風閣雜劇》中的神怪劇，本本有他的寓意，譬如《行雨》本李復言《續玄怪錄·李衛公靖》條演李靖代龍母行雨救旱，因將淨瓶隨意揮灑，反致水災，貽害蒼生。他的寓意是：「思濟世之非易也。以學養才，斂才歸道，非大賢以上，其孰能之？」《黃石婆》本《史記·留侯世家》演張良於博浪一椎後，秦皇下令搜捕。黃石婆教以易裝爲女道童避禍。他的寓意是：「思柔節也。易用剛，黃老用柔，光武言：『吾治天下，亦以柔道行之。』柔勝剛，弱勝強，柔之時義大矣哉。」其他像大江西「思任運」，快活山「思分定」，朱衣神「思賢路」，二郎神「思德馨」，藍關「思正直」，換扇「思攖寧」，大葱嶺「思返本」，忙牙姑「思死封疆之臣」，也都可以看出作者的寄託。舒位的《酉陽修月》演吳剛奉嫦娥命，督諸仙修治月中缺陷，修成，玉帝封賜嫦娥。「天若有情天亦老，月如無恨月常圓。」作者之意蓋以月缺如可補治，人情世事應當也可以使之無憾。陳烺的《海雪韻》則發文人懷才不遇，爲污吏所遏之悲；其投身蠻荒，反得禮遇，何中華衣冠之地，竟至非人世界。蓋作者生於晚淸，目睹時局混亂，已至不可爲，所以他的另一本《同亭宴》演秦民避世，得與群仙宴集，也可以看出他要逃離現世，避向桃源的心理。凡此都憑藉雜劇中的鬼神世界來發抒作者個人的悲憤和感慨。

至於寄託深遠的諷世之義的，如沈璟《博笑記》中的〈賣臉人〉演賣假面具的商人擒治黑魚精得美婦事。當黑魚精每變化一種兇惡的嘴臉來嚇唬他的時候，他就換上一張更可怕的面具來反擊它，終於使得黑魚精技窮，跪地求饒。作者的用意很明顯，那就是虛僞的面孔連鬼怪都害怕。徐復祚的《一文錢》出於佛經，雖屬了悟的宗教劇，卻頗有詼諧的趣味，旨在譏嘲慳吝的富人，《柳南隨筆》卷二云：

予所居徐市，在縣東五十里，徐大司空栻聚族處也。前明之季，其族二人並擅高資。而一最豪奢；一最吝嗇者，則爲諸生啓新。……其書室與竈，僅隔一垣，嘗以緡繫脂，懸於當竈，而緡之操縱，懸於書室中。每菽乳下釜，則執爨者呼曰：「腐下釜矣。」乃以緡放下，纔著釜，聞油爆聲，則又收緡起，恐其過用也。……又嘗以試事至白門，居逆旅月餘。而日用簿所記，每日止「腐一文，菜一文。」同學魏叔子（冲）見之，為諧語曰：「君不特費紙，並費墨矣！何不總記，云自某日至某日，每日買腐菜各一文耶？」啓新方以為然，初不知其譃己也。其可笑，多類此。……其族人陽初為作《一文錢》傳奇以誚之。所謂盧至員外者，蓋即指啓新也。

大概陽初對於啓新的為人頗不齒，因此取佛經中故事演為雜劇，以諷刺他的貪吝，兼以嘲弄慳吝的世人，他署名「破慳道人編」，可以看出他的意旨。茅維的《鬧門神》演除夕換桃符，新門神已至，而舊門神不肯去，互相爭嚷，醜態百出。宅神、和合神、灶君、鍾馗、五路財神等並為解紛。其意蓋以譏刺守令官有新舊交代的，新官已至，而舊官不肯去，以致喧爭不息。寫門神的相貌，就是形容官吏的嘴臉，眞教人忍俊不禁。孫源文的《餓方朔》演述蓬萊宴上，王母娘娘問與會群仙，人間何者第一？東方朔奏稱文章學問第一；劣仙郭滑稽奏言有福之人為第一。王母娘娘便命東方朔引一般「能文仕女」，郭滑稽引一般「有福東西」，同向人間，看誰第一，便知勝負。於是東方朔引少年才子終軍、太史司馬遷、辭賦家司馬相如、將軍李陵、皇后陳氏；郭滑稽則引公孫弘、張湯、卜式、金日磾、李行首等五個「最下等貨色」同下凡間。結果東方朔所引的五人，個個遭逢噩運；郭滑稽所引的五人，人人高官厚祿。東方朔不得已回見王母，卻因「吃了煙火之食，交梨炎棗，乾不濟事，須索米來充飢。」乃又急急往下界有福人家寄食，他所引來的五人無法供給，郭滑稽所引的五人又不予理會，終於守了長飢。表面上是藉著東方朔演一段滑稽事，其實是寄著無限的感慨，並深致諷世之意：那些高官厚祿者流，不過是「有福東西」、「下等貨色」，根本談不上文章和學問。徐陽輝的《有情癡》演仙人衛叔卿度脫有情癡。有情癡向衛叔卿訴窮說苦，抱怨世人過於勢利、妬忌、鑽刺、慳吝，使他覺得世間難處。叔卿則一一解答，將炎涼世態，齷齪人情，說得淡然漠然，其實解答的話語更爲憤懣；有情癡說的苦語常言，叔卿卻只是一味冷笑深譏，諷世之意更深。楊潮觀的《偷桃》演東方朔偷王母蟠桃事，以詼諧滑稽的口脗，對於所謂神仙之流的德性，頗具諷刺：

〔丑〕在她門下過，怎敢不低頭？東方朔見駕。
〔旦〕你怎敢到我仙園偷果？
〔丑〕從來說，「偷花不爲賊」。花果事同一例！
〔旦〕這廝是個慣賊，快拏下去，鞭殺了罷！
〔丑〕原來王母娘娘這般小器，倒像個富家婆！人家喫你個果兒，也捨不得，直甚生氣！且問，這桃兒有甚好處？
〔旦〕我這蟠桃，非同小可！喫了是髮白變黑，返老爲童，長生不死。
〔丑〕果然如此？我已喫了二次，我就儘著你打，我不死，若打得死時，這桃可要喫它作甚？不知打我爲甚來？

〔旦〕打你偷桃！

〔丑〕若講偷盜，就是你作神仙的慣會偷，世界上人，那一個沒有職事，偏你神仙，避世偷閑，避世偷嬾，圖快活偷安，要性命偷生，不好說得；還有仙女們，在人間偷情養漢，就是得道的，也是盜日月之精華，竊乾坤之秘奧；你神仙那一樣不是偷來的？還嘴巴巴說打我的偷盜！我倒勸娘娘，不要小器。你們神仙，喫了蟠桃也長生，不喫蟠桃也長生，只管喫它作甚？不如將這一園的桃兒盡行施捨凡間，敎大千世界的人都得不老，豈不是個大慈悲，大方便哩？

〔旦〕你倒說得大方。

〔丑〕只是我還不信哩，你說喫了髮白變黑，返老爲童，只看八洞神仙在瑤池會上不知喫了幾遍，爲何李岳仍然拐腿？壽星依舊白頭？可不是搞鬼哩？哄人哩？

楊氏之意蓋謂神仙之道不可信，那些隱居求道的人都是自私自利之徒，根本沒有博施濟衆的胸懷。由此引伸，則偸安偸閒的人，豈不隱指那些無所事事，坐享其成的王親國戚，當時的八旗子弟？楊氏甚至於斥他們爲幫閒或神女之流。凡此都可以看出作者假藉雜劇中的鬼神世界，來寄託深遠的諷世之意。

## 四　純屬迷信思想的反映

宋孝宗曾經說過：「以佛治心，以道治身，以儒治世。」可見三教合一的觀念由來已久。除了孔子不言怪力亂神外，無論道教或佛教都將鬼神做爲信仰的中心。也因此相沿既久，枝蔓滋多，便漸失眞義，而產生了迷信的思想。雜劇中反映迷信思想的也相當多，《太和正音譜・雜劇十二科》中的「神頭鬼面」一科，即屬此類。此類雜劇旨在顯示靈怪，故關目要求新穎，排場必須熱鬧；所謂場上之戲而非案頭之曲，故往往非文學佳作。譬如王曄的《桃花女》演桃花女與術士周公鬥法獲勝事，乃本諸小說家所載解禳神煞之法，至今世俗婚娶，猶多用之。無名氏的《鎖魔鏡》演二郎神醉射鎖魔鏡，鏡破魔走，玉帝復令二郎率神將擒回事。《哪吒三變》演釋迦佛命哪吒收伏餤魔山五鬼及夜叉山四魔女事。《鎖白猿》演時眞人收伏爲孽之白猿事。《齊天大聖》演二郎神降伏擾亂天宮之齊天大聖及諸妖事。《斬健蛟》演二郎神率領眉山七聖及諸天兵擒獲爲害地方之冷源河健蛟而斬之事。凡此皆以代表正義之神佛與代表邪惡之妖魔發生衝突爭戰爲內容，以說明邪不勝正的道理。

另有事涉神怪而又羼入風情之事的，元雜劇如《張天師》、《柳毅傳書》及《張生煮海》。無名氏的《張天師》演陳世英與桂花仙子愛而不見，思念成疾，張天師爲之結壇，勘問風花雪月諸仙事。尙仲賢的《柳毅傳書》本唐人李朝威《柳毅傳》演柳毅爲洞庭龍女傳書，卒成夫婦事。李好古的《張生煮海》亦本《柳毅傳》脫胎，演張羽得仙人之助，煮海求婚龍女，終爲夫婦事。明雜劇如無名氏的《雷澤遇仙》演關西秀士雷澤與仙女許飛瓊離合事。《桃符記》演洛陽閻府尹家中二桃符化爲女子以魅府尹之子閻英，太乙仙召諸神擒獲二妖事。周憲王的《辰鉤月》演假冒嫦娥的桃花精迷惑書生，李法官作法，張天師斷明結案，以洗嫦娥之冤事。凡此皆叙寫人神之間的戀愛，事雖不經，但打破人神之間的界限，教人每多遐思。

另有一類純以鬼神爲內容的雜劇，則用來祝壽與賀節，明教坊劇和清內府承應戲屬此類者頗多。清內府承應戲筆者未及寓目，而明教坊現存十六劇中，《寶光殿》、《獻蟠桃》、《紫薇宮》、《五龍朝聖》、《長生會》、《廣成子》、《群仙朝聖》、《萬國來朝》等八本爲萬壽供奉之劇；《慶長生》、《群仙祝壽》、《慶千秋》三本是皇太后萬壽供奉之劇，《鬧鍾馗》爲賀正旦之劇，《賀元宵》爲慶祝元宵節之劇，《八仙過海》爲春日宴賞之劇，《太平宴》爲冬至宴賞之劇，而賀節宴賞之劇，亦必歸結於祝壽。只有《黃眉翁》一本爲伶工爲武臣之母稱壽之劇。周憲王的《仙官慶會》、《靈芝慶壽》、《神仙會》、《十長生》、《蟠桃會》、《八仙慶壽》等，也都是「以爲慶壽之詞」，《牡丹仙》、《牡丹品》、《牡丹園》、《賽嬌容》等，則以爲歌舞觀賞之資。

以上三類大抵以排場取勝，或富麗堂皇，亂人眼目；或雜沓上下，熱鬧紛華。但只是形象上的鬼神，尚未寄寓太多的迷信思想。眞正的迷信思想，則是與現實社會人生結合在一起的鬼神世界。如鄭廷玉的《看錢奴》演賈仁於夢中受東嶽神之命借曹家之財，期以二十年後，歸還本主事。劉君錫的《來生債》演龐蘊居士偶聞驢馬作人語，各謂前生曾積欠龐銀若干，今來了債，因感悟而棄家修道事。無名氏的《冤家債主》演張善友因妻子病歿，悼念不已，其友崔子玉導善友魂遊地府，始知其子乞僧爲父廣殖貨財，實爲償前世之債；福僧貪酒嗜色，浪費家貲，則係索還前世之債。今索償既了，故互不相干。善友因而大悟，遂薙髮修道。凡此皆不出因果報應，宿緣前定的說法，其富貴由命的人生觀，雖然可以防杜世人非分的念頭，但也因此使人得過且過，失去進取之心。而若謂敗壞風俗，絕滅人倫的迷信思想，則莫過於無名氏的《小張屠》。《小張屠》演孝子張屠因母病向東岳神祈禱，願焚兒於醮盆以換回母命。閻王感其孝心，乃命鬼卒救免其子，而以刁惡的王員外之子替代。王國維〈元刊雜劇三十種序錄〉云：

> 案《元典章》五十七，載皇慶元年正月某日，福建廉訪使承奉行臺准御史臺咨，承奉中書省劄付呈，據山東京西道廉訪司申：本道封內，有泰山東岳，已有朝廷頒降祀典，歲時致祭，殊非細民諂瀆之事。（中略）近爲劉信酬願，將伊三歲癡兒，抛投醮紙火盆，以致傷殘骨肉，絕滅天理云云。則此事元時乃眞有之，不過劇中易劉爲張，又謬悠其事實耳。然則此劇之作，當在皇慶以後矣。

此劇雖演事實，但其所「謬悠」之事，足以加重匹夫匹婦的迷信，而導其愚行。所謂「走火入魔」，莫此爲甚；而鬼神果有良知，亦必不以爲是。

## 五　結　語

由以上可知，雜劇中的鬼神世界，無不與人事有關，誠如本文前言所云，無非在象徵現實、妝點現實，或嘲弄現實、彌補現實。因此，其間的鬼神，有的猙獰可畏，有的卻也和善可親；有如大千世界的人們，人人各有其面目，各有其性情；在不同的時代和環境裡，各有其思想和遭遇。鍾嗣成《錄鬼簿·序》云：「人之生斯世也，但知以已死者爲鬼，而未知未死者亦鬼也。」這大概就是戲劇中大量運用鬼神世界的緣故吧！

（原載《中華文化復興月刊》第九卷第九期）

# 元雜劇分折的問題

《太和正音譜》卷下的「樂府」，即曲譜部分，其所引用作爲格式之曲，皆注明來源。其中錄有鄭德輝《倩女離魂》第四折〔黃鍾水仙子〕等元雜劇與明初雜劇四十七劇九十支曲①，也就

①所錄的四十七劇九十支曲是：黃鍾水仙子和尾聲俱爲鄭德輝《倩女離魂》第四折；正宮端正好、袞繡毬、煞、煞尾爲費唐臣《貶黃州》第二折；倘秀才爲尙仲賢《歸去來兮》第四折；伴讀書、蠻姑兒、芙蓉花爲白仁甫《梧桐雨》第四折；笑和尚爲無名氏《鴛鴦被》第二折；白鶴子爲鮑吉甫《尸諫衛靈公》第四折；貨郎兒爲無名氏《貨郎旦》第四折；窮河西爲無名氏《罟罟旦》第三折；啄木兒煞爲谷子敬《城南柳》第二折；大石調六國朝、歸塞北、卜金錢、怨別離、鴈過南樓、催花樂、淨瓶兒、玉翼蟬煞爲花李郎《黃粱夢》第三折；念奴嬌、喜秋風爲鄭德輝《翰林風月》第二折；仙呂點絳唇、混江龍、油葫蘆、天下樂、哪吒令爲喬夢符《金錢記》頭折；寄生草爲費唐臣《貶黃州》頭折；六么序

爲無名氏《夢天台》頭折；醉中天、鴈兒落、賺煞尾爲馬致遠《黃粱夢》頭折，醉扶歸爲鄭德輝《王粲登樓》頭折，憶王孫爲馬致遠《岳陽樓》頭折；玉花秋爲花李郎《釘一釘》頭折；中呂叫聲、鮑老兒、古鮑老、紅芍藥爲白仁甫《梧桐雨》第二折；迎仙客爲王伯成《貶夜郎》第二折；石榴花爲無名氏《心猿意馬》第三折；柳青眼爲白仁甫《流紅葉》第三折；南呂牧羊關、菩薩梁州、玄鶴鳴、烏夜啼、紅芍藥爲馬致遠《陳摶高卧》第二折；賀新郎爲無名氏《藍關記》第三折；梧桐樹爲馬致遠《岳陽樓》第二折，草池春爲高文秀《謁魯肅》第二折，煞爲范子安《竹葉舟》第三折；雙調新水令、梅花酒爲范子安《竹葉舟》第二折；駐馬聽爲無名氏《風雲會》第四折；五供養爲王實甫《麗春堂》第四折；鎮江迴爲無名氏《勘吉平》第三折；滴滴金爲谷子敬《城南柳》第四折；漢江秋爲康進之《黑旋風負荆》第四折；小將軍爲秦簡夫《趙禮讓肥》第四折；慶豐年爲無名氏《火燒阿房宮》第三折；太清歌爲尙仲賢《越娘背燈》第四折；秋蓮曲爲無名氏《連環記》第四折；掛玉鈎序爲王仲文《五丈原》第四折；荆山玉爲賈仲名《度金童玉女》第四折；收尾爲馬致遠《悞入桃源》第四折；離亭宴煞爲王實甫《麗春堂》第四折；越調聖藥王爲無名氏《赤壁賦》第三折；麻郎兒、東原樂、絡絲娘、綿答絮爲王實甫《麗春堂》第三折；送遠行爲鄭德輝《月夜聞箏》第二折；拙魯速爲王實甫《西廂記》第三折；雪裡梅爲周仲彬《蘇武還鄉》第二折；古竹馬爲陳孝甫《悞入長安》第三折；眉兒彎爲無名氏《豫讓呑炭》第三折；酒旗兒爲白仁甫《流紅葉》第三折；青山口爲無名氏《伯道棄子》第二折；三台印、煞爲無名氏《赤壁賦》第三折；耍三台爲無名氏《敬德不伏老》第三折；小絡絲娘爲王實甫《西廂記》第十七折；商調集賢賓、上京馬、金菊香爲喬夢符《兩世姻緣》第二折；掛金索爲無名氏《夢天台》第二折；雙鴈兒爲無名氏《水裡報冤》第二折。

是其出於雜劇之曲，俱明注其劇名和折數。尤其在〔越調拙魯速〕下更注王實甫《西廂記》第三折，〔小絡絲娘〕下更注王實甫《西廂記》第十七折；可見雜劇分折此時已經習焉自然，而對於「折」的觀念，也已經和我們現在完全一樣。不止如此，對於像《西廂記》那樣的連本雜劇，其分折的方式也已經首尾銜接，近似傳奇的分齣方式了。這是個很可注意的現象。

元雜劇一本分作四折，每折包括一套曲子及若干賓白和科介，這是我們現在所認定的「折」的意義。但是最初所謂的「折」並非如此，劇中任何一場或一段，即使沒有曲文，而只有賓白或科介，都可以叫作一折。劇本則首尾銜接，所謂四折及楔子都不分開，只是全本之中必須包括四套曲子而已。《元刊雜劇三十種》及明宣德間金陵積德堂原刻本劉兌《金童玉女嬌紅記》，宣德、正統間周藩原刻本朱有燉《誠齋雜劇》，都是如此。在這些劇本裡，全劇銜接不分，而常見的「一折」字樣[2]，都是代表劇中的一個小段落，因此合計起來，一個劇本不止四折。這應當是「折」的本義，元雜劇的最初形式。而照現在的樣子分成四折，其中的「小折」不再標明，究竟起於何時，則迄無定論。

---

②如元刊本關漢卿《關大王單刀會》第三折有「淨開一折」、「關舍人上開一折」之語。《詐妮子調風月》首折亦有「老孤正末一折」、「正末卜兒一折」之語。

周憲王朱有燉《誠齋雜劇》三十一種，作得最早的是永樂二年八月的《辰勾月》，最晚的是正統四年二月的《靈芝獻壽》和《海棠仙》；三十一種既然都不分折，則似乎雜劇分折的風氣應當始於正統之後；但是嘉靖戊午（三十七，一五五八）刊本的《雜劇十段錦》還是不分折，而弘治十一年（一四九八）金台岳氏家刻《奇妙全相注釋西廂記》本則分五卷，每卷一本，每本又分四折。所以很難執一以概其餘。現在我們知道《太和正音譜》所引用的雜劇都分折，而且已經到了習焉自然的地步，甚至於《西廂記》五本二十折的折次都依序銜接。我們如果假定它的原本已是如此，那麼分折的風氣應當在宣德、正統間已見盛行；可是宣德間的周藩和金陵積德堂所刻的雜劇都還不分折，似乎又很難說此時分折的風氣已經盛行。因此頗疑《太和正音譜》所注的雜劇折次，可能是抄寫者所附加，原本並未注明。抄寫的年代則大約在弘治間，甚至於到了嘉靖傳奇發達之後。

總結起來說，元雜劇一本分成我們現在所知道的四折，可能起於正統間，弘治之際漸成風氣，到了萬曆，則變作規律了。因爲萬曆刊刻的劇本很多，沒有不明標四折的。

（原載《中外文學》第五卷第四期）

# 《太和正音譜》的作者問題

《太和正音譜》是現存最古老的北曲曲譜，依據北曲的黃鍾、正宮、大石調、小石調、仙呂宮、中呂宮、南呂宮、雙調、越調、商調、商角調、般涉調等十二宮調，列舉出每一宮調裡的每一支曲牌，注明四聲平仄，標清正襯字；每支曲牌並選錄元代或明初的雜劇、散曲作品為例，共收三百三十五支曲牌，以此而作為塡製北曲的規範。其後范文若的博山堂《北曲譜》和淸代王奕淸等合編的《欽定曲譜》北曲部分，都是取材於《太和正音譜》。其卷上有關戲曲、散曲的理論和史料，也頗有價值。所以《太和正音譜》在曲學上是一部極為重要的典籍。而對於《太和正音譜》的作者，自從王國維先生的論曲諸書[1]一再認定是明寧獻王朱權所作之後，學者從沒有懷疑

①王靜安先生論曲諸書有：《宋元戲曲考》、《唐宋大曲考》、《戲曲考原》、《古劇腳色考》、《優語錄》、《曲錄》、《錄曲餘談》、《錄鬼簿校注》、《戲曲散論》等九種。

過。同時由於卷首有一篇「洪武戊寅」的序，也因此被認爲成書在洪武三十一年。對於這兩點，筆者於細讀正音譜、考述寧獻王朱權的生平之後，發現了可疑之處。本文就是想要對這些疑點加以探討。

## 一　《太和正音譜》的版本及諸家引述

《太和正音譜》的版本，現在流傳的，主要有以下六種。茲條列簡介如次[②]：

㈠藝芸書舍舊藏本：原本二卷。卷首有序，序尾有葫蘆形「洪武戊寅」、方形「青天一鶴」朱文圖章二方。次載全書總目。正文每卷首行，書名標作《太和正音譜卷（上下）》，次行署題作「丹邱先生涵虛子編」。原爲清人長洲汪氏（士鍾）藝芸書舍舊藏的善本書籍，後來歸入江蘇省立圖書館。民國九年上海商務印書館輯印的涵芬樓秘笈第九集所收的《太和正音譜》，即是據此用照相石印的一種版本，卷末有孫毓修的跋文。學者或謂此本爲「影寫洪武間刻本」，乃據孫氏跋文「全帙僅見明程明善《嘯餘譜》中。初明刊本，流傳絕少；此尚是從洪武本影寫，精雅絕倫」之語而來。

㈡沈氏鳴野山房所藏本：此本卷首的自序圖章、全書總目、正文書名、次行署題，和上文著

②以下簡介《太和正音譜》流傳之版本，參考近人〈太和正音譜提要〉。

錄的「藝芸書舍舊藏本」比較，雖然相符，但是版式、行數、字數，卻又完全不同。原本是淸人山陰沈氏（復粲）鳴野山房的舊物，然未見於《鳴野山房書目》。此本後歸海寧陳氏（乃乾）所藏。民國十五年，海寧陳氏又將此本重爲影石印行，與周德淸的《中原音韻》一書合印出版。民國五十四年盧元駿先生又將所藏此本影印行世。

㈢嘯餘譜本：明人程明善輯刻《嘯餘譜》第五卷所收本。卷首書名題作「北曲譜」，次行題「古歙程明善纂輯」。卷首自序圖章、全書總目俱無。所謂「影寫洪武間刻本」卷上，自〈樂府體式〉至〈詞林須知〉之正文，此本除將其十二宮調的曲牌目錄刪去以外，完全改爲卷首附錄。而卷下的〈樂府〉曲譜部分，此本又按照北曲宮調畫分爲黃鍾等十二卷。每支曲的譜式，每句都增注了字數，標出「句」、「韻」、「叶」。曲詞左旁的平仄四聲，一律改用簡筆符號標注。凡遇有閉口音的字，都加上了圈號。全書的文詞字句，若與所謂「影寫洪武間刻本」比勘時，可以發現不少歧異的地方。《嘯餘譜》一書現有明萬曆四十七年（一六一九）流雲館的原刻本。那時正値晚明，書業風氣極爲惡劣，程明善的刪削竄改，不過是窺豹一斑而已。《嘯餘譜》尙有淸康熙元年（一六六二）張漢的重刻本，是現在較爲通行的一種版本。

㈣崇禎間黛玉軒刻本：淸人曹寅的《楝亭書目》著錄此本，標爲三卷。日本長澤規矩也教授曾在東京發現此書，據說書名改題「北雅」，卷首有明末人馮夢禎的序文。已故馬廉先生，確錄有副本，現在與原書俱不知藏於何處。

㈤錄鬼簿外四種本：此本是依據涵芬樓秘笈本的《太和正音譜》重爲排印。其中原有缺字的地方，編者都參考曲譜給塡補上了。

㈥歷代詩史長編二輯本：所收的《太和正音譜》一書是根據涵芬樓秘笈本重爲校印，並以萬曆刻本《嘯餘譜》互爲勘校，作成校勘記，附於卷末。

《太和正音譜》除了以上的六種版本外，還有明淸以來的一些刪節本，即：臧懋循《元曲選》卷首附錄本、陶珽《重較說郛》卷八十四所收本、蔣廷錫等纂修《古今圖書集成・文學典》所收本（列爲第二百四十八卷和第二百五十一卷的〈總論〉部分）、曹溶輯陶越增刪《學海類編・集餘》三「文詞」類所收本、任訥《新曲苑》第四種本。這些刪節本都是取其論曲部分，隨意割裂，連名目都變更了。

由藝芸書舍和鳴野山房所藏的版本看來，《太和正音譜》的成書似乎應當在洪武戊寅（三十一年），作者似乎應當是「丹邱先生涵虛子」，他另有個別號叫「青天一鶴」。王國維先生《曲錄》卷三〈雜劇部下〉「辨三教」等十二本後云：

右十二種明甯獻王權撰，王，太祖第十六子，洪武二十四年就封大甯，永樂元年改封南昌。晚慕沖舉，自號臞仙，涵虛子、丹邱先生均其別號也。上十二本，《太和正音譜》題丹邱先生，蓋其自稱之詞如此。

又卷四〈荊釵記・一本下〉云：

明寧獻王權撰。明鬱藍生《曲品》題柯丹邱撰，黃文暘《曲海目》仍之。蓋舊本當題丹邱先生，鬱藍生不知丹邱先生爲寧獻王道號，故遂以爲柯敬仲耳。

可見靜安先生之所以認爲《太和正音譜》乃寧獻王朱權所作，是因爲涵虛子、丹邱先生皆爲獻王別號。並由此而推論《荊釵記》題「柯丹邱撰」，亦係「丹邱先生」之誤署。但是何以知道涵虛子、丹邱先生俱屬獻王道號，則靜安先生有關曲學諸書均未說明。僅於《宋元戲曲考》、《古劇腳色考》、《戲曲散論》諸書中，逕謂「寧獻王太和正音譜」。

有關寧獻王朱權的生平和著作資料，筆者所知者見於：《明太祖實錄》卷一一八、《明英宗實錄》卷一七〇、《明史稿》卷一〇九〈列傳四諸王傳二〉、《明書》卷八十七、《明史》卷一一七〈列傳五諸王傳二〉、《藩獻錄‧寧藩》、《國朝獻徵錄》卷一、《名山藏》卷三十七、《西園聞見錄‧宗藩後》、《明詩綜》卷二下、《列朝詩集小傳乾下》、《靜志居詩話》卷一、《明詩紀事》甲二、《明史‧藝文志》等記載之中。這些資料中只說到獻王「託志沖舉，自號臞仙。」卻都沒有提到他另有「丹邱先生、涵虛子」的道號，其著作目錄中亦無《太和正音譜》一書。

再就明清人論曲之書所提到的《太和正音譜》來觀察：明李開先《詞謔》兩次提到《太和正音譜》，其一云：

兩人誇乖，……又有兩人，一借《太和正音譜》，悋而不與，亦以朝天子譏之。

其二云：

般涉調短套内，有「東籬」二字，不必更立題，知爲馬致遠之作矣。《中原音韻》稱東籬「馬致遠先生」，《太和正音》名號分爲兩人，何也？

何良俊《曲論》云：

《拜月亭》是元人施君美所撰，《太和正音譜》樂府群英姓氏亦載此人。

王世貞《曲藻》云：

閱《太和正音譜》，王實甫十三本，以《西廂》爲首。

又云：

涵虛子記元詞一百八十七人，馬東籬如朝陽鳴鳳……國初十有六人，王子一如長鯨飲海。

王驥德《曲律·自序》云：

惟是元周高安氏有《中原音韻》之創，明涵虛子有《太和詞譜》之編，北士恃爲指南，北詞稟爲令甲，厥功偉矣。

又《曲律》卷一〈論調名第三〉云：

北調載天台陶九成《輟耕錄》及國朝涵虛子《太和正音譜》，南調載毘陵蔣維忠（名孝，嘉靖中進士）南九宮十三調詞譜。

又《曲律》卷四〈雜論第三十九上〉云：

《正音譜》中所列元人，各有品目，然不足憑。涵虛子於文理原不甚通，其評語多足付笑。又前八十二人有評，後一百五人漫無可否，筆力竭耳，非眞有所甄別其間也。

沈德符《顧曲雜言·雜劇院本》條云：

涵虛子所記雜劇名家凡五百餘本，通行人間者，不及百種。

徐復祚《曲論》云：

北詞，晉叔記刻元人百劇及我朝谷子敬……丹邱先生燕鶯蜂蝶、復落娼、煙花判，俱曾一一勘過。

又云：

丹丘評漢卿曰：「觀其詞語……。」

以上諸家皆爲明人。李、何、王三人都生於嘉靖間，可見那時《太和正音譜》已經相當流行，而且和我們現在所看到的藝芸書舍本和鳴野山房本不殊。王驥德《曲律》述及諸家著作，皆詳舉其籍貫名號，甚至於蔣維忠亦予加注，而於《太和正音譜》則但云「國朝涵虛子」，並且毫不忌諱的譏評其「文理原不甚通」。如果王氏知其爲寧獻王朱權，必不至於如此。可見明人對於《太和正音譜》的作者，但知其爲「涵虛子」、「丹邱先生」，而不知其爲何人，更無論其爲寧獻王朱權了。萬曆間《嘯餘譜》本一出，由於程明善的刪減竄改，遂使《太和正音譜》大失原貌（《欽定續文獻通考》卷尾著錄「程明善《嘯餘譜》十卷」）。臧懋循《元曲選》卷首所附，更肆意刪節：摘錄其〈詞林須知〉的一部分爲〈丹丘先生論曲〉，割裂其〈雜劇十二科〉和〈古今群英樂府格勢〉兩章合成〈涵虛子論曲〉，節鈔其〈音律宮調〉、〈群英所編雜劇〉、〈善歌之士〉三章而爲〈元曲論〉。可見臧氏已不知丹丘先生即涵虛子，難怪同時的陶珽，摘取其〈古今群英樂府格勢〉一章，也要改題「詞品」，作者署名「元涵虛子著」了。而於淸人的《古今圖書集成》本和《學海類編》本，也都沿襲陶珽的《重較說郛》本，而不自知其誤了。李調元《雨村曲話》引「古今群英樂府各有其目」，謂係「涵虛曲論」，其劇話引「构肆中戲出入之所，謂之鬼門道」一段，謂係「丹邱曲論」，顯然襲自臧晉叔。焦循《劇說》卷首列舉引用書自，不及《太和正音譜》，其卷一引《正音譜》「良家子弟所扮雜劇，謂之行家生活」一段，而誤題爲「周挺齋論曲」。可見《太和正音譜》在有淸一代，鮮爲學者所知，更無論其爲何人所作了。

## 二　丹邱先生、涵虛子爲寧獻王朱權道號

由上可見，明淸兩代的學者都不知道《太和正音譜》所題署的「丹邱先生、涵虛子」究竟何許人。但靜安先生所謂「涵虛子、丹邱先生均爲寧獻王朱權別號」，必是有所據而云然的。筆者雖然不知靜安先生之所據，但也儘量在尋求證成其說之可能。按《欽定續文獻通考·經籍考·五行類》載「肘後神經大全三卷」，謂「舊題涵虛子臞仙撰」，而《明史·藝文志》卷三〈子類〉和

錢謙益《列朝詩集小傳》所著錄之獻王著作目錄中均有「肘後神樞二卷」。《續文獻通考》既云「舊題」，則著錄者已疑其僞託。然而「肘後神經大全」雖未必即是「肘後神樞」，但其既署「臞仙撰」，則冒用獻王道號甚爲顯然。而「臞仙」之上又復有「涵虛子」，則「涵虛子」也應當是獻王晚慕沖舉所取的道號。準此之例，《太和正音譜》既題「丹邱先生涵虛子編」，那麼丹邱先生也應當是獻王晚年的道號了。

又周憲王朱有燉的《誠齋樂府》卷一有兩支〔慶東原〕，其下小注云：「賡和『丹丘』作，曲意二篇、曲韻二篇。」又別爲題目「自況」，下注「賡韻」。其曲云：

心安分，身不貧。笑談一、美惡皆隨順。也不誇好人，也不罵歹人，也不笑他人。管甚世間名，一任高人論。

粧些坌，撒會村。半生狂、花酒相親近，學一個古人，是一個老人，做一個愚人。管甚世間名，一任高人論。

這兩支〔慶東原〕所寫的正是周憲王晚年的心境[3]，他賡和的對象是「丹丘」，則「丹丘」必是他的親友或僚屬。可見在明初確實有一位號叫「丹丘」的人，他和周憲王的關係似乎頗爲密切。

③周憲王朱有燉爲周定王橚之長子，生於太祖洪武十二年（一三七九）正月十九日，卒於英宗正統四年（一四三九）五月二十七日。橚爲明太子第五子。故寧獻王朱權與周憲王朱有燉誼屬叔侄。筆者有〈周憲王及其《誠齋雜劇》〉一文，載《故宮圖書季刊》第二卷第二、三期。

我們雖然不敢遽指這位「丹丘」就是寧獻王朱權，但與寧獻王的身分卻頗有胳合之處。因為周憲王和寧獻王不止誼屬叔侄，而且憲王只比獻王少一歲。憲王這兩支曲子雖屬「自況」，但與獻王那時的心境，其實不殊（詳下文）。而這兩支曲子既為「賡和」之作，則「丹丘」頗有即獻王的可能。（元人柯九思亦號丹丘，但時代與周憲王不相及，且亦不作曲。）

結合這兩條論證看來，那麼「丹邱先生涵虛子」之為寧獻王朱權晚年的別號，似乎沒什麼問題了。但是《太和正音譜》是否為朱權所作，則另當別論。

## 三　《正音譜・序》所引起的問題

藝芸書舍本和鳴野山房本的《太和正音譜》，其卷首都有一篇序，全文如下：

猗歟盛哉！天下之治也久矣。禮樂之盛，聲教之美，薄海內外，莫不咸被仁風於帝澤也；於今三十有餘載矣。近而侯甸郡邑，遠而山林荒服，老幼瞶盲，謳歌鼓舞，皆樂我皇明之治。夫禮樂雖出於人心，非人心之和，無以顯禮樂之和；禮樂之和，自非太平之盛，無以致人心之和也。故曰：「治世之音，安以樂，其政和。」是以諸賢形諸樂府，流行于世，膾炙人口，鏗金戛玉，鏘然播乎四裔，使鴂舌雕題之氓，垂髮左衽之俗，聞者靡不忻悅。雖言有所異，其心則同，聲音之感於人心大矣。余因清讌之餘，採摭當代群英詞章，及元之老儒所作，依聲定調，按名分譜，集爲二卷，目之曰《太和正音譜》；審音定律，輯爲一卷，目之曰《瓊林雅韻》；蒐獵群語，輯爲四卷，目之曰《務頭集韻》；以壽諸梓，爲樂府楷式，庶幾便於好事，以助學者萬一耳。吁！譬之良匠，雖能運於斤斧，而未嘗不由於繩墨也歟！時歲龍集戊寅序。

這篇序因爲有「時歲龍集戊寅」的紀年，序尾又有「洪武戊寅」的葫蘆形朱文圖章，於是《太和正音譜》便有洪武原刻本和「影寫洪武間刻本」之說，也就是學者便因此認爲《太和正音譜》著成的年代是洪武年間。從這篇序並可以知道，著者有關「樂府楷式」的著作一共有三種，即：《太和正音譜》、《瓊林雅韻》和《務頭集韻》。作序者沒有署名，但序尾另有方形朱文圖章「青天一鶴」一方，依明人之例，就是作序者的別號。而序既屬自序口脗，則「青天一鶴」便是《太和正音譜》等三書的作者。又此書每卷開頭之次行俱署題作「丹邱先生涵虛子」既是寧獻王朱權的別號，那麼《太和正音譜》等三書自然是寧獻王朱權的著作。又《欽定續文獻通考·經籍考》卷尾著錄「朱權瓊林雅韻」，小注：「無卷數」（與《正音譜·序》「輯爲一卷」之語脗合）。則《太和正音譜》等三書之爲獻王所作，似乎毫無可疑。但是，戊寅當洪武三十一年（一三九八），獻王才二十一歲，而「丹邱先生涵虛子」則是他晚年的道號。也就是說，卷首的自序和正文的署題，其年代產生了前後不一致的矛盾。爲此，我們先縱觀獻王的一生：

他是明太祖朱元璋的第十六子④，太祖洪武十一年（一三七八）五月壬申朔日生⑤，英宗正統十三年（一四四八）九月戊戌望日薨[6]，享年七十一歲。洪武二十四年（一三九一），受封為寧王，二十六年（一三九三）就藩大寧。大寧在喜峰口外，是古代的會州，即今熱河省平泉、赤峰、朝陽等縣地。東連遼左，西接宣府，為當時重鎮。史稱寧藩帶甲八萬，革車六千，所屬朵顏三衛的騎兵都驍勇善戰，而獻王舉止儒雅，智略淵宏，屢次會合邊鎮諸王出師捕虜，肅清沙漠，威震北荒。成祖永樂元年（一四〇三）二月改封南昌。宣宗宣德三年（一四二八），他請求近郭灌城土田，明年又論宗室不應定品級，宣宗怒，大加詰責，他上書謝過。那時他已五十二歲。乃

④《太祖實錄》、《明史》、《明史稿》等俱以寧獻王為明太祖第十七子。《英宗實錄》、《列朝詩集小傳》等俱作第十六子。按《太祖實錄》卷一一七洪武十一年春正月有「壬午皇第十六子　生」一條，卷一一八洪武十一年有「五月壬申朔皇第十七子權生」一條，似當據《太祖實錄》作十七子為是。然明初所修《天潢玉牒》，記載太祖皇子二十四人，並述所從出，云：「第十六子寧王、第二十一子安王，皇美人所生也。」則又似以作第十六子為當。

⑤據《太祖實錄》卷一一八，見注④。

⑥《英宗實錄》卷一七〇正統十三年九月「戊戌寧王權薨。王，太祖高皇帝第十六子，母楊氏，洪武十一年生。二十四年冊封之國大寧，永樂元年遷江西南昌府，至是薨，享年七十有一。訃聞，上輟視朝三日，賜謚獻。遣官致祭，命有司營葬。王天性穎敏，負氣好奇，績學攻文，老而不倦，方之古賢王，迨不多讓。所著有詩賦、雜文及天運紹統錄、醫卜、修鍊、琴譜書，又有博山罏、古制瓦硯，皆極精緻云。」《藩獻錄》謂九月望日薨。

「託志翀舉，自號臞仙。」在緱嶺之上建築生墳，屢次前往盤桓。晚年的歲月就這樣寂寞的度過。

由獻王的生平看來，他弱冠年華的時候，正爾威震北荒；五十二歲以後由於大受宣宗皇帝的詰責，嚮慕冲舉，所謂「臞仙、丹邱先生、涵虛子」都是這時所取的道號。他早年和晚年的心境是截然不同的。根據洪武三十一年的序文，《太和正音譜》等三書分卷既具，顯然已經成書。如果說戊寅那年確已完成，然後逐年增訂，晚年才成爲定稿，所以序用初成的紀年，而題署用晚年的道號。但是他以一個二十一歲的青年王爺，對於功名又頗爲熱中，而居然會有閒情逸致去做那種刻板的譜律工作，是敎人不可思議的。也就是說這種假設很難成立。而其題署既用晚年道號，因此便只有一個可能，那就是序文根本是假的。蓋抄寫者因爲《太和正音譜》沒有序文，就給它僞作一篇，同時爲了提高正音譜的價值，也把時代提前，但卻沒考慮到洪武戊寅時，獻王才二十一歲，與所署的「丹邱先生涵虛子」是矛盾的。

## 四　《正音譜》成於朱權晚年宣德四年之後

如果以上的論證不誤，那麼《太和正音譜》的成書年代，便應當是獻王晚年，也就是宣德四年以後。

我們再就《太和正音譜》一書的內容來觀察，尚有兩點可以認定應當是獻王晚年的著作：其一，《太和正音譜》樂府體式十五家，第一體即爲「丹丘體」；雜劇十二科，第一科即爲「神仙道化」；〈詞林須知〉中更有「丹丘先生曰」之語。這些跡象都和獻王晚年的心境脗合。其二，群英所編雜劇《國朝三十三本》中，以「丹丘先生」爲首，列雜劇目十二種：《瑤天笙鶴》、《白日飛昇》、《獨步大羅》、《辯三教》、《九合諸侯》、《私奔相如》、《豫章三害》、《肅清瀚海》、《勘妬婦》、《煙花判》、《楊娭復落娼》、《客窗夜話》。其中《瑤天笙鶴》、《白日飛昇》、《獨步大羅》、《辯三教》等四種，顯然是屬於「神仙道化」一科。《獨步大羅》尚存，有明萬曆四十五年（一六一七）脈望館鈔校於小穀本，署「明丹丘先生」撰。記呂純陽、張紫陽二仙奉東華帝君命至匡阜南蠡西，點化冲漠子。（第一折）先鎖住心猿意馬，次去其酒色財氣，又逐去三尸之蟲，更與一丹藥服之，教以養嬰兒奼女之理。（第二折）又於渡頭點化之。（第三折）然後同入大羅天，引見東華帝君諸仙。（第四折）其第二折開場冲漠子說了這麼一段話：

貧道覆姓皇甫，名壽，字泰鴻，道號冲漠子，濠梁人也。生於帝鄉，長於京輦。爲厭流俗，攜其眷屬，入於此洪崖洞天，抱道養拙。遠離塵跡，埋名於白雲之野；構屋誅茅，棲遲於一岩一壑。近著這一溪流水，靠著這一帶青山；倒大來好快活也呵！豈不聞百年之命，六尺之軀，不能自全者，舉世然也。我想天既生我，必有可延之道，何爲自投死乎？

貧道是以究造化於象帝未判之先，窮生命於父母未生之始；出乎世教有爲之外，清靜無爲之內。不與萬法而侶，超天地而長存，盡萬劫而不朽。似這等看起來，不如修身還是好呵！

這種人生觀與獻王晚年的心境很近似，他心嚮往之，也確實在那麼做。再由其中所謂「生於帝鄉，長於京輦」，以及「百年之命，六尺之軀，不能自全者，舉世然也」諸語看來，和獻王的生平遭遇亦頗相脗合。因此甚至於我們可以這樣說：這段話正是獻王本身的自白，而《沖漠子》一劇正是他晚年的自我寫照，他期望的是出世入道、獨步大羅的境界⑦。所以《太和正音譜》也應當成於獻王晚年。

⑦《明詩紀事》謂獻王受譴後，每月派人到廬山山顛囊雲，並建一間小宅叫「雲齋」，用簾幙爲屏障，每日放雲一囊，四壁氤氳裊動，如在巖洞中，頗有陶弘景的風致。他有一首囊雲詩：「蒸入琴書潤，粘來几榻寒；小齋非嶺上，弘景坐相看。」這種行徑似乎很風流瀟洒，可以說是「宗藩中佳話」；其實是他晚慕沖舉，託志無爲的舉止。《沖漠子》一劇說沖漠子隱居在匡阜南蠡西，正和獻王的行徑頗相脗合。所以《沖漠子》一劇顯然是獻王晚年的自我寫照。

## 五　《正音譜》疑出獻王門客之手

但是，《太和正音譜》是否確實出自獻王之手呢？這個答案還是很難教人肯定的。因爲如上文所云：《正音譜》樂府體式十五家，第一體即爲「丹丘體」，《國朝三十三本》中亦以「丹丘先生」爲首。如果《太和正音譜》出自獻王之手，似不宜自我倨傲乃爾。又〈詞林須知〉有這樣一段話：

> 丹丘先生曰：「雜劇院本，皆有正末、付末、狚、孤、靚、鴇、猱、捷譏、引戲九色之名。」孰不知其名，亦有所出。予今書於譜內。以遺後之好事焉。

梁任公先生《古書眞僞及其年代》第四章〈辨別僞書及考證年代的方法〉，其第二項從文義內容上辨別的第一法「從人的稱謂上辨別」中，有這樣的話語：

> 書中引述某人語，則必非某人作；若書是某人做的，必無「某某曰」之詞。例如〈繫辭〉、〈文言〉便非孔子所能專有。

準此以例〈詞林須知〉，則丹丘先生必非作者。其中所說的「予今書於譜內」，也必與「丹丘先生曰」非同一聲口；因爲一個作者斷無以自己名號引用自己的話語，然後再說我如何如何。所以這段話的標點應當如上所示，其引用丹丘先生之語亦猶如〈雜劇十二科〉中之引用「子昂趙先生」和「關漢卿」之語的體例而已。

如此說來，獻王又似乎不是《太和正音譜》的作者了，但爲什麼又會題上「丹邱先生涵虛子編」呢？我們可以給它假設爲可能出自獻王的門客之手，其冒上獻王之號，有如《呂氏春秋》之於呂不韋，《淮南子》之於淮南王劉安[⑧]。因爲明代對於藩王，李開先《張小山小令後序》謂：「洪武初，親王之國，必以詞曲一千七百本賜之[⑨]。」談遷國榷謂必賜以樂戶，如建文四年補賜諸王樂戶，宣德元年賜寧王朱權樂人二十七戶。所以明代宗室中喜好戲劇的很多，寧周二藩之外，如《遼邸記聞》中的遼王朱憲㸅，《己瘧編》中的秦愍王、《野獲編》中的松滋王府宗人鎭國將軍朱恩鑡、《列朝詩集》中的趙康王厚煜及宗室朱承綵、朱器封等以及《天香閣隨筆》中的魯監國等都是顯著的例子，也就是說明代的藩國都是戲劇發達的溫床。寧獻王朱權由其劇作之有十二種，以及晚年之韜光養晦、嚮慕沖舉看來，其傾心於戲劇是必然的事。「上有好者，下必有

⑧《明史·藝文志》卷二〈史類〉著錄「寧獻王權《漢唐祕史》二卷」，小注：「洪武中奉敕編次。」料想亦爲王府文士所編，而署名獻王。其例有如《史記·信陵君列傳》所云：「當是時公子威振天下，諸侯之客進兵法，公子皆名之；故世俗稱魏公子兵法。」

⑨王靜安先生《宋元戲曲考》謂「寧獻王權亦當時親王之一，其所作《太和正音譜》卷首，著錄元人雜劇，僅五百三十五本，加以明初人所作，亦僅五百六十六本。則李氏言或過矣。」但李氏但云「詞曲」，而非謂「雜劇」；詞曲可以包括宋詞、散曲，雜劇等。李氏之言或稍嫌誇大，而賜詞曲之說當非無根。又若《正音譜》非獻王所作，則靜安先生之疑亦屬多餘。

甚焉。」我們可以想像得到，其門客之從事戲劇創作和研究者必大有其人，他們的工作必然受到獻王的欣賞和鼓勵。《太和正音譜》料想是在這種環境下編纂出來的。就因為編纂者是獻王門客，所以對於「丹邱先生」特別推崇，不但奉之為國朝名家之首，且引用其語，並沾染不少貴族的氣息⑩。其《群英所編雜劇》下有云：

> 蓋雜劇者，太平之勝事，非太平則無以出。今以耳聞目擊者收入譜內。天下才人非一，以一人管見，不能備知，望後之知音增入焉。

又其〈詞林須知〉章末後云：

> 譜中樂章，乃諸家所集，詞多不工，不過取其音律宮調而已，學者當自裁斷可也。

則《群英所編雜劇》之著錄，似乎止成於一人之手，而「曲譜」之作，又似乎前有所承襲，或成於眾手，而由一人總其成。

## 結　論

總上所述，我們可以得到兩個初步的結論：

---

⑩如其卷上〈雜劇十二科〉下所謂「行家生活」與「戾家把戲」，又如「娼夫不入群英四人」下之改趙文敬為「趙明鏡」、張國賓為「張酷貧」，謂「自古娼夫」，「止以樂名稱之耳，亘世無字。」

第一，如果卷首的序文確係《太和正音譜》的自序，那麼《太和正音譜》必非寧獻王朱權所著，而是明初一位別號叫做「青天一鶴」的人所作。「丹邱先生涵虛子」的題署也只是出於假託。

第二，「丹邱先生涵虛子」既然是獻王晚年的道號，而譜中又推尊獻王，引述其語，且與獻王晚年的心境脗合，則《太和正音譜》應當是獻王晚年門客所依託的著作，而卷首的「自序」必出自後人僞託。其編成年代在宣德四年（一四二九）以後，正統十三年（一四四八）以前。

（原載《書目季刊》第九卷第四期）

# 元代的詞曲論

就元代的詞曲而言，詞雖經兩宋製作，曲則為當代文學，元人論述，卻鮮有及於詞曲。但仍有一鱗半爪，深寓珠璣之語，足供參考。且先就詞而論。

朱晞顏跋《周氏塤樂府》曾扼要論及自晚唐以迄當代詞的流變情形，他說：

舊傳唐人《麟角》、《蘭畹》、《尊前》、《花間》等集，富艷流麗，動蕩心目。其源蓋出於王建宮詞，而其流則韓渥香奩、李義山西崑之餘波也。五季之末，若江南李後主、四川孟蜀王，號稱雅製。觀其憂幽隱恨，觸物寓情，亡國之音，哀思極矣。洎宋歐蘇出，而一掃衰世之陋，有不以文章，而直得造化之妙者。抑豈輕薄兒、紈綺子，游詞浪語，而為誨淫之具者哉？其後稼軒、清眞，各立門户；或以清曠為高，或以纖巧為美：正如桑葉食蠶，不知中邊之味為何如耳。最晚姜白石堯章以音律之學，為宋稱首。其遺詞綴譜，迥出塵俗，眞有「一洗萬古凡馬空」之氣。宋亡以來，音韻絕響，士大夫悉意詩文名理之學，人罕及之。惟遺山《中州》一集，近見流播，寥寥逸韻，獨出騷餘，非有高情遠韻者不能學也。

朱氏所論雖不能使人完全同意，譬如宗主白石而貶抑淸眞與稼軒，但對於詞之發展，已能道出脈絡，同時對於詞在元代之所以衰微的原因，亦有所說明，已屬難能可貴。元詞衰微的情形，戴表元〈題陳強甫樂府〉云：

少時閱唐人樂府《花間集》等作，其體去五七言律詩不遠，遇情愫不可直致，輒略加檃栝以通之，故亦謂之曲。然而繁聲碎句，一無有焉。近世作者幾類散語，甚者竟不可讀。余爲之憒憒久矣。

但其實元人如劉秉忠、劉因、張翥諸家尚有可觀之作，元詞雖衰，未可一概抹殺。元人對於詞，大抵亦婉約與豪放分途。主婉約者除朱氏外，尚有著《詞旨》的陸行直，他說：

詞不用雕刻，刻則傷氣，務在自然。周淸眞之典麗、姜白石之騷雅、史梅溪之句法、吳夢窗之字面，取四家之所長，去四家之所短，此（樂笑）翁之要訣。學者所謂刻鵠不成尚類鶩者也。不可與俗人言，可與知者道。

以周淸眞等四家爲典範，可見陸氏論詞宗主婉約。至於宗主豪放者，則有張之翰與劉敏中。

張氏〈方虛谷以詩餞余至松江因和韻奉答〉云：

邇來武林論文法，同歸正派夫奚疑？風行水上本平易，偶遇湍石始出奇。作詩作文久如此，況復大小樂府詞。留連光景足妖態，悲歌慷慨多雄姿。秦晁賀宴周柳康，氣骨漸弱孰綱維？稼翁獨發坡仙秘，聖處往往非人為。

劉氏〈江湖長短句引〉云：

聲本於言，言本於性情，吟詠性情莫若詩，是以詩三百皆被之弦歌。沿襲歷久，而樂府之製出焉，則又詩之遺音遺韻也。逮宋而大盛，其最擅名者東坡蘇氏，辛稼軒次之。近世元遺山又次之。三家體裁各殊，並傳而不相悖，殆猶四時之氣律不同，而其元化之所以斡旋，未始不同也。

張氏認為「風行水上本平易，偶遇湍石始出奇」。所以推崇風格豪放的蘇辛，說他們「聖處往往非人為」。劉氏亦以蘇辛為宋詞之最負盛名者，而元遺山之詞雖學周清眞，但多感慨悲涼之氣，風格亦近蘇辛，故亦可以豪放稱之。

至於論及詞法者，僅見陸行直一人。《詞旨》上云：

命意貴遠，用字貴便，造語貴新，鍊字貴響。

這可以說是詞法的四大綱領。《詞旨》上又云：

對句好可得，起句好難得，收拾全藉出場。凡觀詞須先識古今體製雅俗，脫出宿生塵腐氣，然後知此語咀嚼有味。

這是說明起句對全闋詞的重要，以及觀詞的方法。又云：

製詞布置停勻，血脈貫穿，過片不可斷曲意，如常山之蛇，救首救尾。

這是講求全詞布置的方法。另外又有屬對三十八則，警句九十二則，詞眼二十六則，單字集虛三十三字，全是以範例提示遣詞造句的方法。而元人論詞，亦盡於此而已。

元人對於曲的論述，要比詞略受注意。較專門的著作，有鍾嗣成《錄鬼簿》、《芝菴唱論》和周德清〈作詞十法〉；同時對於戲劇的論述也已見端倪。

貫雲石《陽春白雪》序云：

蓋士嘗云：「東坡之後，便到稼軒。」茲評甚矣。然而，北來徐子芳滑雅，楊西庵平熟，已有知音。近代疏齋媚嫵，如仙女尋春，自然笑傲；馮海粟豪辣灝爛，不斷古今心事，又與疏翁不可同古共談。關漢卿、庾吉甫，造語妖嬌，適如少美臨杯，使人不忍對殢。僕幼學詞，輒知深度如此。年來職史，稍稍遐頓，不能透前數士，愧已。澹齋楊朝英，選詞百家，謂《陽春白雪》，徵僕爲之一引。吁！陽春白雪，久亡音響，評中數士之詞，豈非陽春白雪也耶?客有審僕曰：「適先生所評，未盡選中，謂他士何？」僕曰：「西山朝來有爽氣。」客笑，澹齋亦笑。

《陽春白雪》是元人散曲中第一部選本，有作者八十餘家，小令四百餘首，套數五十餘套，足以表現元曲之藝術與思想。貫氏謂「選詞百家」蓋舉成數。由貫序觀之，直以「曲」爲「詞」，故隱然以北曲作家承接東坡、稼軒之後。其所評諸家風格甚有見地，尤其揭櫫「豪辣灝爛」一端，則惟曲中足以當此。「西山朝來有爽氣」，元曲之共同特色便是一股「爽氣」流貫其間，貫氏身爲元曲名家，故所論自非泛泛之語。而元曲由於楊氏之選集，其文學地位此時似乎已被承認。楊氏另有散曲選集《太平樂府》，鄧子晉序之云：

樂府本乎詩也。三百篇之變，至於五言，有樂府、有五言、有歌、有曲，爲詩之別名矣。及乎製曲，以腔音調滋巧盛，而曲犯雜出。好事者改曲之名曰詞，以重之，而有詩詞之分矣。今中州小令套數之曲，人目之曰樂府，亦以重其名也。舉世所尚，辭意爭新，是又詞之一變，而去詩遠矣。雖然，古人作詩，歌之以奏樂，而八音諧，神人和，今詩無復論是。樂府調聲按律，務合音節，蓋猶有歌詩之遺意焉。

他論述詩詞曲的流變，頗爲精當，並認爲「今中州小令套數之曲」，「猶有歌詩之遺意」，其用意與楊氏之名選集爲《陽春白雪》、《太平樂府》一樣，皆所以提高「曲」的地位。

他接著又說：

澹齋楊君有選集《陽春白雪》，流行久矣；茲又新選《太平樂府》一編，分宮類調，皆當代朝野名筆，而不複出諸編之所載者。且以燕山卓氏北腔韻類冠之，期於朔南同調，聲和氣和，而爲治世安樂之音，不徒羨乎秦青之喉吻也。昔酸齋貫公與澹齋遊，曰：「我酸則子當澹。」遂以號之，常相評今日詞手，以馮海粟爲豪辣浩爛，乃其所畏也。是編首采海粟所和白仁甫黑漆弩爲之始，蓋嘉其字按四聲，字字不苟，辭壯而麗，不淫不傷。澹齋刪存之意，亦知樂府之所本與？

可見楊氏選集的標準既重音律，又重辭格；他和貫氏皆以馮海粟的「豪辣浩爛」爲典範，那些四聲失調，粗俗淫靡之作，並非他們心目中的「樂府」，自然在刪除之列。而由此也可見彼時論曲之風氣已漸形成，故芝菴《唱論》、鍾氏《錄鬼》、周氏《中原》相繼而出。

《唱論》題「元燕南芝菴撰」，未詳姓名履歷。所論除注重唱法，純爲音樂問題，爲吾人所難解者外，尚有部分可資參考之論說，如：

成文章曰樂府，有尾聲名套數，時行小令喚葉兒。套數當有樂府氣味，樂府不可似套數；街市小令，唱尖新倩意。

芝菴之意蓋分曲爲樂府、套數、葉兒三類。樂府蓋爲文人創製之小令，葉兒則指民間流行之小曲。又云：

凡歌曲所唱題目，有閨情、鐵騎、故事、採蓮、擊壞、叩角、吉席、添壽，有宮詞、禾詞、花詞、湯詞、酒詞、燈詞，有江景、雪景，夏景、冬景、秋景、春景，有凱歌、棹歌、漁歌、挽歌、楚歌、杵歌。

由此可見當時「流行歌曲」的內容多麼廣泛。又云：

大凡聲音各應於律呂，分於六宮十一調，共計十七宮調：仙呂調唱清新綿邈，南呂宮唱感嘆傷悲，中呂宮唱高下閃賺，黃鍾宮唱富貴纏綿，正宮唱惆悵雄壯，道宮唱飄逸清幽，大石唱風流醞藉，小石唱旖旎嫵媚，高平唱條暢滉漾，般涉唱拾掇坑塹，歇指唱急併虛歇，商角唱悲傷婉轉，雙調唱健捷激裊，商調唱悽愴怨慕，角調唱嗚咽悠揚，宮調唱典雅沉重，越調唱陶寫冷笑。

這六宮十一調的「聲情」言簡意賅，每爲後來論曲者所稱述。其中「仙呂調」當爲「仙呂宮」之誤，「道宮」、「高平」、「歇指」、「角調」、「宮調」計一宮四調元曲已不用，故元曲實際所用之宮調僅五宮七調，計十二宮調而已。

周德清《中原音韻》附〈作詞十法〉，所謂「詞」實即「曲」，十法是：一知韻，二造語，三用事，四用字，五入聲作平聲，六陰陽，七務頭，八對偶，九末句，十定格。所謂「定格」，即列舉名作四十首，定爲標準，並加品評，既可資欣賞，亦可作「曲譜」觀。他說：

凡作樂府，古人云：「有文章謂之樂府。」如無文飾者謂之俚歌，不可與樂府共論也。又云：「作樂府切忌有傷于音律。」且如女眞風流體等樂章，皆以女眞人音聲歌之，雖字有舛訛，不傷於音律者，不爲害也。大抵先要明腔，後要識譜，審其音而作之，庶無劣調之失。

這是〈作詞十法〉的小引。他分曲爲「樂府」和「俚歌」，與芝菴略同。樂府要明腔識譜，

「審其音而作之」，可見曲已到了極為講求音律的時候。他論「知韻」謂「無入聲，止有平上去三聲。」論「入聲作平聲」謂「施於句中，不可不謹，皆不能正其音。」論「陰陽」謂曲中有「用陰字法」與「用陽字法」，不可不別。這三條是有關聲調的問題。另外還有所謂「務頭」，他說：

> 要知某調某句某字是「務頭」，可施俊語於其上。

「務頭」之說為後來聚訟所在。明王驥德《曲律》釋之云：

> 務頭係是調中最緊要句字，凡曲遇揭起其音而宛轉其調，如俗之所謂做腔處，每調或一句，或二三句，每句或一字，或二三字，即是務頭。

此說近是。周氏又論「造語」云：

> 可作樂府語、經史語、天下通語：未造其語，先立其意，語意俱高為上。短章辭既簡，意欲盡。長篇要腰腹飽滿，首尾相救。造語必俊，用字必熟。太文則迂，不文則俗，文而不文，俗而不俗，要聳觀，又聳聽，格調高，音律好，襯字無，平仄穩。不可作俗語、蠻語、謔語、嗑語、市語、方語、書生語、譏誚語、全句語、构肆語、張打油語、雙聲疊韻語、六字三韻語。

可見周氏論曲中語言是就「文士之曲」為準則的。他論長短篇之曲的作法，除了「襯字無」一語有待商榷外，其他大抵允當；因為襯字的功用在於轉折、聯續、形容、輔佐，能使凝鍊含蓄的句意化開，變成爽朗流利的話語，有助於曲中「豪辣浩爛」的情致；曲之一大特色即在襯字之運用，若「襯字無」，則直如詞化之曲而已。又其論可作之語與不可作之語，雖亦大體不差，但文學語言之運用，其妙完全「存乎一心」。只要能使曲文機趣活潑，無論何等語言應當都可以使用。其次周氏又從修辭學的觀點論造語，提出了四點禁忌：

語病：如達不著主母機；有答之曰：「燒公鴨亦可。」似此之類切忌。

語澀：句生硬而平仄不好。

語粗：無細膩俊美之言。

語嫩：謂其言太弱，既庸且腐，又不利當，鄙猥小家而無大氣象也。

這四點毛病確實應當避免。他又論「用事」謂「明事隱使，隱事明使。」論「用字」謂「切不可用生硬字，太文字，太俗字，襯墊字。」其論用事極有見地，而論用字則不可從。「襯墊字」即襯字，其不當已見前論。其他所謂「生硬字、太文字、太俗字」皆無一定標準可循，且曲中頗有故用生硬字以見奇峭者，亦有故用「太文」或「太俗」字以見機趣者。

論散曲的作法，還有喬吉一段很精妙的議論，見於陶宗儀《輟耕錄》卷八：

喬孟符（吉），博學多能，以樂府稱。嘗云：「作樂府亦有法。曰：『鳳頭、豬肚、豹尾』六字是也。大概起要美麗，中要浩蕩，結要響亮。尤貴在首尾貫穿，意思清新，苟能若是，斯可以言樂府矣。

此所謂樂府，乃指散曲，如折桂令、水仙子之類。這段議論何止小令應當如此，大凡散套、雜劇，以至於詩文莫不應如此。其所謂「豬肚」，「中要浩蕩」，與周德清所稱「腰腹飽滿」者相同。

另外，楊維楨《東維子集》也有兩段論散曲的文字，其〈周月湖《今樂府》序〉云：

士大夫以今樂成鳴者，奇巧莫如關漢卿、庾吉甫、楊淡齋、盧疏齋，豪爽則有如馮海粟、滕王霄，醞藉則有如貫酸齋、馬昂父。其體裁各異，而宮商相宣，皆可被於絃竹者也。繼起者不可枚舉，往往泥文采者失音節，諧音節者虧文采，兼之者實難也。夫詞曲本古詩之流，既以樂府名編，則宜有風雅餘韻在焉。苟專逐時變，競俗淺，不自知其流於街談市諺之陋，而不見夫錦臟繡腑之爲懿也，則亦何取於今之樂府，可被於絃竹者哉？

可見楊氏認爲曲既當講求文采，又當諧調音節，而像關氏等人才是曲家的典範。其說與鄧氏序《太平樂府》之意相似，只是他更明白指出曲宜有「風雅餘韻」，而對於「街談市諺」之俚曲則更加鄙薄，尤見士大夫的傳統氣息而已。他在〈沈氏《今樂府》序〉中更強調這種觀念，他說：

或問騷可以被絃乎？曰：「騷，詩之流，詩可以絃，則騷其不可乎？」或於曰：「騷無古今，而樂府有古今，何也？」曰：「騷之下爲樂府，則亦騷之今也。又況今之今乎？吁！樂府曰今，則樂府之去漢也遠矣。士之操觚於是者，文墨之游耳。其於聲文綴於君臣、夫婦、仙釋氏之典故，以警人視聽，使癡兒女知有古今美惡成敗之觀懲，則出於關庾氏傳奇之變。或者以爲治世之音，則辱國甚矣。吁！〈關雎〉、〈麟趾〉之化漸漬於聲樂者，固若是其班乎？」故曰：「今樂府者文墨之士之游也。」然而媟邪正，豪俊、鄙野則亦隨其人品而得之。楊、盧、滕、李、馮、貫、馬、白，皆一代詞伯，而不能不游於是。雖依比聲調，而其格力雄渾正大有足傳者。邇年以來，小葉俳輩，類以今樂自鳴，往往流於街談市諺之陋，有漁樵欸乃之不如者，吾不知又十年二十年後，其變爲何如也。

在楊氏眼中，當時的曲運已見衰颯，緣故是「小葉俳輩」「往往流於街談市諺之陋」。由此也可見爲什麼元曲到了後來不是淪於粗鄙，便趨於穠麗的緣故。文士之曲自易趨於穠麗；市井之曲，自易趨於卑俗；而元曲之爽氣，楊氏之時恐難尋覓矣。

元人之論雜劇者，始見於胡祗遹，其〈贈宋氏序〉云：

百物之中，莫靈莫貴於人，然莫愁苦於人。……聖人所以作樂以宣其抑鬱，樂工伶人亦可愛也。樂音與政通，而伎劇亦隨時所尚而變。近代教坊院本之外，再變而爲雜劇。既謂之雜，上則朝廷君臣政治之得失，下則閭里市井父子兄弟夫婦朋友之厚薄，以至醫藥卜筮釋道商賈之人情物理，殊方異域，風俗語言之不同，無一物不得其情，不窮其態。

胡氏釋「雜劇」之義，未免望文附會，說見拙著〈釋雜劇〉，載《中國古典戲劇論集》。但由此可見元雜劇內容之廣泛及其用途之大；其觀念較之前引〈楊氏《今樂府》序〉之鄙薄關庾劇作爲「辱國之甚者」，可謂明達。至其所謂「近代教坊院本之外，再變而爲雜劇」，則與陶宗儀《輟耕錄》院本名目錄所云「金有院本、雜劇、諸公（宮之誤）調，院本、雜劇，其實一也。國朝，院本、雜劇始釐而二之。」雜劇曲名條所謂「金季國初，樂府猶宋詞之流，傳奇猶宋戲曲之變，世傳謂之雜劇。」對於戲劇之源流均予吾人莫大之啓示，說詳拙著〈宋雜劇金院本對於元雜劇之影響〉，亦見《中國古典戲劇論集》。

鍾嗣成所著《錄鬼簿》一書爲研究元雜劇的寶典，其旨在錄存劇作，但其卷下所屬「方今才人相知者」，則「爲之作傳」並「以凌波仙曲弔之」。其間頗有涉及作家劇作之批評。如於宮大用則云：

其吟詠文筆，人莫能敵，樂府歌曲，特餘事耳。

〈凌波仙曲〉云：

豁然胸次掃塵埃，久矣聲名播省臺。先生志在乾坤外，敢嫌他天地窄，辭章壓倒元白。憑心地，據手策，無比英才。

又如〈弔鄭德輝凌波仙曲〉云：

乾坤膏馥潤肌膚，錦繡文章滿肺腑。筆端寫出驚人句，翻騰今是古。詞壇老將輸伏，翰林風月，梨園樂府，端的是曾下功夫。

像這樣，可以說已啓評論元雜劇作家的先聲。後來賈仲名又「自關先生至高安道八十二人，各各勉強次前曲以綴之。」算是補鍾氏之不足。

（原載《國立編譯館館刊》第四卷第二期）

# 明代帝王與戲曲

## 引言

本文所謂的「戲曲」，是指中國傳統戲劇而言，因爲中國傳統戲劇無不運用樂曲搬演，所以稱作「戲曲」。

中國戲曲可大別爲小戲、大戲、偶戲三類型。若就大小戲而言，有西漢角觝戲、東漢至六朝百戲、隋唐雜戲、宋金雜劇院本、金元北劇、宋元南戲、明清雜劇、明清傳奇、清亂彈、清京戲等；若就偶戲而言，有漢代以後的傀儡戲、宋代以後的皮影戲、清代以後的布袋戲。根據一九六二年中國大陸所作的調查統計，全國有四百六十多個劇種，其中偶戲近百種，小戲六十餘，大戲約三百[1]。可見直到現代，中國戲曲依然非常繁盛。

中國戲曲主要在反映現實人生，所謂「天地間一番戲場，古今來許多腳色[2]。」也以此「寓教於樂」，完全融入人們的生活之中。而若就歷代帝王來觀察，也大抵喜好戲曲，尤以明代諸帝王爲甚。本文因此想從明代帝王與戲曲的關係中來探討明代宮廷演戲和帝王喜好戲曲的情況，以及其所頒布的法令對戲曲所產生的影響。

## 一　明代宮廷演戲

明代宮廷演戲由「鐘鼓司」和「教坊司」負責。《明史·職官志》記鐘鼓司與教坊司之組織與職掌爲：

> 鐘鼓司，掌印太監一員，僉書、司房、學藝官無定員。掌管出朝鐘鼓，及內樂、傳奇、過錦、打稻諸雜戲。
>
> 教坊司，奉鑾一人，左右司樂各一人，掌樂舞承應。以樂户充之，隸禮部。

---

①見《中國戲曲曲藝詞典》「劇種」條。

②此相傳爲康熙皇帝題戲臺之聯語。這裡只取其上下聯之後半。其全文是「日月燈江海油風雷鼓板天地間一番劇場，堯舜旦文武末莽操丑淨古今來許多腳色。」

沈德符《萬曆野獲編補遺》卷一云：

內廷諸戲劇俱隸鐘鼓司，皆習相傳院本，沿金元之舊，以故其事多與教坊相通。至今上始設諸劇於玉熙宮以習外戲，如弋陽、海鹽、崑山諸家俱有之。

沈氏所謂「今上」自然指的是神宗萬曆皇帝，那時南戲諸腔已流入禁中。關於鐘鼓司的職責，明宦官劉若愚《酌中志》卷十六有更詳細的記載：

鐘鼓司：掌印太監二員，僉書數十員，司房、學藝官二百餘員，掌管出朝鐘鼓。西內秋收之時，有打稻之戲，聖駕幸旋磨臺、無逸殿等處，鐘鼓司扮農夫饁婦及田畯官吏，徵租交納詞訟等事，內官監衙門伺候合用器具，亦祖宗使知稼穡艱難之美意也。又過錦之戲，約有百回，每回十餘人，不拘濃淡相間、雅俗並陳，全在結局有趣。如說笑話之類，又如雜劇故事之類，各有引旗一對，鑼鼓送上。所扮者備極世間騙局醜態，並閨壼拙婦騃男及市井商匠刁賴詞訟雜耍把戲等項，皆可承應。……又木傀儡戲……

關於教坊司，《萬曆野獲編》卷十八也有較詳細的記載：

教坊司，專備大內承應。其在外庭，惟宴外夷朝貢使臣，命文武大臣陪宴乃用之。……又賜進士恩榮宴亦用之，則聖朝加重制科，非他途可望。其他臣僚，雖至貴倨，如首輔考滿，特恩賜宴始用之；惟翰林官到任，命教坊官俳供設，亦玉堂一佳話也。

由以上所引資料看來，似乎宮廷演戲純由鐘鼓司的宦官負責，所演劇種包括宮廷小戲笑樂院本、南戲北劇傳奇等大戲，鄉土小戲「打稻」、鄉土小戲群「過錦」，以及傀儡戲。而教坊司上歌舞承應，未及戲劇。但是教坊司所隸屬的「樂戶」娼妓，元代以來就是戲曲的主要演員③，有明一代，「以娼兼優」的風氣依然不衰（見徐樹丕《識小錄》）。娼妓中的名伶見於諸家記載④，張岱《陶庵夢憶》卷七「過劍門」所云「南曲中妓以串戲爲韻事，性命以之，楊元、楊能、顧眉生、李十、董白以戲名」，是最顯著的例子。則樂戶於宮廷中承應戲曲，應當是極自然的事，因此沈德符才會說鐘鼓司「其事多與教坊相通」。而由於樂戶娼妓散落市井，如果承應內廷，應當主要以民間「時新戲曲」來搬演。

我們雖然沒有直接資料可以看出明代內廷搬演大戲的情形，但從劉若愚所記宮中演出水傀儡戲的規模，概可「窺豹一斑」。《酌中志》卷十六云：

---

③夏庭芝《青樓集》謂珠廉秀「雜劇爲當今獨步，駕頭花旦、軟末泥等，悉造其妙。」順時秀「雜劇爲閨怨最高，駕頭諸旦本亦得體。」南春宴「長於駕頭雜劇，亦京師之表表者。」天然秀「閨怨雜劇，爲當時第一手；花旦、駕頭，亦臻其妙。」國玉第「長於綠林雜劇，尤善談謔，得名京師。」平陽奴「精於綠林雜劇。」朱錦繡「雜劇旦末雙全。」燕山秀「旦末雙全，雜劇無比。」

④如周暉《金陵瑣事》謂徐霖戲文「娼家皆崇奉之」，余懷《板橋雜記》之記尹春、李香、馬婉容、董白，《十美詞紀》之記陳圓、李蓮、梁昭，錢謙益《列朝詩集小傳》閨集之記馬湘蘭，冒辟疆《影梅庵筆記》之記陳姬等。

水傀儡戲其製用輕木雕成海外四夷蠻王及仙聖、將軍、士卒之像，男女不一，約高二尺餘，止有臂以上，無腿足，五色油漆，彩畫如生。每人之下平底，安一榫卯，用三寸長竹板承之，用長丈餘、闊數尺、深二尺餘方木池一個，錫鑲不漏，添水七分滿。下用凳支起。又用紗圍屏隔之。經手動機之人，皆在圍屏之內，自屏下游移動轉。水內用活魚、蝦、蟹、螺、蛙、鰍、鱔、萍、藻之類浮水上。聖駕陞殿，座向南，則鐘鼓司官在圍屏之南，將節次人物各以竹片托浮水上，遊鬥頑耍、鼓樂喧哄。另有一人執鑼在旁宣白題目，替傀儡登答讚導喝采。或英國公三敗黎王故事，或孔明七擒七縱，或三寶太監下西洋，八仙過海，孫行者大鬧龍宮之類。惟暑天白晝作之。其人物器具，御用監也；水池魚蝦，內官監也；圍屏帳幔，司設監也；大鑼大鼓，兵仗局也。乍觀之似可喜，如頻作之，亦覺繁費無味。

演出水傀儡即動用御用監、內官監、司設監、兵仗局來支援，可以想見若演出大戲，其穿關定然不虞匱乏，而其排場定然富麗堂皇。這在《也是園古今雜劇》中之明教坊劇和無名氏雜劇，可以得到具體的印證。關於這一點，下文再作進一步說明。

上文引沈德符《萬曆野獲編》，謂內廷所演之戲皆金元相傳之舊院本，直到神宗萬曆皇帝才引進弋陽、海鹽、崑山諸腔那樣的「外戲」。這段話恐怕值得商榷。按徐渭《南詞叙錄》云：

我高皇帝即位，聞其名，使使徵之，則誠佯狂不出，高皇不復強。亡何，卒。時有以《琵琶記》進呈者，高皇笑曰：「五經四書，布帛菽粟也，家家皆有；高明《琵琶記》，如山珍海錯，貴富家不可無。」既而曰：「惜哉！以宮錦而製鞵也！」由是日令優人進演。尋思其不可入絃索，命教坊奉鑾史忠計之。色長劉杲者，遂撰腔以獻，南曲北調，可於箏琶被之；然終柔緩散戾，不若北之鏗鏘入耳也。

可見高則誠《琵琶記》曾經受到明太祖欣賞，太祖因爲不喜南曲腔調，所以命教坊改用北曲絃索調來演唱。高則誠既與明太祖爲同時之人，則其所撰《琵琶記》自非「金元相傳之舊作」，就內廷而言，亦應屬進呈之「外戲」。尚可注意的是在內廷演出《琵琶記》的是「優人」而非「內侍」，主其事的是教坊司而非鐘鼓司。則教坊司主持「外戲」演出，明初已然。又祁彪佳《遠山堂曲品》謂姚茂良《金丸記》「聞作此於成化年間，曾感動宮闈。」王鏊《震澤紀聞》卷上「萬安」條更云：

（劉）鎡之挾妓也，飲於牡丹亭。里人趙賓者工於詞曲，戲作《劉公子賞牡丹亭記》。或以告（萬）安，遂達於禁廷。時上好新音，教坊日進院本，以新事爲奇。一日中使忽至賓家索《牡丹亭記》，賓不在。明日以獻，旋加粉飾，增入聚麀之事，陳於上前。上大怒，鎡用是去位。

憲宗皇帝既然「好新音，教坊日進院本，以新事爲奇」，則趙賓以劉鎡行跡「現身說法」的《牡丹亭記》自然在索求之列，而即此也可見所謂「外戲」起碼在成化年間已經大量進呈御覽。

此後，如蔣之翹《天啓宮詞》云：

歌徹咸安分外妍，白鈴青鴿入冰絃。
四齋供奉先朝事，華嶽新編可尚傳。

注：神廟孝養兩宮，設有四齋，近侍二百餘名習戲承應。一日兩宮陞座，神宗侍側，演新編《華嶽賜環記》，中有權臣驕橫，寧宗不振，云：「政歸寧氏，祭則寡人。」神廟矚目，不言久之。

《華嶽賜環記》未見流傳⑤，但既云「新編」，必是萬曆年間的時新「外戲」，而這「外戲」是「近侍」扮演的，看樣子「鐘鼓司」也兼習外戲了。蔣氏《宮詞》又云：

角觝魚龍總是雲，昭忠曼衍岳家軍。
風魔何獨嘲長腳，長舌東窗迴不聞。

注：帝好閱武戲，於懋勤殿設宴，多演岳忠武傳奇。至風魔罵秦檜，忠賢避之。

又陳悰《天啓宮詞》云：

---

⑤《曲錄》著錄有《賜環記》，其他未見。馮夢龍〈量江記〉中引陳藎卿云：「聿雲氏所爲樂府，有《賜環記》、《鎖骨菩薩》雜劇。余恨未悉睹，尚當問諸池陽也。」呂天成《曲品》「量江」條亦云：「尚有《賜環記》未見。」未知是否即此劇。

懋勤春暖御筵開，細演東窗事發回。
日暮歌闌牙板歇，蟒襴珠總出屏來。
注：上設地坑於懋勤殿，御宴演戲。嘗演《金牌記》，至風魔和尚罵秦檜，魏忠賢趨匿壁後，不欲正視。牌總，內臣所懸於貼裡外者，飾以明珠自忠賢始。

陳氏《宮詞》又云：

美人眉黛月同彎，侍駕登高薄暮還。
共訝洛陽橋下曲，年年聲繞兔兒山。
注：兔兒山即旋磨臺也。乙丑重陽，聖駕臨幸。鐘鼓司承應邱印執板唱《洛陽橋記》「攢眉鎖黛不開」一闋。次年後如之，宮人知書者相顧疑怪，非特於景物無取，語意實近不祥也。不期年而鼎湖龍逝矣。

「岳武穆傳奇」未見著錄，當即陳衷脈所撰之《金牌記》[6]；「洛陽橋記」，亦未見著錄，當演

---

⑥《遠山堂》著錄兩《金牌記》，一演楊延昭事，一演岳飛事。前者屬無名氏，後者爲陳衷脈所著。《曲品》云：「『精忠』簡潔有古色，而詳覈終推此本。且其聯貫得法，武穆事功，發揮殆盡。」《宮詞》所云疑即此本。《酌中志》卷十六亦云：「先帝（熹宗）最好武戲，于懋勤殿陞座，多點岳武穆戲文，至瘋和尙罵秦檜處，逆賢常避而不視，左右多笑之。」

蔡襄事[7]。此二劇亦俱屬「外戲」。而熹宗天啓皇帝不止好在內廷看「外戲」，自己也躬踐起排場來。陳氏《宮詞》云：

駐蹕回龍六角亭，海棠花下有歌聲。

葵黃雲子猩紅辮，天子更裝踏雪行。

注云：回龍觀，舊多海棠，旁有六角亭。每歲花發時，上臨幸焉。嘗於亭中自裝宋太祖，同高永壽輩演雪夜訪趙普之戲。民間護帽，宮中稱雲子披肩，時有外夷所貢，不知製以何物，色淺黃，加之冠上，遙望與秋葵花無異，特爲上所鍾愛。扁辮，羢織闊帶也；值雨雪，內臣用此束衣離地，以防汙泥。演戲當初夏，兩物咸非所宜，上欲肖雪夜戎裝，故冒暑服之。

熹宗皇帝不止親自「下海」，而且爲求劇情逼眞，竟不辭冒暑服雲子披肩，在明代君主中，固然

[7]《洛陽橋》，今樂考證著錄有清人李玉、許見山同目著作。李作現存宮譜鈔本〈神議〉、〈戲女〉、〈下海〉諸齣藏上海圖書館。《八閩通志》云：「蔡守泉郡，甃石爲橋，在府城東三十八都，名萬安橋，亦名洛陽橋。」按俗傳蔡襄造橋移檄海神。明初鄞人蔡錫，亦知泉州府，橋圮修之，發石有刻文云：「石頭腐爛，蔡公再來。」遂改名萬安。前後二蔡，《通志》所云，實錫非襄也。今人曾子良有「洛陽橋故事之研究」言之甚詳。又明無名氏有《四美記》，亦演蔡襄洛陽橋事。

絕無僅有，即使比起後唐莊宗與其子之合演「劉衛推訪女」[8]，亦有過之而無不及。熹宗所演「雪夜訪普」一折，當出自羅貫中（本）《宋太祖龍虎風雲會》雜劇，此劇尚存。

由以上可見明代內廷演戲，鐘鼓司主內劇，教坊司主外戲，而內廷演戲既盛，內外戲自然合流。

## 二　明代帝王對戲曲之好惡

從上節我們已經知道，明代帝王中，像太祖、憲宗、神宗、熹宗都喜好戲曲。這裡進一步作

---

⑧宋孫光憲《北夢瑣言》卷十八「劉皇后笞父」條云：「莊宗劉皇后，魏州成安人，家世寒微。……及笄，姿色絕衆，聲伎亦所長。太后賜莊宗，爲韓國夫人侍者。後誕生皇子繼笈，寵待日隆。他日，成安人劉叟詣鄴宮，見上，稱夫人之父。有內臣劉建豐認之，即昔黃鬚丈人，后之父也。劉氏方與嫡夫人爭寵，皆以門第誇尚。劉氏恥爲寒家，白莊宗曰：『妾去鄉之時，妾父死於亂兵，是時環屍而哭，妾固無父。是何田舍翁，詐僞及此！』乃於宮門笞之。其實后即叟之長女也。莊宗好俳優，宮中暇日，自負蓍囊、藥篋，令繼笈破帽相隨，以后父劉叟，以醫卜爲業也。后方晝眠，乃造其臥內，自稱『劉衙推訪女。』后大恚，笞繼笈，然爲太后不禮。」其事亦見《五代史記》卷三十七〈莊宗紀〉，同書卷四十九〈劉后傳〉及《新五代史》卷十四〈劉后傳〉。

補充說明。

明太祖起自布衣，體內流動的是庶民的血液，喜好戲曲是很平常的事。他喜好《琵琶記》，「日令優人進演」（已見上文）；他又曾命中使將女樂入實宮中，受到監奉天門監察御史周觀政的阻止[9]，他更在金陵廣建酒樓以處官妓，《野獲編補遺》卷三「建酒樓」條云：

洪武二十七年，上以海內太平，思與民偕樂，命工部建十酒樓於江東門外，有鶴鳴、醉仙、謳歌、鼓腹、來賓、重譯等名。既而又增作五樓，至是皆成，詔賜文武百官鈔，命宴於醉仙樓，而五樓則專以處侑酒歌伎者。蓋倣宋世故事，但不設官醞，以收榷課，最爲清朝佳事。

太祖於金陵所建酒樓，又有十四樓[10]、十六樓[11]之說。酒樓所以處官妓，不難想見其歌舞戲曲之

---

⑨《明史》卷一三九〈韓可宜傳〉附〈周觀政傳〉：「觀政亦山陰人，以薦授九江教授，擢監察御史。嘗監奉天門。有中使將女樂入，觀政止之。中使曰：『有命。』觀政執不聽。中使慍而入，頃之，出報曰：『御史且休，女樂已罷不用。』觀政又拒曰：『必面奉詔。』已而帝親出宮，謂之曰：『宮中音樂廢缺，欲使內家肄習耳。朕已悔之，御史言是也。』左右無不驚異者。」

⑩周暉《金陵瑣事》「詠十四樓集句」條云：「洪武中建來賓、重譯、清江、石城、鶴鳴、醉仙、樂民、集賢、謳歌、鼓腹、輕煙、淡粉、梅妍、翠柳十四樓於南京以處官妓。」

⑪《續金陵瑣事》「不禁官妓」條云：「太祖造十六樓待四方之商賈士大夫，用官妓無禁。宣德二年大

盛。但是《明實錄》記洪武十三年二月事，「上諭皇太子諸王曰：『吾持身謹行，汝輩所親見。吾平日無優伶贊近之狎，無酣歌夜飲之娛……故與爾等言之，使知持守之道。』」這看來似乎與上面資料矛盾，其實不然。因爲太祖是以教訓口吻在諭示子弟，要他們效法他不狎暱優伶、飲酒不可過分；並沒有禁止他們看戲和飲酒。所以不能因此而否定太祖喜好觀賞戲曲。

成祖對於明初雜劇「十六子」頗爲禮遇。像《錄鬼簿續編》所記載的：「湯舜民：文皇帝在燕邸時寵遇甚厚，永樂間，恩賚常及。」「楊景賢：永樂初，與湯舜民一般遇寵。」「賈仲名：嘗侍文皇帝於燕邸，甚寵之。每有宴會應制之作，無不稱賞。」他對於這些劇作家如此寵遇，如果說他不喜好戲曲是不可能的。

在成祖之前的惠帝《後鑒錄》說他「通夕飲宴，戲劇歌舞。」自然喜好戲劇；其後仁宗，享國短暫，無資料可稽。爾後君主，除英宗外，無不喜好戲曲。

英宗即位之初即釋放「教坊樂工三千八百餘人，又朝鮮國婦女自宣德初取來，上憫其有鄉土父母之思，命中官遣回」（《野獲編》卷一）。對於「以男裝女，惑亂風俗」的吳優，竟「親逮問之」（都穆《都公譚纂》卷下）。「景帝初，幸教坊李惜兒，召其兄李安爲錦衣，賞金帛、賜

---

中丞顧公始奏革之。」另朱彝尊《靜志居詩話》、余懷《板橋雜記》、謝肇淛《五雜俎》亦皆言十六樓。

田宅。」他復辟後，「安僮謫戍，而鐘鼓司內官陳義，教坊司左司樂晉榮，以進妓誅；錦衣百戶殳崇以進淫藥誅」（《野獲編》卷二十一）。由此也可見他的父親宣宗和弟弟景帝都是戲曲愛好者。宣宗有一次在內廷，命戶部尚書黃福觀戲，福曰：「臣性不好觀戲。」命圍棋，又曰：「臣不會著棋。」宣宗對於這位「持正不阿，卓然自立」，認爲觀戲、圍棋是「無益之事」的大臣，只好默然（劉宗周《人譜類記》卷五）。

英宗之後，憲宗、武宗是有名的戲曲嗜好者。李開先《閒居集·張小山小令後序》云：

人言憲廟好聽雜劇及散詞，搜羅海內詞本殆盡。又武宗亦好之，有進者，即蒙厚賞。如楊循吉、徐霖、陳符，所進不止數千本。

王鏊《震澤紀聞》「劉瑾」條也說「成化中，好教坊戲劇，瑾領其事得幸。」「萬安」條也說：「時上好新音，教坊日日進院本，以新事爲奇。」因此成化二十一年李俊疏中便有「伶人奏曼延之戲……俳優僧道亦玷班資」的話語（《明史》卷一百八十〈李俊傳〉）。《也是園古今雜劇》中教坊所編現存的十六本，可以說都是成化年間的作品（見拙著《明雜劇概論》）。

武宗時，劉瑾更「日進鷹犬歌舞角觝之戲，導帝微行，帝大歡之」，以致「不親萬幾」（《明史》卷三〇四〈劉瑾傳〉）。兵部尚書韓文「每退朝對僚屬語及，輒泣下。」便上了一封奏摺，中有云：「太監馬永成、谷大用、張永、羅祥、魏彬、邱聚、劉瑾、高鳳等造作巧僞，淫蕩上心，繫毬走馬、放鷹逐犬、俳優雜劇，錯陳於前」（《明史》卷一八六〈韓文傳〉）。當時品行不端的士大夫像徐髯仙（霖）在武宗南巡時，以獻樂府，「遂得供奉」（何良俊《四友叢齋說摘抄》卷五）。楊循吉也以長於詞曲，得到武宗的喜愛（《明史》卷二八六〈徐禎卿傳附〉，亦見《堯山堂曲紀》）。不僅如此，伶人可以稱字，教坊官可以著一品服，甚至於教坊司奉鑾臧賢，更恣橫得「操文學詞臣進退之權」了⑫。

武宗之前的孝宗和之後的世宗，是否喜好戲曲，雖然沒有明顯的證據，但也略有跡象可尋。劉瑾，這位導引武宗荒淫佚樂的佞臣，早在孝宗時就已隨侍左右，孝宗既無厭惡樂舞戲曲的記

⑫《野獲編》卷二十一「伶人稱字」條：「丈夫始冠則字之，後來遂有字說，重男子美稱也。惟伶人最賤，謂之娼夫，亘古無字。……惟正德間教坊奉鑾臧賢者，承武宗異寵，扈從行幸至於金陵，處士吳（當作徐）霖、吳羣、禮部郎楊循吉，並侍左右。時寧王宸濠，妄窺神器，潛與通書札，呼爲『良之契厚』，令伺上舉動。良之，賢字也。蓋賢之婿司鉞者，以罪戍南昌，故寧庶借以通賢。逆藩之巧、樂工之橫，至此極矣。賢至賜一品蟒玉，終不已伶官故銜。」《金陵瑣事》：「徐霖少年數遊狹邪，所填南北詞大有才情，語語入律，娼家皆崇奉之。……武宗南狩時，伶之臧賢薦之于上，令填新曲，武宗極喜之。」《野獲編》卷二十一：「原任禮部主事楊循吉，用伶人臧賢薦，侍上於金陵行在，應制撰雜劇詞曲，至與諸優並列。」《野獲編》卷一：「編修孫清者，登弘治壬戌一甲第二，以士論不齒去官，復用（臧）賢薦，起爲山西提學副使。」

載，則宮中承應是例行的事。世宗嘉靖二十七年，曾「增設伶官左右司樂，以及俳長色長，鑄給顯陵供祀教坊司印」（《野獲編》卷十四）。《也是園古今雜劇》無名氏作品之中，有些明顯可以看出是嘉靖間的內廷供奉之劇（詳下文）。若此，說嘉靖皇帝不喜好戲曲，是不可能的事。

穆宗於戲曲無可稽考，神宗之好戲曲則頗不下於憲宗、武宗，上文言及之外，尚有以下記載：劉若愚《酌中志》卷一謂神宗命中官於坊間尋買新書進覽，「凡竺典、丹經、醫卜、小說、畫像、曲本，靡不購及。」也難怪他對於弋陽、海鹽、崑山諸腔調的「外戲」和「過錦水嬉之戲」如此的承應不休⑬。

光宗在位不過一個月，《酌中志》卷二十二謂「光廟喜射，又樂觀戲。於宮中教習戲曲者，近侍何明，鐘鼓司官鄭稽山等也。」可見也是個戲曲的愛好者。

熹宗之「躬踐排場」，簡直爲戲曲之「宗師」，足當「戲神」，已見前文。他的兄弟，崇禎皇帝，無名氏《燼宮遺錄》卷下謂蘇州織造進女樂，「上頗惑之」，還受到田貴妃的疏諫。他又雅好鼓琴、喜琵琶（《燼宮遺錄》卷上）。「鐘鼓司時節奏水嬉過錦諸戲，上每爲之歡樂。」但後來寇氛不靖，碰到時節演戲，「恆諭免之」（《燼宮遺錄》卷下）。崇禎五年皇后千秋節，曾召「沈香班優人」入宮演《西廂記》五六齣，十四年演《玉簪記》一二齣，萬壽節排宴昭仁殿也

⑬記載神宗喜好戲曲的，尚有呂毖《明宮史木集》、《酌中志餘》卷下、毛奇齡《勝朝彤史拾遺》卷六、楊恩壽《詞餘叢話》卷三。

例有梨園樂人承應（《燼宮遺錄》卷下）。可見崇禎皇帝也喜愛戲曲，只是因時勢有所節制而已。

明代對於藩王，在洪武初，「親王之國，必以詞曲千七百本賜之」（李開先〈張小山小令後序〉）。同時還賜以樂戶，建文四年又補賜諸王樂戶，宣德元年賜寧王朱權樂戶二十有七（《談遷國榷》）。所以宗室中喜愛戲曲的也不乏其人。像著《太和正音譜》和雜劇十二種的寧獻王朱權、著有《誠齋樂府》和雜劇三十一種的周憲王朱有燉是最特出的例子。其他像穆宗隆慶二年被廢爲庶人的遼王朱憲㸅，稗希言《遼邸記聞》記遼國廢後的情形說：「至此章臺前老奴，半屬流落宮人，猶能彈出箜篌絃上，一曲伊州淚萬行也。」不難想見未廢之前，遼王宮中伎樂戲曲的盛況。又秦愍王「聲伎爲當時冠」（劉玉《己瘧編》），松滋王府宗人鎭國將軍朱恩鑙著有雜劇三種（《明史·諸王》二、《野獲編》卷四）⑭，錢謙益《列朝詩集小傳》中，趙康王厚煜及宗室朱承綵、朱器封等也都是能曲好戲的人。

李介《天香閣隨筆》卷二云：

> 魯監國在紹興，以錢塘江爲邊界，聞守邊諸將，日置酒唱戲歌吹，聲連百餘里。後丙申入秦，一紹興婁姓者同行，因言曰：「予邑有魯先王故長史包某，聞王來，畏有所費，匿不見。後王知而召之，因議張樂設飲，啓王與名官臨其家。王曰：『將而費，吾爲爾設。』

⑭傅惜華《明代雜劇全目》據《遼邸記聞》誤朱恩鑙爲遼王。

乃上百金於王，王召百官宴於廷，出優人歌妓以侑酒，其妃隔簾開宴。予與長史，親也；混其家人，得入見。王平內小袖，顧盼輕溜。酒酣歌緊，王鼓頤張唇，手箸擊座，與歌妓相應。已而投箸起，入簾擁妃坐，笑語雜沓，聲聞簾外，外人咸目射簾內。須臾，三出三入。更闌燭換，冠履交錯，傞傞而舞，官人優人，幾幾不能辨矣。」即此觀之，王之調弄聲色，君臣兒戲，又何怪諸將之沉酣江上哉！期年而敗，非不幸也。

魯王這種行徑，與《桃花扇》中之福王何殊！顧炎武於〈聖安本紀〉說「時上（福王）深居禁中，惟飲燒酒、淫幼女及伶官演戲爲樂」，又說「上傳天財庫召內監五十三人進宮演戲、飲酒」（弘光元年正月十六日），「內豎進宮演戲」（元年正月二十日），「端陽節也，上以演戲，故不視朝」（五月初五日），而五月十六日趙之龍等請豫王進城，十八日「趙之龍喚戲十五班進營，開宴，逐套點演。」即使軍情緊急，之龍跪稟，而「豫王殆不爲意，又點戲五出」，乃「撤席發兵」。如此「君臣兒戲」，焉能不一一覆亡。

## 三　明代帝王對戲曲的影響

從上節對明代帝王好惡戲曲的叙述，可知有明一代十六帝，只有英宗厭惡戲曲；仁宗、孝宗、穆宗三帝雖不明好惡，但應例行承應，無所排斥；惠帝、宣宗、景帝、世宗、光宗、思宗六帝頗有喜好戲曲的行跡；而憲宗、武宗、神宗、熹宗四帝之好戲曲，可謂樂此不疲；至於諸王之好戲曲乃至於創作戲曲者亦頗不乏其人。可是太祖、成祖這兩位具有「豐功偉業」的「開國」和「靖難」君主，雖然也都喜好戲曲，但卻頒布了好些對戲曲不利的法令，影響所及於有清一代，使得中國戲曲在內容思想上趨於僵化，不能說不是件遺憾的事。

洪武六年刑部尚書劉惟謙等奉敕所撰洪武三十年五月刊行的《御製大明律》有這樣的律令：

凡樂人搬做雜劇戲文，不許粧扮歷代帝王后妃、忠臣烈士、先聖先賢神像，違者杖一百；官民之家，容令粧扮者與同罪。其神仙道扮及義夫節婦、孝子順孫、勸人爲善者，不在禁限。

這道律令到了成祖手中，更加嚴厲起來。顧起元《客座贅語》卷十〈國初榜文〉云：

永樂九年七月初一日，該刑科署都給事中曹潤等奏乞敕下法司：今後人民倡優粧扮雜劇，除依律神仙道扮、義夫節婦、孝子順孫、勸人爲善及歡樂太平者不禁外，但有褻瀆帝王聖賢之詞曲、駕頭雜劇，非律所該載者，敢有收藏傳誦印賣，一時拿送法司究治。奉聖旨：但這等詞曲，出榜後，限他五日都要乾淨將赴官燒毀了，敢有收藏的，全家殺了。

成祖文皇帝對於乃父太祖高皇帝，不止「克紹箕裘」，而且「發揚光大」，對戲曲的壓制，居然下了「限他五日都要乾淨燒毀」，否則「全家殺了」的律令。這樣的嚴刑峻法，不止作者廢筆、演員畏縮，就是觀衆也裹足不前。這固然由於太祖、成祖爲了建立鞏固統治者威權，以免被優伶褻瀆尊嚴，但因此戲曲的生命力被拘限了，戲曲限制到成爲宣傳宗教、道德的工具，比起元代自由發展的恢宏氣魄，自然要萎縮退化了。太祖這條律令和成祖這道榜文非常有效，有明一代的劇本，碰到非借重皇帝不可的地方，便只好以「殿頭官」來敷演，至於像羅本《龍虎風雲會》扮演宋太祖，那恐怕是禁令之前的作品，羅本是由元入明的。呂天成《齊東絕倒》扮堯舜、程士廉《帝妃遊春》扮唐明皇，以及臧晉叔《元曲選》之刊行《漢宮秋》、《梧桐雨》諸劇，那大概是明代末葉禁令鬆懈了的緣故。

明太祖所頒布的這條律令到了清代也被抄在《大清律例》卷三十四〈刑律雜犯〉之中，只是將「忠臣烈士先聖先賢」易位作「先聖先賢忠臣烈士」，其他一字不改。清世宗雍正三年，又將此律令載入《大清律例按語》卷二十六〈刑律雜犯〉中，其所加「按語」云：

> 此言褻慢神像罪也。歷代帝王后妃及先聖先賢忠臣烈士之神像，皆官民所當敬奉瞻仰者，皆搬做雜劇用以爲戲，則不敬甚矣。故違者樂人滿杖，官民容粧扮者同罪。其神仙道扮及義夫節婦孝子順孫，事關風化，可以興起激勸人爲善之念者，聽其粧扮，不在應禁之限。

這條律令和按語也被載入清高宗乾隆五年所頒行的《大清律例按語》卷六十五〈刑律雜犯〉中，可見其「相沿成習」，影響之大。所幸成祖的嚴刑峻法沒有被沿襲下來。

此外，明太祖對於戲曲應當還有以下兩點影響。其一，使士大夫恥留心詞曲；其二，使優伶地位仍舊卑下。何良俊《四友齋曲說》云：

祖宗開國，尊崇儒術，士大夫恥留心辭曲，雜劇與舊戲文本皆不傳，世人不得盡見。雖教坊有能搬演者，然古調既不諧於耳，南人又不知北音，聽者即不喜，則習者亦漸少，而《西廂》、《琵琶記》傳刻偶多，世皆快睹，故其所知者，獨此二家。

因為改朝換代，士大夫的風氣也跟著轉移，元代加在士大夫身上的許多束縛，至此既已解除，科舉又為最佳進身之階，則恥留心戲曲是自然現象。何氏所謂北雜劇不為人所欣賞，那是當時嘉靖年間的情形，若明初，人們還是習於以北雜劇來娛樂。但是他所說的「祖宗開國，尊崇儒術，士大夫恥留心辭曲」，卻正說明了明初戲曲有名氏作家絕少的原因之一[15]。

元仁宗皇慶二年十月有「倡優之家及患廢疾，若犯十惡奸盜之人，不許應試」的旨令[16]，而明太祖洪武二年，亦有類似的詔命。清無名氏《松下雜抄》卷下〈臥碑〉云：

明太祖洪武二年，詔天下立學，遂命禮部傳諭，立石於學，刻之之後，再為刊定：一、各

---

⑮明初南戲除「荊劉拜殺」和高則誠《琵琶記》外，更找不出其他有名氏的作家和作品；北劇十六子俱由元入明，宣德間，作者只有寧周二王。英宗正統四年（一四三九）周憲王去世後，直到憲宗成化末（一四八七），五十年間，北劇沒有一位有名氏作家，即使南戲亦只有一位作《五倫全備記》的邱濬。而有名氏作家絕少的其他原因則大概和明初對於演劇的種種限制（有如上文所述）；以及宣德間禁止官妓（詳下文）有很密切的關係。

⑯見《通制條格》卷五「學令科舉」，又見《元史·選舉志》一「科目」。

> 省廩膳科貢，各有定額；南北舉人名數，亦有定制。近來奸徒利他處寡少，詐冒籍貫，或原係倡優隸卒之家，及曾經犯罪問革，變易姓名，僥倖出身，訪出挐問。

太祖這道詔命，使戲曲演員的地位持續低下，其卑視優伶的觀念在他的兒子寧王朱權的身上竟表現得更加強烈（詳下文），伶人不得翻身一至於此，卻要直到民國以後才能改變地位，才能與於藝術家之林。

對於官妓，上文提到太祖曾置十六樓以置官妓，雖然有禁止官吏宿娼的命令，違者「罪亞殺人一等，雖赦，終身弗敘」（明王錡《寓圃雜記》卷上）。但官妓侑酒尚是公然的事。可是宣德中，由於顧佐一疏，卻嚴禁了官妓。《野獲編補遺》卷三「禁歌妓」條云：

> 宣德中，以百僚日醉俠邪，不修職業，爲左都御史顧佐奏禁，廷臣有犯者至褫職，迄今不改。好事者以爲太平缺陷。

又崔銑《後渠雜識》云：

> 宣德初許臣僚燕樂，歌妓滿前，紀綱爲之不振。朝廷以顧公爲都御史，禁用歌妓，糾正百僚，朝綱大振。天下想望其風采，元勳貴戚俱憚之。陝西布政司周景貪淫無度，公齒（此字疑誤）欲除之，累置之法，上累釋之，不能伸其激濁之志。

根據清徐開仁《明名臣言行錄》，顧佐奏禁是在宣德三年（一四二八），沈德符寫《野獲編補遺》時是在萬曆四十七年（一六一九），猶說「迄今不改」。而我們知道，樂戶妓女是戲曲的主要演員，官員宴會禁用官妓，對於戲曲的發展自是很嚴重的打擊。也因此，席間用變童「小唱」及演戲用變童「粧旦」，就應運而生了（見《野獲編》卷二十四、二十五）。

上文說過，若內廷承應大戲，排場定然富麗堂皇，也就是說「帝王觀衆」和「宮廷劇場」，對於戲曲的內容形式和舞臺藝術必然產生影響而自成特色。這在《也是園古今雜劇》和周憲王《誠齋雜劇》中，大抵可以見其風貌。

《也是園古今雜劇》「本朝教坊編演」的雜劇存目有二十一本，其中《靈芝慶賞蟠桃會》是竄改周憲王《羣仙慶賞蟠桃會》而來。另外十九本已佚，現存的十六本除《長生會》爲五折旦本外，俱遵守元人科範。就內容來說，這十六本雜劇很單純，不外祝壽與賀節。其中《寶光殿》、《獻蟠桃》、《紫薇宮》、《五龍朝聖》、《長生會》、《廣成子》、《羣仙朝聖》、《萬國來朝》八本是皇帝萬壽供奉之劇；《慶長生》、《羣仙祝壽》、《慶千秋》三本是太后壽辰供奉之劇。《鬥鍾馗》爲賀正旦之劇，《賀元宵》爲慶祝元宵之劇，《八仙過海》爲春日宴賞之劇，《太守宴》爲冬至宴賞之劇，而賀節宴賞必歸結於向皇帝祝壽；只有《黃眉翁》係伶工爲武臣之母稱壽之劇。

《古今雜劇》中有九十一本爲無名氏作品。其中像曹彬《下江南》有「豈不佑大明天命順於時」、《哪吒三變化》有「願大明享昇平萬萬年」、《認金梳》有「一統江山拱大明」、《雷澤遇仙》有「見如今大明一統」、《下西洋》有「遵聖道一統大明朝」的讚頌語，《蘇九淫奔》有

「嘉靖朝辛丑年間事」那樣的紀年，加上它們的品味風貌，很容易就可斷定它們是明代的作品。其他作品沒有這樣顯著證據，學者只好籠統的將它們視作「元明無名氏」雜劇。此外，《古今雜劇》中尚有一部分雖然題有撰者的姓名，但經考證後，發現那是誤題。譬如《五侯宴》題關漢卿撰，《東牆記》題白樸撰，《澠池會》題高文秀撰，《伊尹耕莘》、《智勇定齊》題鄭德輝撰，《老君堂》孤本元明雜劇改題鄭德輝撰，《蔣神靈應》題李文蔚撰，凡此鄭因百（騫）師《景午叢編》〈元劇作者質疑〉一文俱已考訂爲明無名氏所作。那麼總計無名氏雜劇當有九十八本之多。

《也是園書目》將這些無名氏雜劇，分作春秋故事、西漢故事、東漢故事、三國故事、六朝故事、唐代故事、五代故事、宋代故事、雜傳故事、釋氏故事、神仙故事、水滸故事、明代故事等十三類，這樣分法雖然詳密，但還是有罅漏，譬如《伊尹耕莘》爲殷商故事，《孟母三移》、《澠池會》爲戰國故事，俱無所歸屬，《十樣錦諸葛論功》，實爲宋代故事而誤入三國。事實上分作十三類頗嫌瑣碎，倘合併爲歷史劇、雜傳劇、釋道劇、水滸劇四類更覺簡便。

這一百十四本的明教坊劇與無名氏雜劇，除《八仙過海》、《鬧鍾馗》、《鎖白猿》、《桃符記》、《勘金環》、《風月南牢記》、《蘇九淫奔》等少數劇本之外，大抵是內府伶工編來按行的，其手法非常低劣，竟無戲劇藝術可言。其共同特色是：其一、排場熱鬧、動輒數十人上場，令觀者頭昏眼花，莫知所云。其二、關目笨拙，不是累贅蕪雜，就是平板單純，穿插細密的很少。其三、賓白煩冗，每一腳色上場必詳述身家履歷，令人困頓欲眠，而求一警策機趣語竟不可得。其四、曲文平庸，典麗芊綿之語固無所聞，而樸質蒼莽之辭亦不可見。明代戲曲已由文士主導，而竟不像清代南府有文人爲內廷編劇，這是很奇怪的現象。也許這些「鐘鼓教坊」之戲止於應景賀節，講究的是形式排場，若要求諸內容藝術，就只有引進「外戲」來承應了。

明代喜好戲曲的帝王既然如此之多，語云上有好者下必有甚焉，影響所及，明代士大夫也多數喜好戲曲。王驥德《曲律》四云：

> 今則自縉紳、青襟，以迨山人墨客，染翰爲新聲者，不可勝紀。

又顧炎武《日知錄》卷十三「家事」條云：

> 今日士大夫纔任一官，即以教戲唱曲爲事，官方民隱，置之不講。

他們所說的都是萬曆年間及以後的現象，可見像神宗那樣大量引進「外戲」和熹宗那樣「躬踐排場」所蔚然而起的「士大夫風潮」是多麼的壯闊，也因此萬曆以後的劇壇就成了明代戲曲的顛峰期，明代的戲曲也因此走上純粹文士化的途徑。

但是，影響明代戲曲和使之走上文士化的，尚有寧周二王。寧獻王朱權和周憲王朱有燉以宗藩提倡雜劇，對於雜劇的復興有很大的功勞。寧獻王《太和正音譜》[17]更給北曲立下了規範。只

---

⑰《太和正音譜》應爲寧獻王門下客所著，寧獻王不過署名而已，其說見本書〈《太和正音譜》的作者問題〉一文。

是他對於倡優作家有很大的偏見，他說：「子昂趙先生曰：『娼夫之詞，謂之綠巾詞。』其詞雖有切者，亦不以樂府稱也。故入於娼夫之列。」所以他將趙敬夫、張國賓，花李郎、紅字李二都屏斥在「樂府群英」之外，而別立「娼夫不入群英者四人」一目，甚至於更將趙敬夫字改爲「趙明鏡」，張國賓字改爲「張酷貧」，他的理由是，娼夫「異類託名，有名無字。」故「止以樂名稱之，亙世無字。」同時他更發表了以下這麼一段議論：

雜劇俳優所扮者謂之娼戲，故曰「勾欄」。子昂趙先生曰：「良家子弟所扮雜劇謂之行家生活，倡優所扮者，謂之戾家把戲。良人貴其恥，故扮者寡，今少矣；反以倡優扮者謂之行家，失之遠也。」或問其何故哉？則應之曰：「雜劇出於鴻儒碩士、騷人墨客，所作皆良人也。若非我輩所作，倡優豈能扮乎？推其本而明其理，故以爲戾家也。」關漢卿曰：「非是他當行本事，我家生活。他不過爲奴隸之後，供笑獻勤，以奉我輩耳。子弟所扮，是我一家風月。」雖是戲言，亦合於理，故取之。

趙子昂是末代王孫，體內沒有庶民的血液，尚有可能說那樣的話語，而從「偶倡優不辭」的關漢卿，加上當時士大夫李時中、馬致遠與倡優花李郎、紅字李二合撰《黃粱夢》的事實[18]看來，關

---

⑱賈仲名〈凌波仙〉詞云：「元貞書會李時中，馬致遠花李郎紅字公，四高賢合捻《黃粱夢》。東籬翁頭折冤，第二折商調相從；第三折大石調，第四折是正宮。都一般愁霧悲風。」東籬爲馬致遠之別號。

氏是不可能那樣說的。其實那不過是寧獻王借古人以發己見而已。而寧獻王這段議論簡直將戲曲宣布為貴族、文士的特權和私有物；明代戲曲也因此走上貴族化、文士化的途徑，其內容、感情也逐漸和民間脫節。

周憲王著有《誠齋雜劇》三十一種，俱存。著作之多除了元代的關漢卿和高文秀，無人可以比擬，而若以現存作品來說，則其數量之多是元明第一了。他的作品既多，音律諧美，方面又廣，文字且有「金元風味」，更重要的是在體製和排場上都有突破和創新，此後的作者每從他得到啓示和發展。他在元明雜劇史上，可以說居於樞紐的地位。在他之前，雜劇不失元人本質；在他之後，雜劇逐漸染上明人氣息，終於形成獨特的精神面貌。李夢陽《汴中元宵》絕句云：

> 中山孺子倚新粧，趙女燕姬總擅場；齊唱憲王新樂府，金梁橋外月如霜。

又錢謙益《列朝詩集》謂「憲王遭世隆平，奉藩多暇，製《誠齋樂府》，音律諧美，流傳內府，至今中原絃索多用之。」可見周憲王當時即已享大名，而其《誠齋雜劇》之流行宮廷內外所產生的影響，是多麼的久遠。

就明代帝王對戲曲的影響而言，由上所述，可見：太祖成祖的律令對於戲曲在內容思想上產生極不利的影響，使得中國戲曲止於「寓教於樂」，未能深入的探索人生與人性的各種層面，與眞切的反映現實政治社會的情況；而明初之變革勝國，崇尚儒術，士大夫因而恥留心於戲曲，則使得有名氏作家寥寥無幾；而鄙視倡優與禁止倡優應試，一方面使戲曲演員無以預於藝術家之林，一方面也隨著帝王對戲曲的愛好而上行下效，使得戲曲趨向於貴族化與文士化；而宣德間禁止歌妓，更直接促成孌童「小唱」與「粧旦」的風氣盛行，而宮廷承應之劇，由於行頭不虞匱乏，又講求排場，兼由內侍扮演，所以但覺熱鬧紛華，至其關目則笨拙，賓白則煩冗，幾無文學藝術可言。由這些現象都可以說明明代帝王對明代戲曲是頗具影響力的。

## 結語

總上所論，我們知道：明代內廷演戲是由鐘鼓司宦官和教坊司優伶來承應，鐘鼓司以演傳統戲為主，教坊司以演時新戲為主。明代十六帝，除英宗外大抵皆喜好戲曲，其中太祖成祖律令促使中國戲曲但能「寓教於樂」，宣宗禁歌妓開「孌童粧旦」的風氣，憲宗重視宮廷演戲，留下許多內府雜劇劇本，武宗雖然荒淫、神宗雖然昏昧，但由於高度喜好戲曲，因而促成戲曲的蓬勃發展。而諸王中寧周二王在戲曲上的成就和貢獻也很大，寧獻王朱權《太和正音譜》為北曲定下規律，他的戲曲觀也使得戲曲走上貴族化、文士化的路途；周憲王朱有燉《誠齋雜劇》三十一種，一方面振興雜劇，也一方面為雜劇開創新的門徑。

戲曲在古人心目中雖屬小道末技，但其實是門綜合的文學和藝術，可以說是傳統文化的具體表現。帝王「日理萬幾」，戲曲至多不過消閒娛樂之資，但由於他們位至尊而權至重，所以其好惡與觀念，乃至於其沈酣之程度，對於「曲運」之走向與隆衰，也就產生相當大的影響。通過本文的探討，大致可以淸楚的看出這種現象。他日有暇，如擴充範圍，上至唐宋元三代下及有淸一朝，易題爲「帝王與戲曲之硏究」，則當更爲完全。本文爲此次學術會議而寫⑲，限於時間與篇幅，罅漏實多，尙祈博雅君子有以敎之諒之。

（原載台灣大學《文史哲學報》第四十期）

⑲「中國歷代帝王政治與文化變遷」國際硏討會，美國華盛頓大學及台灣大學主辦，一九九二年八月三十日至九月五日。

# 關漢卿研究及其展望

## 前言

我們中國人是個戲曲的民族，相傳清康熙帝爲戲台題的對聯是：

日月燈，江海油，風雷鼓板，天地間一番戲場；
堯舜旦，文武末，莽操丑淨，古今來許多腳色。

可見連尊貴的皇帝都認爲「天地戲場，人生如戲」。也因此戲曲深入中國人的生活之中，戲曲在中國已經有兩千年以上的歷史[①]，劇種即在今日亦不下於四百有餘[②]，而劇作家及其劇作更燦如

①如果把戲曲之雛型定義爲「合歌舞以代言演故事」，那麼東漢張衡〈西京賦〉所描述之漢武帝時長安

明星不知凡幾③。而如果要舉出中國人所公認的最偉大的戲曲家，則非元代的關漢卿莫屬。因爲關漢卿一生志業都在戲曲，論其數量、論其文學、論其藝術，論其題材之充分融入當時之政治、社會、經濟、文化，從而反映世道人心與一己之性情襟抱，均無人能望其項背，所以我們今日舉辦「關漢卿國際學術研討會」，以彰顯關漢卿的戲曲成就，使國人了解關漢卿在世界文化史上堪居重要地位，確實是極有意義的事。

---

樂舞雜技，其中「東海黃公」，實已具「小戲」之性質，詳見拙作〈中國古典戲劇的形成〉，原載《中國國學》第十期，收入拙著《詩歌與戲曲》一書，台北聯經公司一九八八年四月初版。漢武帝在位五十四年，由西元前一四〇至八七年，迄今在兩千年以上。

②中國地方戲曲劇種的滋生，與地方語言關係至爲密切，中國幅員廣大，語言紛歧，因此劇種非常繁多。中國大陸曾於一九五〇、五六、五九、六二、八〇對全國劇種進行調查和統計，由於劇種的複雜和不穩定性，加上畫分劇種意見的分歧，每次所得數字都有增減。舉例而言，一九六二年統計全國劇種共四百六十多個（含偶戲近百），一九八〇年至八一年中國藝術研究院戲曲研究所重新調查，卻有三百十七種（不含偶戲，如含偶戲則爲四百十餘種）。

③一九八二年上海古籍出版社出版之莊一拂《古典戲曲存目彙考》，著錄戲文三百二十餘種、雜劇一千八百三十餘種、傳奇四千五百九十餘種，計六千七百四十餘種。此就已知可考者而言，其劇目散佚者則不知凡幾。

## 一　關漢卿在元明清的情況

在清代以前，談不上關漢卿研究。對關漢卿止於零星片段的記載，包括小傳、交遊、逸聞、評論和著作。其重要者見於元人貫雲石〈陽春白雪序〉、周德清〈中原音韻序〉、鍾嗣成《錄鬼簿》、郝經〈青樓集序〉、熊自得《析津志》〈名宦傳〉、楊維楨《鐵崖先生古樂府》〈元宮詞〉，明人朱權《太和正音譜》、蔣一葵《堯山堂外紀》、何良俊《四友齋叢說》、成化間無名氏〈西廂記十詠〉、弘治間無名氏〈打破西廂八嘲〉、王驥德《曲律》、臧懋循〈元曲選序〉，清人羅以桂《祁州志》、王季烈《螾廬曲談》等④。這些記載，元人已非常簡單，連關漢卿的本名都不清楚。加上版本異同和明清人別生枝節，使得關漢卿的年代、籍貫、別號、官職，以及著作歸屬都成問題。這實在是元代雜劇作家的共同悲哀，他們的聲名儘管昭著在倡優勾欄裡，他們的作品儘管呼喚廣大群眾的心靈，但是在那鄙視戲曲小說的時代，他們的姓名根本無法登入史傳，則終至湮滅不彰，就很自然的了。

但是我們從蛛絲馬跡中，已經可以肯定關漢卿生前即享大名，其戲曲地位無人可以比擬。作

---

④今人王鋼有《關漢卿研究資料匯考》，一九八八年四月中國戲劇出版社出版，同年九月上海古籍出版社出版李漢秋、袁有芬合編之《關漢卿研究資料》。蒐羅甚爲宏富。

《中原音韻》的周德清把他舉爲「元曲四大家」⑤之首，鍾嗣成在《錄鬼簿》中將他列爲「前輩已死名公才人有所編傳奇行於世者」之首，元雜劇作家高文秀「都下人號小漢卿」、沈和甫「江西稱爲蠻子漢卿」，楊顯之爲關漢卿莫逆交、兩相切磋文辭，號「楊補丁」⑥，也可見「關漢卿」簡直就是當時雜劇的代號。賈仲名爲《錄鬼簿》補寫的〔凌波仙〕弔關漢卿更云：

珠璣語唾自然流，金玉詞源即便有。玲瓏肺腑天生就，風月情、忒慣熟。姓名香、四大神物，驅梨園領袖，總編修師首，捻雜劇班頭。

則關漢卿在元代戲曲界的地位，較諸「戰文場、曲狀元，姓名香、貫滿梨園」的馬致遠，應當更

---

⑤元周德清《中原音韻·序》：「樂府之盛，之備，之難，莫如今時。其盛，則自縉紳及閭閻歌詠者衆。其備，則自關、鄭、白、馬一新制作，韻共守自然之音，字能通天下之語，字暢語俊，韻促音調；觀其所述，曰忠曰孝，有補於世。其難，則有六字三韻，『忽聽一聲猛驚』是也。諸公已矣，後學莫及！」這是元曲歷來所謂「四大家」的根源，但異說紛紜，學者莫衷一是，筆者有〈所謂「元曲四大家」〉一文詳論其事，原載《河北師院學報》一九九〇年第二屆國際元曲學術會議特刊，收入拙著《參軍戲與元雜劇》一書，一九九二年四月台北聯經公司出版。

⑥按《錄鬼簿》載：「高文秀，東平府學生員，早卒，都下人號『小漢卿』。」「楊顯之，大都人，關漢卿莫逆之交，凡有文辭，與公較之。號『楊補丁』是也。」「沈和甫，名和，錢塘人。能詞翰，善談謔。天性風流，兼明音律。……江西稱爲「蠻子漢卿」。」

具領袖地位，而這種「師首」、「班頭」的地位，似乎已成定論。

至於關漢卿的散曲，則楊維楨《東維子集》在〈周月湖《今樂府》序〉中賞其「奇巧」，貫雲石在《陽春白雪·序》中稱其「造語妖嬌」，也可見有其獨特的風格和成就。

然而明人著《太和正音譜》的朱權[7]卻說：

關漢卿之詞，如瓊筵醉客。觀其詞語，乃可上可下之才，蓋所以取者，初為雜劇之始，故卓以前列。

所謂「卓以前列」，事實上已經把他貶作第十名，所云「乃可上可下之才」，更影響到明人對他的評價，譬如何良俊《四友齋叢說》謂「關之辭激厲而少蘊藉」，成就在鄭光祖之下[8]；王驥德《新校注古本西廂記》（明萬曆四十二年香雪居刻本）更說：

元人稱關、鄭、白、馬，要非定論。四人漢卿稍殺一等。第之當曰：王、馬、鄭、白。有幸有不幸耳。

---

⑦《太和正音譜》疑出明寧獻王朱權門客之手，其說詳拙作〈《太和正音譜》的作者問題〉，原載《書目季刊》九卷四期，收入拙著《說戲曲》一書，一九七六年九月台北聯經公司出版。又收入本書。今姑仍舊說為朱權所作。

⑧明何良俊《四友齋叢說》卷三十七〈詞曲〉云：「元人樂府，稱馬東籬、鄭德輝、關漢卿、白仁甫為四大家。馬之辭老健而乏滋媚；關之辭激厲而少蘊藉；白頗簡淡，所欠者俊語；當以鄭為第一。」

則關漢卿在明代第一大曲論家王驥德心目中，不能與於「元曲四大家」之列。雖然胡應麟尚以之爲四家之首，但沈德符則謂之「鄭、馬、關、白」，卓珂月謂之「馬、白、關、鄭」，黃正位則舉「馬東籬、白仁甫、關漢卿、喬夢符、李壽卿、羅貫中」諸家[9]，顯然都已動搖他在有元劇壇冠冕群倫的地位。

---

⑨明胡應麟《少室山房筆談》卷四十一辛部〈莊岳委談〉下：「勝國詞人王實甫、高則誠，聲價本出關、鄭、白、馬下，而今世盛行元曲，僅《西廂》、《琵琶》而已。」

明沈德符《顧曲雜言》：「若《西廂》，才華富贍，北詞大本未有能繼之者，終是肉勝於骨，所以讓《拜月》一頭也。元人以鄭、馬、關、白爲四大家而不及王實甫，有以也。」

明卓珂月《殘唐再創》雜劇〈小引〉（轉引自焦循《劇說》卷四）：「作近體難於古詩，作詩餘難於近體，作南曲難於詩餘，作北曲難於南曲。總之，音調、法律之間，愈嚴則愈苦耳。北如馬、白、關、鄭，南如荆、劉、拜、殺，無論矣。入我明來，塡詞者比比，大才大情之人，則大謬大謬之所集也，……必也具十分才情，無一分謬謬，可舉馬、白、關、鄭、荆、劉、拜、殺頡之頏之者，而後可以言曲，夫豈不大難乎？」

明黃正位《陽春奏·凡例》：「是編也，俱選金元名家，鐫之梨棗。蓋元時善曲藻者，不下數百家，而所稱絕倫，獨馬東籬、白仁甫、關漢卿、喬夢符、李壽卿、羅貫中諸君而已。」

所幸王國維（靜安）先生於清光緒三十三年著手研究戲曲[⑩]，民國元年總結研究成果，著《宋元戲曲考》一書，其第十二章〈元劇之文章〉云：

> 元代曲家，自明以來[⑪]稱關馬鄭白[⑫]。然以其年代及造詣論之，寧稱關白馬鄭爲妥也。關漢卿一空倚傍，自鑄偉詞，而其言曲盡人情、字字本色，故當爲元人第一。……以唐詩喻之，則漢卿似白樂天，……以宋詞喻之，則漢卿似柳耆卿……。雖地位不必同，而品格則略相似也。明寧獻王《曲品》[⑬]，躋馬致遠於第一，而抑漢卿於第十。蓋元中葉以後，曲

---

⑩光緒三十三年靜安先生在〈三十自序〉一文中說明他何以由哲學轉入詞曲的研究，又進一步說到他所以「有志於戲曲」的緣故。至一九一三年，六年間，靜安先生有關戲曲的研究，計有十種著作：光緒三十四年八月《曲錄》二卷初稿成，宣統元年有《戲曲考源》一卷，十月有《優語錄》二卷，同年又有《唐宋大曲考》一卷，又有《曲調源流表》一卷，又有《錄曲餘談》三十二則，十二月有《王校錄鬼簿》，一九一二年八月有《古劇腳色考》一卷，十一月有《宋元戲曲考》一書，一九一三年八月以後輯有《戲曲散論》十三則。

⑪靜安先生「自明以來」有語病，當作「自元以來」爲是，因爲周德清已首開「元曲四家」之說。

⑫靜安先生「關馬鄭白」一語亦有問題，因爲在靜安先生之前，論者舉四家之序，從未如此說過。

⑬靜安先生所稱寧獻王《曲品》即指《太和正音譜》而言。

家多祖馬鄭而祧漢卿[14]，故寧王之評如是。其實非篤論也。

由於靜安先生的學術地位爲世人所尊敬，所以此論一出，關漢卿重新受到最崇高的肯定，幾乎看不到更有爭議的地方。

## 二　關漢卿研究的熱潮

自從靜安先生曲學十書開啓了戲曲研究的門徑之後，戲曲研究乃逐漸蔚成風氣，就關漢卿而言，其劇作成爲諸家中國文學史所必須介紹討論的對象，譬如鄭振鐸《插圖本中國文學史》，陸侃如、馮沅君《中國文學簡史》，劉大杰《中國文學發展史》，譚正璧《中國文學進化史》，林庚《中國文學史》等[15]；戲曲史更不必說，如吳梅《中國戲曲概論》、《元劇研究ＡＢＣ》、

⑭靜安先生此語未知何所據而云然。今所見評論關馬雜劇，於《正音譜》之前，僅見賈仲名〈凌波仙〉弔詞，如前文所舉，揄揚關氏之語，較諸馬氏實有過之而無不及；又前文所舉貫雲石《陽春白雪·序》、楊維楨《周月湖今樂府·序》，亦不難看出關氏在散曲中之地位，元人心目中絕不下於馬東籬。因之，靜安先生之語，恐係「想當然耳」。

⑮陸侃如、馮沅君《中國文學史簡編》，一九三二年十月初版，其第十四講〈元明散曲〉、第十五講

〈元明雜劇〉分別論述關漢卿散曲和雜劇。對於關氏生平，襲用蔣一葵說法：「金末解元，曾作太醫院尹，金亡不仕。」認爲關氏劇曲以「雄奇排奡」見長，散曲「奇麗」爲喬吉先驅。關劇特點爲崇尚本色、善寫人情世故、人物個性顯著、富於反抗精神。

鄭振鐸《插圖本中國文學史》，一九三二年十二月初版，其第四十六章〈雜劇的鼎盛〉中有〈偉大的天才作家關漢卿〉一節，考證關漢卿生平，認爲關氏是由金入元的作家，主要活動在元代的大都，晚年到過杭州。這些看法與王國維大致相同。鄭氏對關氏雜劇所反映的元代政治社會的廣度和深度，人物形象的生動描寫和劇作風格的多樣性，以及其客觀眞實性，均給予極高的評價。

劉大杰《中國文學發展史》，一九四九年一月中華書局初版，其第二十三章專論元代雜劇，謂關漢卿「是一個人生社會的寫實者，是一個民衆通俗的劇作家。」其《救風塵》爲社會喜劇、《竇娥冤》爲家庭悲劇。

譚正壁《中國文學進化史》，一九二九年上海光明書局初版，謂「質樸豪邁爲元曲特點，尤以關漢卿爲甚。」「《竇娥冤》是一本在中國極難得的偉大悲劇。」「《金線池》可說是關氏喜劇的代表作。」林庚《中國文學史》，一九四七年五月廈門大學初版，謂「關漢卿以劇寫劇，王實甫以詩寫劇，馬致遠以劇寫詩，都成爲元曲中最高的表現。」

其他，顧實《中國文學史大綱》（一九二六年東南大學出版）、許嘯天《中國文學史解題》（一九三二年七月群學社初版）、馬仲殊《中國文學史》（一九三三年十一月樂華圖書公司發行）、林之棠《中國文學史》（一九三三年九月北平華盛書局發行）、楊蔭深《中國文學史大綱》（一九三八年商務印書局發行）、胡雲翼《中國文學史》（一九三二年四月北新書局初版）等亦皆述及或論及關漢卿。

《遼金元文學史》，賀昌群《元曲概論》，盧冀野《中國戲劇概論》等⑯；學者也有以關漢卿其人其劇作專題考證和論述的，譬如胡適〈讀曲小記〉，有一則題為〈關漢卿不是金遺民〉，後來又發表〈再談關漢卿年代〉重申其說；朱湘有〈論關漢卿及其救風塵〉一文，任維焜有〈十四世紀中國寫實派的戲曲家關漢卿〉一文，隋樹森有〈關漢卿及其雜劇〉一文，均對關氏劇作有所揄揚，尤其隋氏文長達萬言，更為詳密⑰。

而使關漢卿研究進入高潮的是一九五八那一年。那一年關漢卿被列入世界文化名人錄，中國大陸展開規模宏大的「紀念關漢卿創作七百年」的學術和演藝活動。那年在北京舉行「紀念關漢卿演出周」，有十八個劇團，用八種不用的戲曲形式，同時上演包括《竇娥冤》、《救風塵》、《調風月》、《望江亭》、《拜月亭》等十本關漢卿的傑作。就整個大陸來說，在紀念周期間，

---

⑯吳梅《中國戲曲概論》，一九二六年大東書局出版；《元劇研究ＡＢＣ》，一九二九年世界書局出版；《遼金元文學史》，一九三四年商務印書館出版。賀昌群《元曲概論》，一九二八年商務印書館出版；盧冀野《中國戲劇概論》，一九三四年世界書局出版。

⑰胡適〈讀曲小記、關漢卿不是金遺民〉見《天津益世報·讀書周刊第四十期》，〈再談關漢卿的年代〉為「與馮沅君女士書」，馮沅君有「跋」；朱湘論文見一九二七年六月《小說月報》十七卷號外，收鄭振鐸編《中國文學研究》，一九二七年商務印書館出版；任維焜論文見《師大月刊》第十六期，一九三六年四月出版；隋樹森論文見《東方雜誌》第四十卷第三號，論及關漢卿在元劇作家中之地位、關劇特色、散曲所見關氏之思想等。

「至少有一百種不同的戲劇形式，一千五百個職業劇團，都在同時上演關漢卿的劇本。[18]」甚至改編成京劇的《望江亭》，不久之後，還由名演員張君秋搬上銀幕。在此期間，許多著名的學者和作家，也競相發表論文來紀念關漢卿，像田漢〈偉大的元代的戲劇戰士關漢卿〉、鄭振鐸〈中國偉大的戲劇家關漢卿〉、周貽白〈關漢卿研究〉、胡忌〈關漢卿及其戲曲〉、吳曉鈴〈我國偉大的戲劇家關漢卿〉、王季思〈關漢卿戰鬥的一生〉、夏衍〈關漢卿不朽〉、錢南揚〈關漢卿和他的雜劇〉、郭沫若〈學習關漢卿，並超過關漢卿〉等等不下於五六十篇[19]。這種現象是從來所沒有的。

但是那時的中國大陸正值辨論唯物主義和歷史唯物主義主導一切的時候，反封建、階級對立和人民至上的觀念非常強烈，除了少數學者尚能就戲劇論戲劇外，對於關漢卿的「評價」，不免受到時代思潮極大的左右，譬如陳毅對紀念大會的〈題詞〉有這樣的話語[20]：

---

⑱見郭沫若〈學習關漢卿，並超過關漢卿〉，收錄於《關漢卿研究》第一輯，一九五八年九月中國戲劇出版社出版。

⑲北京圖書館閻萬鈞、朱小軍編有〈關漢卿研究文獻目錄〉，附於鍾林斌《關漢卿戲劇論稿》書後，一九八六年九月陝西人民出版社出版；李漢秋、袁有芬《關漢卿研究資料》書後亦附有〈關漢卿研究論著索引〉，一九八八年十月上海古籍出版社出版。

⑳陳毅〈題詞〉見一九五八年《戲劇報》第十二期。

> 關漢卿接近下層人民，熟悉人民語言和民間藝術形式，也深知人民的疾苦願望，所以能成爲元代雜劇的奠基人，使他在思想上、在藝術上能發出炫耀百代的光彩。
>
> 關漢卿的劇作，不管是悲劇或喜劇都表現了封建社會兩個主要階級的對立，他是非分明，因而愛憎分明，他的同情總是在被壓迫者一邊。總是寫壓迫者，看去像是強大而實際腐朽無能；被壓迫者看是卑微而確有無限智慧和力量，因此他們敢於反抗，甚至死而不屈，終於取得勝利。關漢卿是一位現實主義的藝術家，也是一位偉大的民主主義人道主義的思想家，因此他不是爬行的現實主義者，而是有思想有理想的偉大的現實主義者，這值得我們紀念和學習！

郭沫若也說關漢卿是「拿著藝術武器向封建社會猛攻的傑出戰士[21]。」像這樣以許多主義和頭銜堆向關漢卿身上，恐怕關漢卿於地下再做一次夢也想不到，而這正是時代政治風氣有以致之。

關漢卿研究既起熱潮，雖然中國大陸其後有十年「文化大革命」的浩劫，整個傳統文化被無情的摧殘，學術研究隨之停頓，但「四人幫」垮台後，又得賡續前修。就「關漢卿研究」而言，簡直成爲「顯學」，迄目前爲止，論文已達六七百篇之譜，整理出版的《關漢卿戲曲集》已有多種[22]，其中尤以王學奇、吳振清、王靜竹三人校注、河北教育出版社出版的《關漢卿全集校注》

---

㉑郭文同注⑱。

㉒論文目錄同注⑲。關漢卿雜劇結集者除文中所舉外，尚有吳曉鈴等編校，中國戲劇出版社之《關漢卿

最爲詳審。對於關漢卿相關研究資料，加以蒐集考證的，有譚正璧《元曲六大家評傳》，鍾林斌《關漢卿戲劇論稿》，李漢卿、袁有芬《關漢卿研究資料》，王鋼《關漢卿研究資料匯考》等[23]，他們各有長處，都給予研究者許多方便。而《單刀會》、《燕燕》（據《調風月》改編）和上述演出劇目，事實上已成爲大陸各劇種的重要戲齣，則關漢卿在大陸，雖未必家喻戶曉，但堪稱「風頭十足」。

再看台港地區，較諸大陸，論其數量和熱潮，眞不可相提並論。但台灣像鄭師因百《元雜劇異本比較》一書和〈元劇作者質疑〉、〈關漢卿雜劇總目〉、〈關漢卿的雜劇〉諸文，均作深入研究和別出見地。其用作碩士學位論文的，已有何慶華《關漢卿及其作品》（台大）、牛川海《關漢卿竇娥冤之研究》（文化）、何美玲《關漢卿雜劇研究》（輔仁）、李競華《關漢卿救風塵之研究》（文化）、盧乃愛《關漢卿旦本雜劇研究》（政大）、李哲珠《關漢卿現存雜劇研究》（高師大）等六篇。香港則羅忼烈《關漢卿的年代問題》和劉靖之《關漢卿三國故事雜劇研

戲曲集》；北京大學中文系編校小組編校，人民文學出版社出版之《關漢卿戲劇集》；選注的有吳曉鈴等注釋，中國戲劇出版社之《大戲曲家關漢卿傑作集》；張友鸞、顧肇倉選注，人民文學出版社之《關漢卿雜劇選》等。

㉓鍾氏、李袁二氏之書已見注⑲，譚氏之書一九五五年十月上海文藝綜合出版社出版，王氏之書一九八八年四月中國戲劇出版社出版。

究》均有可觀，梁沛錦與日本波多野太郎合著《關漢卿現存雜劇研究》，又編輯《關漢卿研究論文集》，頗可注意㉔。

至於外國漢學界對關漢卿的研究，其雜劇譯本，最早見於一八二一年倫敦出版的《異域錄》所載的〈士女血冤錄〉，但那只是《竇娥冤》的梗概；一八三八年巴黎皇家印刷所才出版A．P．L．巴贊的法文《竇娥冤》全譯本，此後英文、法文、德文、俄文、日文迭有譯本，所譯劇本尚包括《玉鏡台》、《謝天香》、《救風塵》、《望江亭》和《單刀會》㉕。其作學術研究論文

㉔鄭師因百三文已收入《景午叢編》，一九七二年三月台北中華書局出版；羅氏之文見《抖擻》第二十期，一九七七年三月；劉氏之書三聯書店香港分店一九八〇年出版；梁氏編輯之書，香港潛文堂一九六九年出版。

㉕英文譯本有1.《斬竇娥》（《竇娥冤》第三折）A．E．朱克譯，《中國戲劇》，一九二五年波士頓布朗公司出版。2.《望江亭》，陳福生等譯，《廈門大學學報》，一九五七年第一期。3.《關漢卿戲劇選》，楊憲益、戴乃迭譯著，一九五八年北京外文出版社與上海新文藝出版社同步出版。4.時鍾雯《對竇娥的不公平：竇娥冤研究與翻譯》，一九七二年劍橋大學出版社出版，列入《普林斯頓——劍橋中國語言研究4》。5.陳眞愛博士論文《竇娥冤主題的演變》，一九七四年俄亥俄州立大學出版社出版。

法文譯本另有1.馬尼安選譯和評介《竇娥冤》的文章，載一八四三年《廣識雜誌》一月號。2.《竇娥

冤》片段，徐仲年譯，《中國詩文選》，一九三三年巴黎德拉格拉夫書局出版。

德文譯本有1.《竇娥冤》片段，R戈特沙爾譯，一八八七年出版。2.《學士玉鏡台》，漢斯·魯德爾斯貝爾格譯，收入《中國喜劇》一書，一九二三年出版。3.《蝴蝶小姐之婚姻》（《謝天香》摘譯），漢斯·魯德爾斯貝爾格摘譯，一九二二年維也納安東施羅爾出版公司出版。4.《望江亭》譯介，巴贊著，載《亞洲雜誌》十一~十二月號，一八五一年。

日文譯本有1.《竇娥冤》，宮原民平譯，近代社刊《古典劇大系》第十六卷《支那篇》，一九二五年東京近代社編輯出版。《世界戲曲全集》第四十卷《印度、支那篇》，一九二八年出版。2.《竇娥冤》，田中謙二譯，平凡社《中國古典文學大系》52《戲曲上》，一九七〇年十一月出版。3.《救風塵》，池田大伍譯，《人》雜誌第五號，一九三四年；又見於平凡社《元曲五種》，一九七五年九月刊，田中謙二補注。4.《救風塵》，田中謙二譯，平凡社《中國古典文學全集》第三十三卷《戲曲集》，一九五九年十一月版。又見於平凡社《中國古典文學大系》52《戲曲集上》。

俄文譯本有1.《士女血冤錄》，多馬斯·東當的英譯文轉譯，載《雅典娜神廟》第十一號，一八二九年六月。2.《救風塵》，謝馬諾夫和雅羅斯拉夫采夫合譯，收入《東方文選》第二冊，一九五八年莫斯科出版。3.《關漢卿竇娥冤》，索羅金節譯，載一九五八年《外國文學》第九號。4.《感天動地竇娥冤》，斯別阿聶夫譯，收入《元代戲曲》，一九六六年列寧格勒——莫斯科出版。5.《竇娥冤》，收入《東方古典戲曲》，一九七六年莫斯科出版。6.《望江亭中秋切鱠旦》及《關大王單刀會》，瑪斯金斯卡婭譯，收入《元代戲曲》，一九六六年列寧格勒、莫斯科出版。

者已達三四十篇[26]，其可注意者，一九五八年莫斯科出版費德林《關漢卿：偉大的中國劇作家》，同年《蘇聯漢學》第二期載索羅金〈偉大的戲劇家〉一文，很巧妙的是，他們的見解正和同時在「熱潮」上的中國大陸學者如出一轍，也許是同一種「主義」之下的產物吧。又一九六八年威廉·多爾拜以《關漢卿及其作品面面觀》獲英國劍橋大學博士學位，翌年杰羅姆·西頓以《關漢卿及其著作評論》獲美國印第安那大學博士學位，可見關漢卿在西方漢學研究所受到的重視。

## 三　關漢卿研究的取向

如果把王國維先生著《宋元戲曲考》當作關漢卿研究進入現代化的起點，那麼迄今已有八十幾年的歷史。在這八十幾年間，學者除了對關氏劇作本身作校勘和注釋的基礎工作外[27]，就學術研究而言，考其取向，約有以下七端，請逐一簡述如下：

---

㉖見王麗娜編著《中國古典小說戲曲名著在國外》，一九八八年八月上海學林出版社出版。

㉗對於關漢卿雜劇之校勘和注釋，除上文和注㉒所舉外，其有關校勘尙見於鄭師因百《元人雜劇異本比較》（散見於《國立編譯館館刊》）、《校訂元刊雜劇三十種》（一九六二年四月世界書局出版）與寧希元《元刊雜劇三十種新校》（一九八八年四月蘭州大學出版社出版）等書中。

## ㈠關漢卿生平籍貫的考證

由於關漢卿生平資料非常殘缺，記載甚爲簡單，而且彼此有所矛盾，所以對於關漢卿的生存年代、職分和籍貫，學者便有不同的見解。

在生存年代方面，有以下四說：

1. 認爲關漢卿金亡時已達出仕年齡，金亡不仕，可稱之爲金之遺民[28]。

---

㉘元邾經《青樓集·序》：「我朝初并海宇，而金之遺民若杜散人、白蘭谷、關己齋輩皆不屑仕進，乃嘲風詠月，流連光景，庸俗易之，用世者嗤之。三君之心，固難測也。」（此據通行之《雙楳景闇叢書》本，明鈔《說集》本《青樓集》卷首「若杜散人」之前無「而金之遺民」五字。）

元楊維楨《鐵崖先生古樂府》〈元宮詞〉云：「開國遺音樂府傳，白翎飛上十三絃；大金優諫關卿在，伊尹扶湯進劇編。」

明蔣一葵《堯山堂外紀》卷六十八「關漢卿」條云：「關漢卿，號己齋叟，大都人。金末爲太醫院尹，金亡不仕。好談妖鬼，所著有《鬼董》。」

這三條資料是關漢卿「爲金之遺民」說的依據。

2.認爲關漢卿雖生於金亡以前，但金亡時不過孩童，不夠稱遺民的資格[29]。

3.認爲關漢卿生於金亡之後、元統一之前的蒙古時代，生卒年月皆在元代，更無從說是金之遺民[30]。

---

㉙首倡此說者爲胡適，其論文見注⑰，其主要論據爲：《輟耕錄》卷三十二記「嗓」字一條，由此可知關氏死在王和卿之後，王和卿在中統初（約一二六〇）作詠大蝴蝶小令，又從關氏「杭州景」套曲，知關氏於一二七八年宋亡後曾到杭州，關氏更有「大德歌」十首，必在元成宗大德晚年，因之死年至早在一三〇七年左右，上距金亡已七十四年，他的生年不得早於一二二〇年，金亡時至多不過十三四歲小孩而已。因此關氏不能算是「金源遺老也不是大金優諫」。又蔡美彪〈關漢卿的生平〉（一九五七年《戲劇論叢》第二輯）謂關漢卿生於金末由金入元。其論據爲：㈠關漢卿劇作多記女眞事女眞語；㈡他所嗜好的技藝多和金代女眞有關；㈢元人楊鐵崖稱他爲大金優諫；㈣元人郗經說他入元後「不屑仕進」。

又蘇夷〈關漢卿的年代問題〉（一九五八年《戲劇論叢》第二輯）謂郗經〈青樓集序〉把杜散人、白蘭谷、關已齋並爲同輩是有道理的。因爲根據道光《長淸縣志》引舊志對杜善夫的記載和王博文《天籟集》對白樸的記載，都可以證明他們二人在元初「不屑仕進」，則關氏在元初亦應達到仕進之年。又《錄鬼簿》列關漢卿爲卷上「前輩才人」五十六人之首，《太和正音譜》稱關氏「初爲雜劇之始」，則關氏行年至遲應與白樸相近，而白樸生於金正大三年（一二二六）。又鄭振鐸在〈關漢卿——我國十三世紀的偉大戲曲家〉一文（一九五八年《戲劇報》第六期）謂：「關漢卿曾在蒙古滅南宋後，到過南宋都城杭州。……關漢卿遊杭州的時候，當在一二七九年之後不久。故他寫的『杭州景』有『大元朝新附國，亡宋家舊華夷』的話。在這個時期，他已是將近七十高齡了。他的卒年，約在一二九八年到一三〇〇年之前，但至遲不能超過一三〇〇年。」因爲根據鍾嗣成作於一三二〇年的《錄鬼簿》，說到關時，謂：「余生也晚，不得與几席之末。」鄭氏乃認爲，鍾與關年輩至少相差三十歲左右。則關氏享年應達九十歲，生年應在一二一〇年左右。

又尚達翔〈關漢卿生卒年新證〉（一九八二年《鄭州大學學報》第一期），其論據有二。其一，從明刊《蝴蝶夢》第一折混江龍「他又不曾時連外境，又無甚過犯公私」之語，謂「時連外境」指通敵。無論金末或元初，皆爲死罪，兩朝刑法志均有記載。但元統一全國後，就不存在了。其二，《蝴蝶夢》中關於趙頑驢偷馬被處決事，《元史·太宗紀》載蒙古太宗六年（一二三四）五月明定「但盜馬一二者，即論死。」又憲宗二年（一二五一）斷事官將一盜馬者「既杖復斬」，但元滅南宋後，改爲「盜馬者，初犯爲首八十七，從二年；爲首七十七，從一年半；再犯加等，罪止一百七，出軍。」（《元史·刑法三》）因之認爲《蝴蝶夢》似作於十三世紀四十年代。如果此時關氏二十多歲，由此上推，則當生於金末的一二二〇年左右。

㉚孫楷第〈關漢卿行年考〉（一九五四年三月十五日《光明日報·文學遺產》）謂關漢卿生年當在蒙古乃眞后稱制元年與海迷失后稱制三年之間（一二四一～一二五〇），其卒年當在延祐七年以後，泰定元年以前（一三二〇～一三二四）。其主要依據爲：關漢卿與胡紫山、王秋澗、馮海粟、盧疏齋等人都有詩曲贈名妓珠簾秀。而貫酸齋作於皇慶末延祐初的《陽春白雪·序》把盧疏齋、馮海粟、關漢卿、庾

4.認爲有兩個關漢卿：老關漢卿，解州人，曾仕於金；小關漢卿，大都人，即是偉大的雜劇作家㉛。

吉甫並列爲近代人。因而疑這幾人於皇慶、延祐間尚在。又據周德淸作於泰定元年（一三二四）的《中原音韻·序》，知關漢卿此時已卒。從而推定關氏生年不能早於胡紫山與王秋澗（兩人生於金哀宗正大四年，一二二七），約爲一二四一至一二五〇，此時金已被蒙古滅亡多年。所以關漢卿不止非「金源遺民」，根本就是元朝子民。

又王季思〈關漢卿和他的雜劇〉（一九五四年《人民文學》第四期；收入《關漢卿研究論文集》，一九五八年古典文學出版社），其主要證據是關劇《詐妮子調風月》二折五煞：「你又不是殘花醞釀蜂兒蜜，細雨調和燕子泥。」此二句實據胡紫山〈陽春曲〉，紫山生於一二二七年，關氏以之爲成語引用，當在紫山成名之後，關氏生年不當早於紫山。又據「大德歌」及與王和卿事，推論其卒年當在一二九七年之後。據此，金亡時關氏至多七歲童子，算不上「金源遺民」。

㉛此說見馮沅君《古劇說彙》〈古劇四考跋·才人考〉（一九四七年商務印書館出版），主張有兩個關漢卿，她說：「一個籍貫是解州，年代較早。約爲金末人，或許曾入元，做個遺老，於曲曾染指，如元遺山、杜善夫輩。一個籍貫是大都，年代較晚，十之八九完全是元人。他是所謂『姓名香四大神物』之一，爲人風流浮浪，能演劇。」其論據有三，其一，古今人姓名相同的本來很多，年代相近，姓名又同者也不少；其二，關氏籍貫有大都、祁州、解州三說。後人將幾個同姓名的行事混淆一起，但在籍貫上卻留下不統一的漏洞。其三，應當以解決「老子」問題的方式來解決關漢卿。

此四說之所以各有爭執，主要是所據文獻資料元明淸皆有，對資料的判讀又見仁見智，以致所得結論不同。

其次在職分方面，有以下三說：

1.主張關漢卿爲元代之「太醫院尹」，「尹」爲「長官」之意，故元熊夢祥《析津志》入關漢卿於〈名宦傳〉之中。㉜

2.主張關漢卿爲元代之「太醫院戶」，元代正有所謂「醫戶」，但「醫戶」未必即「醫

---

㉜元鍾嗣成《錄鬼簿》：「關漢卿，大都人。太醫院尹。號己齋叟。」此見《錄鬼簿》「前輩已死名公才人有所編傳奇行於世者」類第一名。其中「尹」字，曹本、尤本、劉本、王本並同。說集本、孟本、賈本並作「戶」字。

按太醫院，金元皆置。《金史·百官志》：「太醫院、提點，正五品。使，從五品。副使，從六品。判官，從八品。」《元史·百官志》：「太醫院，秩正二品，掌醫事，制奉御藥物，領各屬醫職。中統元年，置官差，提點太醫院事，給銀印。至元二十年，改爲尙醫監，秩正四品。二十二年，復爲太醫院，給銀印，置提點四員，院使、副使、判官各二員。大德五年，升正二品，設官十六員。」元熊夢祥《析津志·名宦》：「關一齋，字漢卿，燕人。生而倜儻，博學能文，滑稽多智，蘊藉風流，爲一時之冠。是時文翰晦盲，不能獨振，淹於辭章者久矣。」

王鋼《關漢卿研究資料匯考》頁四云：「兩朝官志，皆無太醫院尹之稱，然尹之義爲官正，《爾雅·釋

人」㉝。

### 3.主張關漢卿是「大金優諫」㉞。

---

官》：『尹，正也。』邢疏：『正，長也。郭云謂官正也，言爲一官之長也。』元有州尹、縣尹之名，亦取正義。故漢卿所任，當即太醫院正職。觀元史太醫院職務，正職實不明確，如至元二十二年，提點即有四員。疑太醫院尹即中統元年所置之官差，或以後的提點，而俗以院尹稱之。」又頁十云：「（元熊夢祥）雖列《名宦》篇中，然漢卿究任何職，卻未著一語。按之《錄鬼簿》，當即是太醫院尹。據《元史·百官志》，太醫院至元年間秩正四品，而大德五年升正二品。《析津志》作於大德後，故以太醫院尹入名宦傳，乃在情理之中。漢卿爲文士，本傳言『文翰晦盲，不能獨振』，寓有關氏未以文翰見知之意，故所任必非翰林國史院、集賢院或其他台省要職。而太醫院尹卻正與此相合。」

㉝王季思在〈關漢卿和他的雜劇〉中謂「元時雖有太醫院，但沒有院尹；可能他只是一個通常的醫士，或者在太醫院裡兼過一些雜差。」

蔡美彪〈關於關漢卿的生平〉，指出《錄鬼簿》許多版本「太醫院尹」實是「太醫院戶」之誤。如果說關氏在元代任職，便和郝經「不屑仕進」的話有很大矛盾。而元代戶籍中有所謂「醫戶」者，例屬太醫院管領。這些醫戶，並不都是眞正的醫生。

㉞元楊維楨《鐵崖先生古樂府·元宮詞》云：「開國遺音樂府傳，白翎飛上十三弦；大金優諫關卿在，伊尹扶湯進劇編。」

此三說是因爲《錄鬼簿》版本有「尹」和「戶」之異，又楊維楨〈元宮詞〉有「大金優諫關卿在，伊尹扶湯進劇編」之語而引發的爭議。

另外在籍貫方面，也有三說：

1. 大都人：此說根據元鍾嗣成《錄鬼簿》，而元末熊夢祥《析津志》也說他爲「燕人」[35]。

2. 祁州人：此說根據清乾隆二十年修訂之《祁州志》卷八「關漢卿故里條」，肯定關漢卿是「元時祁之伍仁村」（今河北安國縣伍仁村）人[36]。

---

㉟析津即今北京。據《遼史》、《金史》諸書，遼開泰元年（一〇一二）改幽都府爲析津，以燕分野旅寅，爲析木之津，故名。金貞元元年（一一五三）改析津府爲永安府，二年，又改大興府。又燕，亦今北京。《金史・地理志・中都路》：「遼會同元年爲南京，開泰元年號燕京，海陵貞元元年定都，以燕乃列國之名，不當爲京師號，遂改爲中都。」元初則設燕京路。熊夢祥喜用舊稱，所云「燕」實即《錄鬼簿》所云「大都」。

㊱清羅以桂乾隆二十年新修本《祁州志》卷八〈紀事・關漢卿故里〉云：「漢卿，元時祁之伍仁村人也。高才博學而艱於遇。因取《會眞記》作《西廂》以寄憤。脫稿未完而死，棺中每作哭涕之聲。狀元董君章往弔，異之，乃檢遺稿，得《西廂記》十六齣。曰：『所以哭者爲此耳，吾爲子續之。』攜去而哭聲遂息，續後四齣以行於世。此言雖云無稽，然伍仁村旁有高基一所，相傳爲漢卿故宅；而《北西

3.解州人：此說根據元人朱右《元史補遺》所載：「關漢卿，解州（今山西運城縣）人。工樂府，著北曲六十本。」㊲

就因爲一個人而有三個籍貫，所以有人便產生調適的說法，謂關漢卿祖籍解州、本籍祁州、

---

廂》中方言多其鄉土語，至今曁子庸夫猶能道其遺事，故特記之，以俟博考。」按祁州即今河北省安國縣，舊稱蒲陰，宋屬祁州，元屬中書省。持此說者如馮鍾雲〈關漢卿〉，見《關漢卿研究論文集》，又張月中、許秀京〈關漢卿的故鄉——安國縣伍仁村人〉，見《河北日報》一九八五年二月十九日。楊國瑞〈關漢卿是安國縣伍仁村人〉（見《河北師院學報》一九八二年一期）。

㊲清姚之駰《元明事類鈔》卷二十二〈文學門〉二〈詞曲〉部「元曲」條引元朱右《元史補遺》：「關漢卿，解州人，工樂府，著北曲六十本。世稱宋詞元曲，然詞在唐人已優爲之，惟曲自元始，有南北十七宮調。」其後清邵遠平《元史類編》卷三十六〈文翰補遺〉亦云：「關漢卿，解州人，工樂府，著北曲六十本。」按「解州」，元屬中書省平陽路（大德九年改晉寧路）。《元史·地理志》：「解州（下），本唐蒲州之解縣，五代漢乾祐中置解州，宋屬京兆府，金升寶昌軍，元至元四年，併司候司入解縣。」今解州之名仍存，屬山西省運城轄，在運城市西南。持此說者如王雪樵〈雜記二則，爲關漢卿祖籍河東說援一例〉，謂關劇中有不少語言是山西運城一帶方言所特有。見《戲劇論叢》一九五七年第二輯，收入《關漢卿研究論文集》。

定居於大都[38]。有人也因此而有前文所云「兩個關漢卿」的想法。

由以上可見，光關漢卿的生平籍貫，就有如此多的爭論，這樣的爭論如果沒有更新更具體可靠的資料出現，恐怕還要繼續下去。

## (二)關漢卿作品考訂

關漢卿的作品，傳世和見於著錄的，有雜劇、散曲和《鬼董》一書。

---

㊳趙景深〈關漢卿和他的雜劇〉謂關氏籍貫有大都、祁州、蒲陰三說，「其實三個名稱實質上是一個地方，祁州即是蒲陰，而在元時又是大都的屬地（元時凡中書省所轄之地，均可稱爲大都），所以，這三說法是沒有衝突的。」見其〈在上海劇協關漢卿研究小組第一次會議上的發言〉，收入《關漢卿研究論文集》。又王鋼《關漢卿研究資料匯考》〈元朱右元史補遺〉項下「考」謂此段資料可視爲「元人記元事」，朱右爲史家，又重視文學，曾任晉相府長史，因之其所記漢卿事必有根據，漢卿籍貫解州說亦足可信。惟此說與大都說矛盾，「因疑漢卿祖籍解州，而其先輩已移居大都。或漢卿本大都人，後曾流寓解州。」又常林炎《宿莽集·關漢卿故里考察記》謂「我們結論是：關漢卿，祁州伍仁村人，祖籍解州，重要的戲劇活動在大都，最後回到伍仁村故里，便終於此。」

其雜劇根據各本《錄鬼簿》的記載及其他書目資料，總共有六十七種[39]，現存十八種[40]。但

---

㊴《錄鬼簿》著錄關劇六十二種：哭香囊、玉堂春、進西施、詐妮子、三告狀、哭存孝、澆花旦、救周勃、蝴蝶夢、銅瓦記、雙駕車、哭魏徵、三負心、認先皇、萬花堂、趙太祖、鬧荊州、鬼團圓、劉夫人、姻緣簿、三嚇嚇、狄梁公、復落娼、鷓鴣天、單刀會、汴河冤、救風塵、金線池、三撇嵌、切膾旦、紅梅怨、王皇后、非衣夢、酹江月、竇娥冤、救啞子、謝天香、瘸馬記、柳絲亭、春秋記、破窯記、勘龍衣、拜月亭、雙赴夢、摔龍舟、玉鏡台、宣花妃、哭昭君、立宣帝、對玉釵、敬德降唐、綠珠墜樓、鑿壁偷光、織錦回文、高風漂麥、管寧割席、藏鬮會、惜春堂、玉簪記、裴度還帶、孫康映雪、陳母教子。

關漢卿雜劇除上錄六十二種，尚有《單鞭奪槊》見《元曲選目》、《也是園書目》、《今樂考證》、《曲錄》等；《五侯宴》見《也是園書目》、《今樂考證》、《曲錄》等；《魯齋郎》見《徐氏紅雨樓書目》、《也是園書目》、《曲海目》、《曲海總目提要》、《今樂考證》、《曲錄》等；《孟良盜骨》見《北詞廣正譜》；《相如題柱》見《曹本錄鬼簿》、《今樂考證》、《曲錄》等著錄；總計六十七種。

㊵現存十八種爲：1.單刀會（有元刊本、脈望館鈔本）、2.西蜀夢（有元刊本）、3.玉鏡台（有古雜劇本、古名家雜劇本、元曲選本、柳枝集本、今樂府選本）、4.敬德降唐（有古名家雜劇本、脈望館鈔本、元曲選本、今樂府選本）、5.裴度還帶（有脈望館鈔本）、6.哭存孝（有脈望館鈔本）、7.五侯

現存的十八種中，像《狀元堂陳母教子》、《劉夫人慶賞五侯宴》、《山神廟裴度還帶》、《尉遲恭單鞭奪槊》、《包待制智斬魯齋郎》等五種，或因爲劇目爲《錄鬼簿》所失載，或因爲風格和思想非關氏所應有，以致著作權誰屬，都引起學者爭議㊶。

宴（有脈望館鈔本）、8.陳母教子（有脈望館鈔本）、9.魯齋郎（有脈望館校古名家雜劇本、元曲選本、今樂府選本）、10.蝴蝶夢（有新續古名家雜劇本、元曲選本、今樂府選本）、11.謝天香（有古名家雜劇本、元曲選本）、12.緋衣夢（有古雜劇本、古名家雜劇本、脈望館鈔本）、13.調風月（有元刊本）、14.拜月亭（有元刊本）、15.切膾旦（有古雜劇本、元人雜劇選本、元曲選本、今樂府選本）、16.救風塵（有新續古名家雜劇本、元曲選本、今樂府選本）、17.金線池（有古名家雜劇本、古雜劇本、元曲選本、古今名劇柳枝集本、今樂府選本）、18.竇娥冤（有古名家雜劇本、元曲選本、古今名劇酹江集本、今樂府選本）。

㊶其一，《陳母教子》：王季思〈關漢卿和他的雜劇〉一文，從不見《錄鬼簿》與「曲文賓白」風格上，斷定非關氏作品，常林炎〈狀元堂陳母教子不是關漢卿的作品〉（見其《宿莽集》）同意王說，游國恩等主編之《中國文學史》採王氏之說，謂爲可疑。傅惜華《元代雜劇全目》，則歸屬關氏之作。楊晦〈論關漢卿〉一文（見一九五八年第二期《文學研究》，收入《關漢卿研究》第二輯），則從思想內容入手，反對王說。

又有談妖說鬼之《鬼董》一書，學者已公認爲非關氏所作。

然而爭論得最厲害的，莫過於《西廂記》一劇，有1.王實甫作，2.關漢卿作，3.王作關續，4.元後期作家集體創作，5.元末無名氏作等五說。目前似乎以王作說較占優勢。

---

其二，《五侯宴》：鄭師因百〈元劇作者質疑〉一文（見《大陸雜誌》特刊第一輯，收入《景午叢編》），謂不見《錄鬼簿》，文筆又惡劣，不惟去漢卿遠甚，亦不類元人，復不見於《錄鬼簿續編》及《正音譜》無名氏項下，觀其排場、筆墨，蓋明代伶工所編之歷史故事劇耳。嚴敦易《元劇斟疑》一書和王季思〈關漢卿和他的雜劇〉、趙景深〈關漢卿和他的雜劇〉、邵曾祺〈關漢卿作品考〉等文（均見《關漢卿研究論文集》）亦皆否定此劇爲關氏之作。

其三，《裴度還帶》：鄭師因百〈元劇作者質疑〉謂今劇云「郵亭上瓊英賣詩」，又云「山神廟」皆與賈仲名之劇關目相合，而與《錄鬼簿》等所著錄之關劇正目不合，因斷定當屬賈氏所作。嚴敦易《元劇斟疑》與顧學頡〈對關漢卿和他的雜劇的一點意見〉（見《元明清戲曲研究論文集》）、邵曾祺〈關漢卿作品考〉等亦否定此劇爲關作。

其四，《單鞭奪槊》：王季思、聶石樵否定爲關作，邵曾祺定爲元明間無名氏作，趙景深採存疑態度；四家論文均見《關漢卿研究論文集》。嚴敦易《元劇斟疑》則認爲此劇當即《錄鬼簿》於漢卿名下所著錄之《敬德降唐》，而尙仲賢所作乃《三奪槊》，非此《單鞭奪槊》。

其五，《魯齋郎》：邵曾祺以其未見著錄，疑爲非關氏之作，嚴敦易謂當係初中期之元無名氏所作。

其散曲《全元散曲》收錄小令五十七、套數十三、殘套數二，其中〔中呂·普天樂〕〈崔張十六事〉。〔中呂·朝天子〕〈書所見〉一首、〔仙呂·桂枝香〕〈秋懷〉一套、〔南呂·一枝花〕〈漢卿不伏老〉一套，也都有不確定爲關作的問題[42]。

---

[42]〔中呂·普天樂〕〈崔張十六事〉：此十六曲僅見《樂府群珠》，曲文多與《西廂記》雜劇同。王鋼《關漢卿研究資料匯考》謂「頗疑係後人摘取《西廂》曲文，隱括而成，以《西廂》久傳有關作之說，故編選者以之屬漢卿。」又云「或以爲此曲先於雜劇，而《西廂》有關作之傳，正因漢卿曾作此曲。」

〔中呂·朝天子〕〈書所見〉：此曲《太平樂府》卷四、《詞林摘艷》卷一，皆署「周德清」，然楊愼《詞品》、蔣一葵《堯山堂曲紀》等則屬關作。

〔仙呂·桂枝香〕〈秋懷〉一套：此套《南宮詞紀》卷三署「無名氏」，《詞林白雪》卷一，無題，無撰人，惟目錄署「關漢卿」。

〔南呂·一枝花〕〈漢卿不伏老〉：此套《雍熙樂府》卷十，題「漢卿不伏老」，未署撰人。《彩筆情辭》卷五，題「不伏老」，署「元關漢卿」。《北詞譜》與《北詞廣正譜》南呂卷收〈一枝花〉、〈尾聲〉、〈收尾〉，無題，署「套數，關漢卿撰」。王鋼引野馬〈關漢卿的生平及其作品〉云：「此曲只在〈一枝花〉牌名下注明『漢卿不伏老』，無關字，且文相連，與同牌下另一曲注明『叔寶不伏老』相同，是一個副標題，應非關漢卿所作。」

## ㈢關漢卿悲喜劇的探討

所謂「悲劇」、「喜劇」，事實上是西方戲劇的類型和觀念，但是自從王國維《宋元戲曲考》〈元劇之文章〉中說道「關漢卿之《竇娥冤》、紀君祥之《趙氏孤兒》，劇中雖有惡人交搆其間，而其蹈湯赴火者，乃出於其主人翁之意志，即列之於世界大悲劇中亦無愧色也」之後，運用西方悲喜劇理論來剖析中國傳統戲曲，就成了一個重要論題㊸。其中關漢卿《竇娥冤》和《救風塵》幾乎成爲討論的核心㊹，王季思所主編的《中國十大悲劇》和《中國十大喜劇》都以它們

---

㊸一九七五年十一月台灣大學外文系所主編的《中外文學》推出〈元人雜劇的現代觀〉專欄，其中所發表論文的研究方法，可以看出這種現象。

㊹如寧宗一〈驚天動地的吶喊——談竇娥冤的悲劇精神〉（見《語文教學通訊》一九八二年第二期）、唐文標〈竇娥冤的悲劇和現實〉（見《明報》一九七六年五月號）、祝肇年〈談竇娥悲劇典型的塑造〉（見《戲劇論叢》一九八一年第四期）、李漢秋〈竇娥冤悲劇性初探〉（見《古典文學論叢》第五輯）等；又如王季思〈談關漢卿及其作品竇娥冤和救風塵〉（見《光明日報》一九五六年三月廿五日）、陳健〈關漢卿的救風塵〉（見《語文學習》一九五七年十一月號）、方光珞〈試談救風塵的結構〉（見《中國古典文學論叢·戲劇之部》，中外文學叢書第九）、呂福田、李暉《關漢卿喜劇藝術法探析》（見《北方論叢》一九八五年第二期）等。

爲首編。

只是西方悲喜劇的理論各門各派，見解不一，所以像《竇娥冤》便有「悲劇」和「通俗劇」的爭論；而西方理論是否可以完全運用到中國戲曲來，也是一個根本問題，所以中國是否有西方的「悲喜劇」和中國人今之所謂「悲喜劇」和西方人的觀念是否相關，便也見仁見智，難有共同的歸趨㊺。

## ㈣關漢卿劇作的分別討論

對於關漢卿劇作分別加以研究評論的也大有人在，主要評論的劇本是《竇娥冤》、《單刀會》、《救風塵》、《魯齋郎》、《拜月亭》、《望江亭》等六劇，其他《玉鏡台》、《陳母教子》、《謝天香》、《蝴蝶夢》、《金線池》、《五侯宴》等六劇也被討論到。其中自以《竇娥冤》爲研究的焦點，估計論文已有一兩百篇，幾乎人們已罄其所能來探討這個偉大的劇本了㊻。

---

㊺如古添洪〈悲劇：感天動地竇娥冤〉、張漢良〈關漢卿的竇娥冤：一個通俗劇〉，二文均見《中國古典文學論叢．戲劇之部》。

㊻見李漢秋、袁有芬《關漢卿研究資料．附錄索引》〈關漢卿研究論著索引〉、鍾林斌《關漢卿戲劇論稿》附錄〈關漢卿研究文獻目錄〉。

《竇娥冤》雜劇毫無問題是關漢卿的代表作，自然受到最大的推崇，但是在學者的研究評論中，有些問題的看法並不一致。譬如其所表現之主題思想[47]，竇娥反抗性格的評價[48]，臨刑前所發的三願[49]，劇中鬼魂的出場[50]，是否有民族氣節[51]等等；但即此已可見其討論之「熱烈」了。

---

㊼如嚴敦易〈論元雜劇〉（收入《元明清戲曲研究論文集》）謂《竇娥冤》「悲劇的主導原因，是跟高利貸的後果分不開的。」傅璇琮〈讀「論元雜劇」〉則謂「竇娥悲劇是封建時代的黑暗政治和社會勢力對普通人民的壓迫的悲劇。……高利貸只是圍繞主題表現出來的社會的黑暗現象之一。」

㊽如《華東師範大學學報》一九六五年第一期齊森華、簡茂森〈是批判的繼承，還是盲目的崇拜？——談近年來關漢卿評價中的幾個問題〉、《文學評論》一九六五年第四期馮沅君〈怎樣看待《竇娥冤》及其改編本〉、《光明日報》一九六五年八月二十二日陳中凡〈關漢卿雜劇的民主性與侷限性〉與同年九月十二日金寧芬〈《竇娥冤》評價中的幾個問題〉。這些論文基本上都用來反對一九五八年關漢卿研究高潮中的觀點，認爲「關漢卿對於封建制度的態度是：要推倒它，但只有反抗鬥爭才能推倒它。這是他在生活中發現的眞理」的說法是錯誤的，因爲關漢卿的戲劇沒有反映封建社會兩個主要對抗階級的矛盾和鬥爭。

㊾如馮沅君〈怎樣看待竇娥冤的改編本〉謂：「這種帶有浪漫主義色彩的手法，乍看去頗快人意，動人心，細加尋思，便感到其中含有將鬥爭托於神的消極因素。」陳毓羆〈關於《竇娥冤》的評價問題〉

(五)關漢卿雜劇本事的考證

中國戲曲的本事很少憑空杜撰，因此戲曲本事探源也成爲戲曲研究的一環。無名氏《傳奇彙考》可謂開其端，近人董康《曲海總目提要》已對關氏《金線池》、《切鱠旦》、《救風塵》、《蝴蝶夢》、《魯齋郎》五劇加以考索，羅錦堂《元人雜劇本事考》更以之爲博士論文，其後譚正璧《元曲六大家評傳》、李漢秋《關漢卿研究資料》、劉新文《錄鬼簿中歷史劇探源》等亦皆

（《文學評論》一九六五年第五期）則謂「三願主要是通過幻想的形式表現了人民憤怒的力量之大，它所起的藝術效果是非常強烈的。」

㊿如馮仲芸〈關漢卿〉（見《祖國十二詩人》）謂「在善惡報應的傳統思想統治人心的社會裏，在那官吏專橫、有口難言的時代裏，只能借鬼神的出現，才能給百姓以安慰；在這一方面來說，仍有其積極意義。」香文〈《竇娥冤》和東海孝婦〉（見《關漢卿研究》第一輯）謂「竇娥的冤魂便是萬民的化身。」馮沅君則謂鬼魂出場「必然向觀衆散布毒素，加強他們的鬼神迷信。」金寧芬亦謂「實際上起了欺騙人民的作用」、「削弱了竇娥冤的思想性」。

51李東絲〈關漢卿底《竇娥冤》〉（見《文學遺產》增刊一輯）謂竇娥的守貞節是守「民族氣節」的暗喻。邵驥〈竇娥冤是否有民族氣節問題〉（見《元明清戲曲論文集》）便認爲那是「生硬地去找枝節的證據，從而穿鑿地來論證。」

涉及，而以王鋼《關漢卿研究資料匯考》最爲詳贍。有此諸書，關漢卿雜劇本事的來龍去脈就很清楚了。

## ㈥關漢卿雜劇的特色和成就

對於關漢卿雜劇的綜合述評，諸家詳略有別，著眼的角度也不盡相同。譬如王季思〈關漢卿和他的雜劇〉，首先將劇作分作歷史劇、社會劇、風情劇以論其內容思想；其次論其人物塑造，最後兼帶語言的運用。趙景深也以〈關漢卿和他的雜劇〉爲題，則單就內容論其涵蘊之思想，未及其他。聶石樵〈論關漢卿的雜劇〉，亦止於內容思想和人物塑造，周貽白〈關漢卿研究〉以1.元代雜劇的形成、2.元代的社會背景、3.元代雜劇作家的撰作態度、4.《救風塵》劇中對於當時現實生活的反映、5.《竇娥冤》劇中的高利貸與冤獄、6.《魯齋郎》劇中的民族矛盾、7.《單刀會》劇中的民族感情、8.結論。其結論是「他是一個蒙古貴族統治之下的反抗者，在劇本寫作上則是一個善於塑造人物的藝術大師。」周氏的「研究」，事實上也止於《救風塵》等四劇的內容思想和人物塑造。張庚、郭漢城《中國戲曲通史》第四章第二節〈關漢卿及其作品〉於其「生平著作」、「思想內容」外，已論及「結構和語言」。而鍾林斌《關漢卿戲劇論稿》一書，更就〈史實與虛構之間——關漢卿對歷史題材的處理和歷史人物形象的塑造〉、〈關漢卿的喜劇藝術〉、〈關漢卿的悲劇藝術〉、〈關漢卿戲劇語言的特色〉、〈關漢卿戲劇創作方法的特徵——

現實主義與浪漫主義的結合〉等五個論題作深入的探討。其〈史實與虛構之間〉、〈創作方法的特徵〉二論，縱然命題新穎，論述周詳，但基本上沒有脫離內容思想和人物塑造的範圍。而所云「悲喜劇藝術」，事實上也是從另一種角度和理論基礎探討內容思想和人物塑造。所以鍾氏所論及的，在於內容、思想、人物、語言等四方面。又張雲生《關漢卿傳論》一書，除綜述關漢卿「不平凡的一生」和「豐碩的創作成果」外，更詳論其雜劇及散曲之思想意義與藝術特色。其雜劇藝術從「塑造人物形象的高手」、「謹嚴結構的楷模」、「劇情設計的典範」、「現實主義與浪漫主義相結合」、「推陳出新的題材」、「高度的語言藝術」等六方面加以探討。但是其所謂結構與劇情，事實上僅關涉關目布置的問題；而現實浪漫主義與題材也不出內容思想的範疇。所以張氏所論及的，仍止於內容、思想、人物、語言等四方面。

總起來說，諸家論述關漢卿雜劇的特色和成就，其所涉及的層面不外內容、思想、人物、語言和結構等五方面。在內容一般都強調其現實性與人民性[52]，在思想上都凸顯其反封建的戰鬥精

---

[52]如鄭振鐸〈關漢卿——我國十三世紀的偉大戲劇家〉謂關漢卿是「和人民最親近的作家，他爲人民而控訴著當時黑暗統治，爲了人民而寫作。他和當時的人民是血肉相連、呼吸相通的。」其他如上舉王季思、楊晦、聶石樵、周貽白以及郭晉稀（〈發揚歌頌關漢卿歌頌人民形象、歌頌人民智慧的傳統〉）等之論文亦莫不高度評價「關漢卿戲劇的人民性」。

神[53]，這也都反映了大陸馬列主義主導下的觀念。在人物塑造上則肯定其個性鮮明[54]，尤其擅長塑造各種婦女形象，無不栩栩如生[55]。在語言運用上對其本色當行，肖似人物口吻，無不給予崇高的評價[56]。在結構方面，已注意到其關目布置的自然妥貼和緊湊集中[57]。就因爲這樣的特色和

---

㊸如郭沫若〈學習關漢卿，並超過關漢卿〉謂「他也是拿著藝術武器向封建社會猛攻的傑出戰士。」這種觀念在一九五八年紀念關漢卿高潮中一再出現。

㊹如王季思謂「關漢卿偉大的創作天才，首先表現在劇中人物的塑造上。」李健吾〈從性格上出戲兼及關漢卿創造的理想性格〉（見《關漢卿研究論文集》）亦極力揄揚關漢卿對理想性格創造的成功。又張雲生〈塑造人物形象的大師——論關漢卿雜劇的藝術特色之一〉（見《唐山師專學報》一九八三年一期）。

㊺再如戴不凡〈關漢卿筆下婦女性格的特徵〉、徐文斗〈關漢卿劇作中的婦女形象〉（均見《關漢卿研究論文集》）。鄭因百師〈關漢卿的雜劇〉（見《景午叢編》）云：「他尤其善於描寫女性，所寫女性又有多種類型：有教子成名滿懷喜悅的老太太如陳母，有痛子慘死聲情淒厲的中年婦人如鄧夫人，有懷春的閨秀如拜月亭，有慧黠的丫鬟如調風月，有機智鎭定的命婦如望江亭，有貞烈含冤的民女如竇娥，有才妓如謝天香，有俠妓如趙盼兒，有多情而善怒的妓女如杜蕊娘。」

㊻再如鄭因百師云：「他描寫的技巧更是如水銀瀉地，無孔不入。……寫武將有英雄氣概，寫少女是閨秀有情，寫冤屈的民婦則叫地呼天，寫俠妓口吻則粗俚中有伉爽之致。」又如丁建芳〈試論關漢卿劇

成就，關漢卿被推崇爲中國最偉大的戲曲家和世界文化名人[58]。

## (七)關漢卿雜劇的改編和演出的評論

上文說過，關漢卿雜劇已有好幾本被改編爲其他劇種，於是對這些改編本的關劇和其演出，也成了學者評論的論題。譬如《竇娥冤》，有馬建翎〈紀念關漢卿、學習關漢卿——關於改編竇娥冤的幾點說明〉、趙廷鵬〈也談竇娥冤的改編〉、馮沅君〈怎樣看待竇娥冤及其改編本〉、金乃俊〈竇娥冤各類改本淺議〉諸文；《魯齋郎》，有沈靜〈智斬魯齋郎的改編及其他〉一文；《拜月亭》，有陳中凡〈南戲怎樣改編關漢卿的拜月亭〉一文；《望江亭》，有艾蕪〈看譚記兒

---

作的語言藝術〉（見《鄭州大學學報》一九八一年二期）、湛佛恩〈試論關漢卿雜劇的語言藝術〉（見《廣州師院學報》一九八二年二期）、葉元章等〈略談關漢卿劇作的語言風格〉（見《青海師專學報》一九八二年二期）。

㊼再如戴不凡〈單刀會的結構及其他〉（《劇本》一九五八年第六期）、陳紹華〈論關漢卿戲劇的結構藝術〉（《揚州師院學報》一九八〇年第四期）、李漢秋〈救風塵結構縱橫談〉（見《元雜劇鑒賞集》）、史清〈試論竇娥冤的結構藝術〉（見《教學與進修》一九八四年第二期）。

㊽見戴不凡〈世界文化名人——關漢卿〉（《戲劇報》一九五八年第四期）。

演出後感想〉一文[59]。這些論文可以說把關漢卿研究推展到另一個層面。

## 四　關漢卿研究的檢討和展望

以上對關漢卿在元明清的情況及八十幾年來學者相關研究作了鳥瞰性的說明。由於資料豐富龐雜，加上個人囿於見聞，簡陋粗疏在所難免，但提綱挈領以見犖犖大者應屬不差。我們如果對這既有的「關漢卿研究取向」加以檢討，那麼對於我們日後的關漢卿研究，應當有所幫助才是。

首先「關漢卿生平籍貫」和「作品考訂」都是屬於基礎研究的範圍，如果這兩方面的研究不精確，都必然影響其他方面研究的結論，可是偏偏關漢卿生平資料非常片段簡略，而且彼此之間存在著矛盾，於是學者或因取材不同或因解釋有別，便成了衆說紛紜、莫衷一是的現象，光其生年就可相差三四十年，卒年亦可相差二十餘年。爲今之計，或可從兩方面入手；其一，「上窮碧落下黃泉，動手動腳找資料」，期盼可靠的文獻資料和考古資料有所發現，以祛數百年之疑；其二，如未有新資料，不得已當就科學辨證的方法鑒別現有的資料，論其原始性和可靠性，以此判

⑤⑨馬建翎論文見一九五八年六月廿三日《陝西日報》，馮沅君論文見《文學評論》一九六五年四期，金乃俊文見《藝譚》一九八一年四期，沈靜論文見一九五八年七月二日《黑龍江日報》，陳中凡論文見《戲劇論叢》一九五八年二輯，艾蕪論文見《戲劇報》一九五七年四期。

定諸家說法之良窳得失，而斷以己見，以取得最具公信力的結論。

而中國的戲曲劇本因搬演和流傳而遭受竄改，以致版本間差異頗大是很平常的事，如此加上時人卑視戲曲，作家不以之爲名山事業，所產生的作品與作家相互歸屬的問題，都使得作品與作家研究發生根本的疑難。就關漢卿作品而言，其現存被著錄爲關氏之作者，學者擇其最古之本爲底本而以他異本作斠讎，並就其語言詳加注釋的，已頗見其人，而且成績斐然。但是這十八本劇作中尚有五種被疑爲非關氏所作。鄙意以爲，當就此問題，綜合諸家說法，辨其長短是非，然後將關氏此十八本劇作，分作三類處理，其一可斷定爲關氏所作者，其二爲在疑似之間者，其三爲可斷定爲非關氏所作者。以此來作爲評論關氏劇作的依據，庶幾可以避免魚目混珠之憾。而對於關漢卿全集的刊定，除精確的校勘和詳審的注釋外，鄙意以爲，當進一步明其正襯、音節與句式，蓋正襯、音節、句式不明，則曲之旋律必然大受損傷，然而這一方面卻是目前未有人完全注意和做到的[60]。

其次「悲喜劇的探討」，雖然學者大抵都能言之成理，有人尚且頗爲細密而深入；但是中國戲曲本來無所謂「悲劇」、「喜劇」，因之若欲以此爲論題，當首先建立自家所持之理論基礎，

⑥⓪筆者編注之《中國古典戲劇選注》，選注關劇《單刀會》、《竇娥冤》、《蝴蝶夢》三本（國家出版社），又拙著《中國古典戲劇的認識與欣賞》一書中選注《救風塵》一本，均已嘗試明其正襯與句式。

以免因觀念之紛歧而徒增無謂之爭論。

其三「關氏劇作本事考證」方面，可以說已做得很完備，像鍾林斌之論「關漢卿對歷史題材的處理和歷史人物形象的塑造」，則是進一步的研究，非常有意義，也頗具見地。但是倘能進一步作「主題學」的探討，將史傳詩文傳說以及歌謠說唱戲曲相關者彙集分析歸納，以見其間之傳承與影響，則不止更具學術意義和價值，而且也是很有趣味的研究。

其四有關「雜劇分別研究」和「關氏劇作特色與成就的探討」，雖然已有很可觀的成績，但是所被論述的關氏劇作只集中在少數幾本名著，其他劇作尚有許多可以探討的空間未為人所顧及；而關氏劇作的特色和成就也僅以內容思想和人物塑造為焦點，論及語言者已屬不易，論及關目布置者更屬難得，因此這方面的探討也尚有廣大的原野可以馳騁。然而鄙意以為，這兩方面的研究，其實是二而一，都屬於關漢卿雜劇價值優劣和成就高下的評騭，其最關緊要的是評騭的態度和方法。如果態度不正確，方法有偏失，所獲得的結論不是不周全，就是有誤差。但是學者似乎未甚措意於此。

筆者有見於評騭中國古典戲曲的態度和方法未及建立，多年前乃就管見著為專文[61]，其大意是：評騭的態度要謹嚴而不拘泥，而欲有此態度的先決條件，則是對中國戲曲要具有深厚的學

[61]拙作題目為「評騭中國古典戲劇的態度和方法」，原載《幼獅月刊》四十四卷四期，收入拙著《說戲曲》一書。

養，然後在消極方面要不偏執一隅和不牽強附會。所謂「偏執一隅」，是指評騭劇本，光就某一方面或少數的幾方面進行討論，以此作爲論定劇作成就的高下；所謂「牽強附會」，是指論者以先入爲主的觀念爲基礎，然後蒐羅劇本中可以比附的材料，不遵守邏輯的推理方式，強爲證成其說。

至於積極方面，則是要發掘或注入新的文學和藝術的生命力。文學和藝術固然有時空的限制，但是偉大的作品則是超越時空而不朽的，它流轉到那一個時代，就有那一個時代的意義；它傳播到那一個地域，就有那一個地域的特色；這固然是當時和當地人所注入的，但同時也是作品本身所蘊涵所反映的。我們如果能以一顆鮮活的心靈來鑑賞它，它自然也會回報我們以清新的情趣。若此，我們必能在謹嚴之中，看到了它本來的面目；也能在通達之際，發現了它嶄新的風貌。本來的面目，見其價值；嶄新的風貌，則可以使其不朽。

有了謹嚴而不拘泥的態度，才可以進一步講求評騭的方法，方法不止要求其具體，而且要求其完備。大抵可以約爲八端：即本事動人、主題嚴肅、結構謹嚴、曲文高妙、音律諧美、賓白醒豁、人物鮮明、科諢自然。這「八端」中，就關漢卿雜劇研究而言，未被論者所特別留意的，只有「音律諧美」和「科諢自然」兩端；論者雖已述及而未盡周全的，只有「結構謹嚴」一項。

對於「音律」，論者所以未觸及的原因，主要因爲元雜劇在今日已成爲「案頭文學」，元曲在明代早已成爲「廣陵散」，而且又深信「通五音六律滑熟」的關漢卿那會乖音舛律，所以都置而不論。但是元曲在聲調、韻協、音節方面都有不可移易的規律和可以變化的原理[62]，其套數組織也相當嚴密，首尾之曲固有定格，而那些曲牌該在前，那些該在後，那些必須連用，那些可以互相借宮，都有一定的規矩。我們如果據此稍加檢視關漢卿雜劇，當能有憑有據的了解到其音律諧美，聲情詞情相得益彰的情況，對其藝術造詣的高度成就，也更有可以肯定的地方。

所謂「科諢」就是「插科打諢」，也就是戲劇搬演的過程中，插入一些滑稽突梯的動作和話語。其作用在調劑情調、引人興會，以「驅走睡魔」。必須「妙在水到渠成，天機自露。我本無心說笑話，誰知笑話逼人來。」也因此，科諢的自然也是衡量戲曲藝術造詣的一環，是不應當加以忽略的。

而戲曲的所謂「結構」實和小說有所不同，其整體展現即「排場」之處理。排場處理適當、冷熱調劑，即戲曲結構乃能眞正謹嚴得體。而所謂「排場」是指戲曲腳色在「場上」所表演的一個段落，所顯現的整體戲劇情調。它是以關目情節的輕重爲基礎，再調配適當的腳色、安排相稱的套式音樂、穿戴合適的穿關砌末，通過演員唱作念打所展現出來的。就關目情節的高低潮以及對主題表現所關涉的程度而分，有大場、正場、短場、過場四種類型；就表現形式的類型而言，有文場、武場、文武全場、同場、群戲之別；就所顯現的戲劇氣氛而言有歡樂、遊覽、悲哀、幽

---

[62] 筆者有〈北曲格式變化的因素〉一文，原載《古典文學》第一集，收入拙著《說俗文學》一書。

怨、行動、訴情之異；後二者其實依存於前者之中[63]。

元人雖有「坐排場」與「做排場」的戲界行話，但未暇論及排場與戲曲結構的關係。但元雜劇每折包含幾個排場則是不爭的事實。倘論述關漢卿雜劇之結構，不止從關目布置著眼，而能顧及整個排場的處理，相信於其戲曲藝術的成就將會獲得更加具體而彰顯的結論。

筆者以爲，欲評騭關漢卿雜劇乃至於中國戲曲之文學與藝術的成就，如果能有上述謹嚴而不拘泥的態度與具體而完備的方法，相信必能既客觀而又主觀的呈現劇作的眞價值及其在文學藝術上的眞正成就。

而這次「關漢卿國際學術研討會」，我們自然以「關漢卿及其作品之研究爲主題」，我們同時爲學者擬了十二個「參考子題」，它們是：

(一)關漢卿生平事蹟之重新檢討。
(二)關漢卿著作及其版本問題之探討。
(三)關漢卿雜劇之成就。
(四)關漢卿雜劇復原實驗演出之探討。
(五)關漢卿雜劇與域外戲劇之比較研究。
(六)關漢卿雜劇對後世的影響。

---

63 筆者有〈說排場〉一文，原載《明代小說戲曲論文集》，收入拙著《詩歌與戲曲》一書。

(七)關漢卿雜劇譯本述評。
(八)關漢卿散曲之探討。
(九)關漢卿研究之綜合檢討。
(十)關馬鄭白之比較研究。
(二)關漢卿雜劇在現代劇場之探討。
(三)其他相關問題。

這十二個子題不止包括了學者已經有過的研究論題，而且提出了可供探討的新方向。其中「復原實驗演出」，筆者已構思許久，相信透過學術合作，不難有實現的一天。而「與域外戲劇比較」和「譯本述評」二題，實是精通外文的學者所應當樂於從事的，而「關馬鄭白之比較研究」，則欲運用比較研究的方法來確立關漢卿的地位和凸顯關漢卿雜劇的特色和成就。至於「關漢卿研究之綜合檢討」，寧宗一、陸林、田桂民三人所合作編著的《元雜劇研究概述》和鍾林斌的《關漢卿雜劇論稿》都已述及，本文更在他們的基礎上加上所見所聞作最扼要的鳥瞰和論述，其實像這樣的題目是可以撰就專書的。

關漢卿研究可資討論的問題豈止以上所列舉的十二個子題。筆者所指導的博士研究生李惠綿所寫〈關漢卿雜劇中的「改扮人物」〉一文，亦頗爲新穎，爲學者所未觸及。而這次大會所提出的論文，更有多篇出現在「其他相關問題」上，它們是：

〈元雜劇中「重複敘述」的現象與技巧〉（魏淑珠）
〈竇娥冤與踏謠娘〉（金學主）
〈非衣夢與緋衣夢〉（羅錦堂）
〈談關漢卿的「初爲雜劇之始」〉（胡忌）
〈竇娥冤與歷代改編本之比較〉（王衛民）
〈「瓊延醉客」別解〉（陳多）
〈論關漢卿的生存年代與人生態度〉（夏寫時）
〈計將安出？——淺說關漢卿編劇的一項特色〉（彭鏡禧）
〈團圓與收編之間——以關漢卿劇作爲例〉（陳芳英）
〈以關漢卿雜劇爲題材的崑曲、京劇與現代音樂——以單刀會與竇娥冤爲例〉（劉靖之）
〈蝴蝶夢：人脈與法網〉（奚如谷）
〈關漢卿的舞台藝術衍說〉（魏子雲）
〈關劇時空結構析評〉（黃鈞）
〈九宮大成所收關漢卿散曲曲譜之探討〉（李殿魁）
〈單刀會的流傳與演出〉（王安祈）

以上十五個論題雖然有些與我們所提供的「子題」略有關係，但總體來說，莫不「自立門戶」，別出新裁，可見「關漢卿」可探可討可研可究的地方，正因人之感受觸發而層出不窮，則鍾林斌先生所期盼欲比照「莎學」、「紅學」而建立的「關學」[64]，其實已開其端，其有朝一日蔚為大樹風行宇內，為期自當不遠。

此次會議的其他論文是：

〈關漢卿散曲的修辭技巧〉（黃麗貞）
〈關漢卿散曲研究〉（汪志勇）
〈錢與命——竇娥冤的主題分析〉（王士儀）
〈關漢卿雜劇的成就〉（王熙元）
〈關劇評價檢討〉（葉長海）
〈金線池語言研究——談波多野太郎的元曲疏證〉（蔣星煜）
〈倒不了俺漢家節——讀關劇單刀會和西蜀夢〉（徐扶明）
〈關漢卿身世考〉（金文京）
〈關漢卿的隱逸散曲〉（杜為廉）
〈元雜劇中的女性主義議題——重讀關漢卿救風塵〉（傅鴻礎）
〈關漢卿戲劇中的婦女形象〉（時鍾雯）

---

㊹見鍾林斌《關漢卿戲劇論稿》頁八十四。

〈從拜月亭戲劇小說的比較——談關劇拜月亭的成就〉（吳秀卿）
〈拜月亭小論〉（伊維德）

這十三個論題雖然不是很「新鮮」，但是作者莫不在前人已有的研究成果上作更深更廣或不同角度的探討；由此也可見關漢卿的研究是越琢越磨越光明的。

## 結　語

總上所述，我們知道，關漢卿在他所生存的元代，已在戲曲界享大名，爲元曲四大家之首，是「師首」、「班頭」的「梨園領袖」，他的名字簡直就是雜劇的代號，雖然明代一時地位動搖，但自從靜安先生之後，又被舉世所推崇，論其作品之數量和質量，都堪爲中國最偉大的戲曲家，爲世界文化的名人。也因此，一九五八年之後，「關漢卿研究」興起熱潮，成爲「顯學」，學者從各種角度和各種層面來研究關漢卿，雖然有的不免自閉於理論或主義，但總體說來，成績甚爲可觀。只是比起莎士比亞和曹雪芹來，其「國際化」的研究，似乎有所未及。因此鼓起同好，以開拓關漢卿研究的範圍，並逐層作深入的探討，尙有待於努力。

而今「關漢卿國際學術研討會」的舉行，聚集海內外群英於一堂，發表論文，各抒己見，對於「關學」的建立，相信有很大的幫助。欣聞大陸河北師範學院於一九九四年七月間，也有類似的學術會議，我們期盼「關漢卿研究」不停的加速進展，「關學」的成立，只在不久的將來。

（原載一九九三年《關漢卿國際學術研討會論文集》）

# 論說「拗折天下人嗓子」

## 引言

明代戲曲作家湯顯祖以「四夢」著名，尤其以《牡丹亭》最爲出色，但也因此遭受最多的批評。這也說明了「盛名所至，謗亦隨之」，正是古今一轍的「人情世故」。

湯顯祖《牡丹亭》最受推崇的是詞采高妙，最受非議的是韻律多乖。他和並世曲家沈璟，正成了鮮明的對比。王驥德《曲律》卷四〈雜論第三十九下〉云：

臨川之於吳江，故自冰炭。吳江守法，斤斤三尺，不欲令一字乖律，而毫鋒殊拙。臨川尚趣，直是橫行，組織之工，幾與天孫爭巧；而屈曲聱牙，多令歌者齚舌。吳江嘗謂：「寧協律而不工，讀之不成句，而謳之始協，是為中之之巧。」曾為臨川改易《還魂》字句之不協者，呂吏部玉繩（原注：鬱藍生尊人）以致臨川，臨川不懌，復書吏部曰：「彼惡知曲意哉！余意所至，不妨拗折天下人嗓子。」其志趣不同如此。鬱藍生謂臨川近狂，而吳江近狷，信然哉！

所云臨川即湯顯祖，吳江即沈璟，鬱藍生即呂天成。湯氏《玉茗堂尺牘》卷一（全集卷四十四）有〈答呂玉繩〉書，並無是說，但於卷三〈答孫俟居〉書（全集卷四十六），則有是語：

弟在此自謂知曲意者，筆懶韻落，時時有之，正不妨拗折天下人嗓子。兄達者，能信此乎？

據此，則王氏或為誤記。又呂天成《曲品》卷上亦言及此事[①]，其中「是為中之之巧」作「是曲

①呂天成《曲品》卷上：「吾友方諸生曰：『松陵具詞法而讓詞致，臨川妙詞情而越詞檢。』善夫，可謂定品矣！乃光祿嘗曰：『寧律協而詞不工，讀之不成句，而謳之始叶，是曲中之工巧。』奉常聞之，曰：『彼惡知曲意哉！予意所至，不妨拗折天下人嗓。』此可以觀兩賢之志趣矣。予謂：『二公譬如狂、狷，天壤間應有此兩項人物。不有光祿，詞硎不新；不有奉常，詞髓孰抉？倘能守詞隱先生之矩矱，而運以清遠道人之才情，豈非合之雙美者乎？而吾猶未見其人；東南風雅蔚然，予且旦暮遇之矣。予之首沈而次湯者，挽時之念方殷，悅耳之教寧緩也。略具後先，初無軒輊。允為上之上。』」所云松陵、光祿、詞隱先生俱指沈璟，臨川、奉常、清遠道人俱指湯顯祖，方諸生則指王驥德。由呂氏之語，可見他主張「以臨川之筆協吳江之律」，用意在調和兩家的衝突。

中之工巧」，疑此句當作「是爲曲中之工巧」。就因爲王驥德這段話，自吳梅以下的學者便認爲湯、沈二氏主張不同，水火不能相容，萬曆劇壇有臨川與吳江二派之爭。然而本文要進一步探討的是：何以《牡丹亭》會有「屈曲聱牙，多令歌者咋舌」的非議，何以湯氏會有「拗折天下人嗓子」的憤慨，湯氏果然不懂韻律嗎？湯、沈二氏果然「故自冰炭」嗎？萬曆劇壇果然臨川、吳江壁壘分明嗎？請先從諸家對《牡丹亭》韻律的非議談起。

## 一　諸家對《牡丹亭》韻律的非議

沈璟因爲改易《牡丹亭》字句作《同夢記》，爲「串本牡丹亭」以牽就他所講究的韻律②，被湯氏狠狠地說了一句「彼惡知曲意哉」之後，也不甘示弱地寫了一套南〔商調·二郎神〕套③以論製曲，對湯氏頗寓譏刺。茲錄之如下：

〔二郎神〕何元朗，一言兒啓詞宗寶藏。道欲度新聲休走樣。名爲樂府，須教合律依腔。

②沈自晉《南詞新譜》卷十六越調過曲〔巒山憶〕引沈璟《同夢記》注云：「即串本牡丹亭」，其眉批云：「前牡丹亭二曲從臨川原本，此一曲沈松陵串本備寫之，見湯沈異同。」

③沈璟〔二郎神〕套收在所著《博笑記》卷首，又收入馮夢龍《太霞新奏》。引文依據徐朔方輯校《沈璟集》，一九九一年上海古籍出版社出版。

寧使時人不鑒賞，無使人撓喉捩嗓。說不得才長，越有才，越當著意斟量。

〔前腔〕參詳。含宮泛徵，延聲促響，把仄韻平音分幾項。倘平音窨處，須巧將入韻埋藏。這是詞隱先生獨秘方，與自古詞人不爽。若遇調飛揚，把去聲兒，填他幾字相當。

〔囀林鶯〕詞中上聲還細講，比平聲更覺微茫，去聲正與分天壤，休混把仄聲字填腔。析陰辨陽，卻只有那平聲分黨。細商量，陰與陽還須趁調低昂。

〔前腔〕用律詩句法須審詳，不可廝混詞場。步步嬌首句堪爲樣，又須將懶畫眉推詳。休教鹵莽，試一比類，當知趨向。豈荒唐，請細閱琵琶，字字平章。

〔啄木鸝〕中州韻，分類詳。正韻也因他爲草創。今不守正韻填詞，又不遵中土宮商。製詞不將琵琶倣，卻駕言韻依東嘉樣。這病膏肓，東嘉已誤，安可襲爲常。

〔前腔〕北詞譜，精且詳。恨殺南詞偏費講。今始信舊譜多訛，是鯫生稍爲更張。改絃又非翻新樣，按腔自然成絕唱。語非狂，從教顧曲，端不怕周郎。

〔金衣公子〕奈獨力怎隄防，講得口唇乾，空鬧攘，當筵幾曲添惆悵。怎得詞人當行，歌客守腔，大家細把音律講。自心傷，蕭蕭白髮，誰與共雌黃。

〔前腔〕曾記少陵狂，道細論詩，晚節詳。論詞亦豈容疏放。縱使詞出繡腸，歌稱遶梁，倘不諧律呂也難褒獎。耳邊廂，訛音俗調，羞問短和長。

〔尾聲〕吾言料沒知音賞，這流水高山逸響，直待後世鍾期也不妨。

沈璟這套曲子眞是「苦心孤詣」，說得很自信，卻也很無奈，而字裡行間顯然都因湯顯祖而發。他的製曲理論是從聲調、韻腳、譜律三方面講求。在聲調方面，他分辨平上去三聲，平聲須分陰陽，上去聲要嚴格釐清不可混作仄聲，入聲可作平聲用，遇有拗句應特別留意不可誤作律句。在韻腳方面，他主張要依據《中原音韻》和《洪武正韻》，切忌混押。在譜律方面，他希望能遵循他編訂的《南詞全譜》。他開宗明義就說：「名爲樂府，須教合律依腔。」甚至說：「寧使時人不鑒賞，無使人撓喉捩嗓。」而曲中話語，諸如「說不得才長，越有才越當著意斟量。」「東嘉已誤，安可襲爲常。」「縱使詞出繡腸，歌稱遶梁，倘不諧律呂也難褒獎。」則隱然在指斥湯氏但恃才情，不諧音律。

沈璟《南九宮十三調曲譜》附錄謂「凡不知宮調及犯各調者，皆附於此。」計錄十八劇四十五調，其屬於《還魂記》者，有引子〔宴蟠桃〕、過曲〔桃花紅〕、〔步金蓮〕、〔疏影〕等四調。又於仙呂過曲〔月上五更〕引《還魂記》曲文爲式，其眉批云：「掩風二字改作平去二音，乃叶。」尾批云：「用韻甚雜。」蓋以《中原音韻》爲度，則混用魚模、齊微、支思三韻。其後沈璟之侄沈自晉「廣輯詞隱先生增定南九宮詞譜」更錄湯顯祖臨川四夢十五支爲調式④，如卷十

④沈自晉所錄十五曲爲：卷一仙呂過曲月上五更、望鄉歌，卷三羽調近詞四季花，卷十二南呂過曲朝天懶，卷十四黃鐘引子翫仙燈，卷十六越調過曲番山虎、蠻山憶，卷十八商調過曲黃鶯玉肚兒，卷二十二雙調過曲孝白歌，卷二十三仙呂入雙調過曲桂月鎖南枝、柳搖金、錦香花、錦水棹、風送嬌音，卷二十五不知宮調之步金蓮。

六越調過曲〔番山虎〕，眉批云：「重相見三字須仄平平方叶」，卷二十二雙調過曲〔孝白歌〕，眉批云：「兩新字俱改仄聲乃叶。」卷二十三仙呂入雙調過曲〔桂月嶺南枝〕，眉批云：「種字、盡字俱改平聲乃叶，王字改仄乃叶。」又〔錦香花〕、〔錦水棹〕眉批云：「二曲字句未悉合，以詞佳錄之。作者若用其曲名，各從本調塡詞，不可依此平仄。」又〔風送嬌音〕，眉批云：「韻亦雜。」蓋律以《中原音韻》，則庚青、眞文混用。可見沈家叔侄對於湯顯祖劇作，即使錄爲法式，尙不忘挑剔其平仄韻叶。

沈氏之後，論曲者亦每謂湯顯祖不諧音律。其中批評最甚的是臧懋循，其《元曲選・序》云：

> 湯義仍《紫釵》四記，中間北曲，駸駸乎涉其藩矣，獨音韻少諧，不無鐵綽板唱大江東去之病。南曲絕無才情，若出兩手，何也？

又其《元曲選・序》二云：

> 新安汪伯玉高唐洛川四南曲，非不藻麗矣，然純作綺語，其失也靡。山陰徐文長禰衡玉通四北曲，非不伉傸矣，然雜出鄉語，其失也鄙。豫章湯義仍，庶幾近之，而識乏通方之見，學罕協律之功，所下句字，往往乖謬，其失也疏。

臧氏對湯顯祖的北曲雖然稍作肯定，但對其南曲和音律則認爲一無是處，連湯氏的才情都加以否定。這樣的論斷，即使並時的王驥德都不同意。其《曲律》卷四〈雜論第三十九下〉云：

（吳興臧博士）又謂「臨川南曲，絕無才情。」夫臨川所詘者法耳，若才情，正是其勝場，此言亦非公論。

王氏謂「臨川所詘者法耳」，這裡所說的「法」，又是指什麼樣的具體內容呢？王氏《曲律》卷四云：

臨川湯奉常之曲，當置「法」字無論，盡是案頭異書。……使其約束和鸞，稍閒聲律，汰其賸字累語，規之全瑜，可令前無作者，後鮮來喆，二百年來，一人而已。客問今日詞人之冠，余曰：「於北詞得一人，曰高郵王西樓，……於南詞得二人，曰吾師山陰徐天池先生，……曰臨川湯若士，婉麗妖冶，語動刺骨，獨字句平仄，多逸三尺，然其妙處，往往非詞人工力所及。惜不見散套耳。

又其卷二〈論須識字第十二〉云：

識字之法，須先習反切。蓋四方土音不同，其呼字亦異，故須本之中州。……至於字義，尤須考究；作曲者往往誤用，致爲識者訕笑。如梁伯龍《浣紗記》〔金井水紅花〕曲「波冷濺芹菜，濕裙靸」，靸字，法用平聲。然靸，箭袋也。若衣衩之衩，屬去聲。……近日湯海若《還魂記》〔懶畫眉〕「睡荼蘼抓住裙衩線」，亦以衩字作平音，皆誤。

可見臨川所詘的「法」，在王驥德眼中是「賸字累語」和「字句平仄」的訛誤，以及字音字義的偶然錯失。所謂「賸字累語」指的應當是過多的襯字和溢出本格的語句，而「字句平仄」則應當是聲調律的問題。

此外，如沈德符《萬曆野獲編》卷二十五「詞曲」條云：

> 湯義仍「牡丹亭夢」一出，家傳户誦，幾令西廂減價。奈不諳曲譜，用韻多任意處，乃才情自足不朽也。

則指湯氏不遵循譜律製曲，又混用韻部。再如張琦《衡曲麈譚》云：

> 近日玉茗堂杜麗娘劇，非不極美，但得吳中善按拍者調協一番，乃可入耳。惜乎摹畫精工，而入喉半拗，深爲致慨。若士玆編，殆陳子昂之五言古耶？

則謂湯氏《牡丹亭》所以「入喉半拗」，乃因爲不講求平仄律。再如黃圖珌《看山閣集閒筆》云：

> 宋尚以詞，元尚以曲，春蘭秋菊，各茂一時。其有所不同者：曲貴乎口頭言語，化俗爲雅；詞難於景外生情，出人意表，字字清新，筆筆芳韻，方爲絕妙好辭，其聲諧法嚴處，不過取平仄二聲，較曲而有平上去入，有開發收閉、有陰陽清濁、有呼吸吐茹，審五音之精微，協六律於調暢，務在窮工辯別，刻意探求，稍有錯誤，致不叶調。如玉茗之牡丹亭，詞雖靈化，而調甚不工，令歌者低眉蹙目，有礙於喉舌間也。蓋曲之難，實有與詞倍焉。

黃氏生於康熙三十九年，著有《雷峰塔》等傳奇。其「曲律觀」較諸明人又更精微，除平上去入四聲外，復顧及開發收閉、陰陽清濁、呼吸吐茹等發聲的方法；以此來衡量《牡丹亭》，自然要說「調甚不工」了。

到了近世曲學名家吳梅，對於《牡丹亭》曲律，又作了進一步的批評。其《顧曲麈談》云：

> 玉茗四夢，其文字之佳，直是趙璧隋珠，一語一字，皆耐人尋味。惟其宮調舛錯，音韻乖方，動輒皆是。一折之中，出宮犯調，至少終有一二處。學者茍照此填詞，未有不聲律怪異者。若士家藏元曲至多，但取腕下之文章，不顧場中之點拍。若士自言曰：「吾不顧捩盡天下人嗓子。」噫！是何言也！故讀四夢者，但學其文，不可效其法。尤西堂目四夢爲南曲之野狐禪，洵然！
>
> 《牡丹亭·冥誓》折所用譜曲，有仙呂者，有黃鐘宮者，強聯一處，雜出無序。《納書楹》節去數曲。始合管絃。以若士之才而疏於曲律如是，甚矣填詞之難也。
>
> 板式緊密處，皆可加襯字；板式疏宕處，則萬萬不可。湯臨川作《牡丹亭》，不知此理，任意添加襯字，令歌者無從句讀。……此由於不知板也。

又其《曲學通論》云：

> 往往有標名某宮某曲，而所作句法全非本調者。令人無從製譜，此不得以不知音三字諉罪也。此誤，《牡丹亭》最多。多一句、少一句，觸目皆是。故葉懷庭改作集曲。
>
> 尾聲結束一篇之曲，須是愈著精神。末句，尤須以極俊語收之方妙。凡北曲煞尾定佳，作南曲者往往潦草收場。徒取收場，戲曲中佳者絕少。惟湯若士四夢中尾聲首首皆佳，顧又

多襯字。

由以上五條評論，可見吳梅認爲《牡丹亭》在曲律上有出宮犯調、聯套無序、句法錯亂和襯字失度等毛病。則《牡丹亭》在曲律上的缺失，看樣子是「越來越嚴重」的。這是什麼緣故呢？是否越往後的曲學家越精於曲律，也因此執法越嚴呢？還是其間隱藏著某種道理呢？且留待下文來揣測和說明。

## 二　湯顯祖對諸家非議的反應

湯顯祖在其詩文集卷四十四〈答王澹生〉中說到他年輕時曾在友人家中評論王世貞的文章，王世貞聽到後微笑道：「隨之。湯生標塗吾文，他日有塗湯生文者。」果然，湯顯祖的《牡丹亭》就一再被「標塗」，其指謫音律乖舛者有如上述，其對劇本修改者有「呂改本牡丹亭」⑤、

⑤「呂改本牡丹亭」，一般都根據湯顯祖之說（見下文所引〈答凌初成〉與〈與宜伶羅章二〉），認爲係呂玉繩所改，實係湯氏誤記，詳下文。

「沈改本同夢記」⑥、「臧改本牡丹亭」⑦、「徐改本丹青記」⑧、「碩園改本牡丹亭」⑨、「馮

---

⑥「沈改本同夢記」，即沈璟改本，亦稱《合夢記》，又名「串本牡丹亭」，全本已佚，惟《南詞新譜》殘存兩曲，一爲《牡丹亭》第四十八齣〈遇母〉中之〔番山虎〕，一爲第二齣〈言懷〉中之〔眞珠簾〕。〔番山虎〕改動較大，〔眞珠簾〕止改動字句。

⑦「臧改本牡丹亭」，徐扶明《牡丹亭研究資料考釋》按云：臧懋循，字晉叔，號顧渚，長興人。萬曆八年進士，曾任南京國子監博士，湯顯祖之友。「臧改本還魂記」對原著作了這樣幾種主要改動。第一，刪併場子。如把原著中悵眺、肅苑、慈戒、訣謁、虜諜、道覡、診祟、拾畫、旁疑、歡撓、詗藥、淮警、僕偵、禦淮、淮泊、索元等齣，加以刪併，由原著五十五齣，刪併成三十六折。因爲他恐原本太長，梨園難以演出。第二，調換場次。如把原著第二十五齣〈憶女〉，移置改本〈魂遊〉（原著第二十七）之後。因爲中間插入一齣老旦戲，可以節主角杜麗娘「上場大數之勞」。第三，改動曲詞。原著共四〇三曲，改本只有一九五曲。有的是因原曲「煩冗」，「蓋厭人矣！並刪」。有的是因原曲無好腔，「與其厭聽，不若去之」。有的是因原曲「不合調」，「姑爲改竄，庶歌者舌本不至太強耳」。

⑧「徐改本丹青記」，徐扶明考釋云：承吳曉鈴先生函告：「周越然曾藏有《丹青記》一部，二卷五十五齣，署湯顯祖撰，陳繼儒批評，徐肅穎刪潤，蕭儆書校閱，明萬曆間刊本，半頁九行，行二十四字，小字雙行，字數同。首著清遠道人題詞，附圖四十二頁。」吳先生係據手抄《言言堂所藏曲目》，而周藏《丹青記》下落不明。之所以改題《丹青記》，是因原著第一齣「標目」落場詩，有「杜麗娘夢寫丹青記」句。

⑨「碩園改本牡丹亭」，徐扶明考釋按云：徐日曦，原名日靈，自署碩園居士，浙江西安人，明天啓年

改本風流夢」[10]等六種，其中「呂改本」應爲「沈改本」之誤。徐扶明《牡丹亭資料考釋》「呂間進士。……碩園本牡丹亭，全本四十三齣，比原著少十二齣。他是怎樣删定的呢？第一，删全齣，如悵眺、勸農、慈戒、虜諜、道覡、繕備、詗藥、御淮、聞喜九齣，都被删掉了。第二，併齣，如腐嘆、延師、閨塾，併爲閨塾；肅苑、驚夢，併爲驚夢。第三，删曲，如鬧殤删七支，尋夢删八支，冥判删十支等等。第四，移動場次，如訣謁（原爲第二十一齣）移在診祟（原爲第十八齣）之前。很明顯，碩園本改動得比較大。

⑩「馮改本風流夢」，徐扶明考釋按云：馮夢龍（一五七四～一六四六）字猶龍，別署龍子猶、顧曲散人、墨憨齋主人等，長洲人。……他改編的風流夢，對《牡丹亭》作了種種改動。第一，删掉，如勸農、虜諜、詗藥、淮警、如杭、僕偵、急難、淮泊、榜下、聞喜。第二，合併，如合言懷、悵眺爲二友言懷，合腐嘆、延師爲官舍延師，合詰病、道覡爲慈母祈福，合拾畫、玩眞爲初拾眞容，合移鎭、禦淮爲杜寶移鎭，等等。第三，分折，如分鬧殤爲中秋泣夜、謀厝殤女。第四、改寫。如傳經習字（突出春香鬧學），情郎印夢（重在柳、杜印夢），石姑阻歡（以春香代小姑姑），等等。《曲海總目提要》卷九「風流夢」條云：「劇中與原稿大異者，柳夢梅說夢一段，移至第八折內，在麗娘夢後，改名夢梅，二夢暗合，似有關目，至二十六折夫妻合夢，柳生、麗娘各說一夢，與前照應，亦與原稿婚走不同。梅花觀中小道姑，改爲侍兒春香，因小姐夭亡，情願出家，與石道姑侍奉香火，亦似關目緊湊。」此劇之所以名爲《三會親風流夢》，正因爲劇中有夢感、魂交、還陽新婚三部曲。第二十六折「夫妻合夢」：「（生）我和你先因夢感，後遇魂交，如今是第三次了。」眉批：「敘出三會親來，針線不漏。」

改本牡丹亭」條按云：

呂胤昌，字麟趾，號玉繩，又號姜山，浙江餘姚人。他是呂本的孫子，呂天成（鬱藍生）的父親，湯顯祖同年進士。湯顯祖〈寄呂麟趾三十韻有序〉云：「麟趾，姚江相國孫，予齊年好友也。」（《玉茗堂詩》卷九）根據王驥德《曲律》記載，呂玉繩曾把沈璟改本《還魂記》寄給湯顯祖。王驥德與呂天成是好友，記呂玉繩事，當不會有誤。我們知道呂玉繩也曾把沈璟的〈曲論〉寄給湯顯祖（見《玉茗堂尺牘》卷四〈答呂姜山〉）。可見，呂玉繩常在沈、湯之間起著橋樑作用。那麼，就很可能是湯顯祖把沈改本誤爲呂改本。〈重刻清暉閣批點牡丹亭原刻凡例〉又把呂改本誤爲呂天成改本，一誤再誤。徐朔方校注本《牡丹亭》附錄「關於版本的說明」，亦沿此凡例之誤。近承朔方同志函告：「此是二十年前舊作。不僅無呂天成改本，也無他老子呂玉繩改本。湯氏本人說過有呂家改本，此乃沈璟改本之誤。」

學者既有共識，則實際之改本應有五種。這五種改本中，湯顯祖所及見的，就其詩文集的「跡象」看來，應當只有被誤爲呂氏改本的沈璟改本。而後出的臧改本、碩園改本、馮改本三種，眞是對《牡丹亭》「大刀闊斧」的在「整肅」，如果湯顯祖得能一一寓目，未知更要作何感想。因爲他對並時之人的非議和刪改，已經大爲不堪了。

上文曾提到湯顯祖〈答孫俟居〉書，這封信可以說是湯氏對沈璟非議並改訂其《牡丹亭》的直接反應。現在把全文抄錄如下：

兄以二夢破夢，夢竟得破耶？兒女之夢難除，尼父所以拜嘉魚，大人所以占維熊也。更爲兄向南海大士祝之。曲譜諸刻，其論良快。久玩之，要非大了者。莊子云：「彼烏知禮意。」此亦安知曲意哉！其辨各曲落韻處，麤亦易了。周伯琦作中原韻，而伯琦於伯輝、致遠中無詞名。沈伯時指樂府迷，而伯時於花菴、玉林間非詞手。詞之爲詞，九調四聲而已哉？且所引腔證，不云未知出何調犯何調，則云又一體又一體。彼所引曲未滿十，然已如是，復何能縱觀而定其字句音韻耶？弟在此自謂知曲意者，筆懶意落，時時有之，正不妨拗折天下人嗓子。兄達者，能信此乎？何時握兄手，聽海潮音，如雷破山，砉然而笑也。

孫俟居名如法，與顯祖爲同年進士。如法無子，以弟之子爲後，故云「向南海大士祝之」，見《餘姚縣志》卷二十三。所云「二夢」，因《牡丹亭》有〈驚夢〉、〈尋夢〉二出，曲譜諸刻指沈璟《南九宮十三調曲譜》。又「周伯琦」當作「周德清」，因德清爲《中原音韻》作者；「伯輝」當作「德輝」，因鄭德輝與馬致遠齊名。又「玉林」應爲「玉田」之誤，花菴、玉田指黃昇、張炎。

從這封信仔細推敲，可見湯顯祖講究的是「曲意」而非「曲律」。他認爲「曲律」是無法定出絕對標準的，所以他批評沈氏曲譜，每有曲牌不明、犯調不清的現象，甚至「又一體」滋生繁多，又如何有必然的「定律」可供人遵循！也因此他但憑自家深切了然的「曲意」揮灑，無視於沈氏「規格」，而若欲斤斤然以沈氏「規格」來範疇他，那就只好教天下人的嗓子都拗折了。他對於「格律家」顯然很鄙薄，因爲作《樂府指迷》的沈義父和作《中原音韻》的周德清都非詞曲能手，這言外之意豈不是在揶揄沈璟也一樣短於才華嗎？

湯氏讀了沈璟曲譜，反應如此；再讀其〈唱曲當知〉，又是如何呢？其詩文集卷四十七〈答呂姜山〉云：

> 寄吳中曲論良是。「唱曲當知，作曲不盡當知也。」此語大可軒渠。凡文以意趣神色爲主。四者到時，或有麗詞俊音可用。爾時能一一顧九宮四聲否？如必按字摸聲，即有窒滯迸拽之苦，恐不能成句矣。弟雖郡住，一歲不再謁有司。異地同心，惟與兒輩時作磻溪之想。

由「唱曲當知」一語，知道呂氏寄給顯祖的〈吳中曲論〉，指的就是沈璟的〈唱曲當知〉。〈唱曲當知〉今已不傳。「唱曲當知，作曲不盡當知也。」這句話應當是呂氏信上說的，所以顯祖才會大樂，有深獲我心之感。而由「凡文以意趣神色爲主」，可見湯氏所講求的「曲意」，就是曲的「意趣神色」，這和公安三袁的「獨抒性靈」頗爲接近，所以自然都「不拘格套」。湯氏以爲「意趣神色」四樣具備時，筆下就可能有「麗詞俊音」可用；而這「麗詞」所附有的「俊音」是無須一一顧及宮調聲律的，否則詞情、聲情反致扭曲衝突而不自然。據此可見，湯氏並非不在乎聲韻，只是他要琢磨的是「麗詞」中的「俊音」，這「俊音」並非格律所能完全達成。

湯氏在知道他的《牡丹亭》遭受改竄後，有三段文字表達他的感想。其詩文集卷四十七〈答凌初成〉有云：

> 不佞牡丹亭記，大受呂玉繩改竄，云便吳歌。不佞啞然笑曰：「昔有人嫌摩詰之冬景芭蕉，割蕉加梅，冬則冬矣，然非王摩詰冬景也。其中駘蕩淫夷，轉在筆墨之外耳。若夫北地之於文，猶新都之於曲。餘子何道哉！」

又其詩文集卷四十九〈與宜伶羅章二〉有云：

> 章二等安否？近來生理何如？牡丹亭記，要依我原本，其呂家改的，切不可從。雖是增減一、二字以便俗唱，卻與我原做的意趣大不相同了。

又其詩文集卷十九〈見改竄牡丹詞者失笑〉一詩云：

> 醉漢瓊筵風味殊，通仙鐵笛海雲孤。總饒割盡時人景，卻愧王維舊雪圖。

以上三段文字，凌初成即凌濛初，羅章二是宜黃伶人。文中北地指李夢陽，新都指楊愼。呂玉繩竄改《牡丹亭》一事是湯顯祖的誤會，事實上出自沈璟之手，已見前文。沈璟所以竄改《牡丹亭》，「云便吳歌」。看樣子顯祖本來就不爲「崑山水磨調」而創作，他只要表達「意趣神色」，必須「通仙鐵笛」才能傳播他的特殊風味；所以他見了改本，就不禁啞然失笑，認爲等同「割梅加蕉」、「削足適履」。爲此他特別囑咐羅章二切不可用改本搬演。然而在他心靈之中，其實也免不了傷感的。其詩文集卷十八〈七夕醉答君東二首〉之二云：

玉茗堂開春翠屏，新詞傳唱牡丹亭。傷心拍遍無人會，自掐檀痕教小伶。

他也許拍遍欄杆，也許拍遍檀板，而普天之下竟無人會得。若此，焉能不傷心！而無人會得的，應當是他的「曲意」吧！這「曲意」至少包括他要表達的「生死至情」的主題思想和「以意趣神色爲主」的文學觀念，以及他「麗詞俊音」巧妙融合、不假造作的文學技法，他要使之天衣無縫、自然妙成。而他既能「自掐檀痕教小伶」，又誰能說他不懂音樂呢？

## 三　湯顯祖不懂音律嗎？

湯顯祖既然能夠教導年小的伶人唱曲，又在所著《紫簫記》第六齣〈審音〉，叙鮑四娘傳授霍小玉唱曲，借四娘之口，暢論曲律，舉出「音同名不同」，也就是同調異名的曲牌四十五對；又舉出「名同音不同」，也就是異調同名的曲牌有五個，說「唱的不得廝混」；還舉出「字句多少都唱得」，也就是可以增減字句的曲牌八個，最後說「中間還有道宮高平歇，又有子母調一串驪珠，休得拗折嗓子。⑪」若此，如果說他不明樂理不懂音律是不可能的。尤其他自己也說「休

⑪《紫簫記》第六齣〈審音〉有云：
只要在行。郡主端坐，聽俺道來。唱有三緊：一要調兒記得遠；二要板兒落得穩；〔四娘〕說那裡

話？三要聲兒唱得滿。〔小玉〕調兒有許多？〔四娘〕一時數不起，略說大數：黃鐘二十四章，正宮二十五章，大石調二十一章，小石調五章，仙呂四十二章，中呂三十二章，南呂三十一章，雙調一百章，越調二十五章，商調十六章，商角調六章，般涉調八章，共三百三十五章。從軒轅黃帝制律一十七宮調，至今留傳一十二調。中間又有音同名不同的，例如：一枝花便是占春魁，陽春曲便是喜春來，拋毬樂便是彩樓春，鬥蝦蟆便是草池春，六么遍便是柳梢青，昇平樂便是賣花聲，沽美酒便是瑤林宴，漢江秋便是荊襄怨，採茶歌便是楚江秋，乾荷葉便是翠盤秋，知秋令便是梧葉兒，荊山玉便是側磚兒，小沙門便是禿廝兒，憨郭郎便是蒙童兒，村裡秀才便是伴讀書，殿前歡便是鳳將雛，掛玉鉤便是挂搭沽，醉娘子便是醉也摩挲，喬木查便是銀漢槎，調笑令便是含笑花，耍孩兒便是魔合羅，也不羅便是野落索，擂鼓體便是催花樂，靈壽杖便是呆骨朵，鸚鵡曲便是黑漆弩，滴滴金便是甜水令，陣陣贏便是得勝令，柳營曲便是寨兒令，急曲子便是急捉令，歸塞北便是望江南，玄鶴鳴便是哭皇天，初問占便是卜金錢，撥不斷便是續斷絃，臉兒紅便是麻婆子，凌波仙便是水仙子，潘妃曲便是步步嬌，相公愛便是駙馬還朝，紅衲襖便是紅錦袍，女冠子便是雙鳳翹，朱履曲便是紅繡鞋，三臺印便是鬼三臺，小拜門便是不拜門，朝天子便是謁金門，壽陽曲便是落梅風，折桂令便是步蟾宮。郡主，又有名同音不同的，假如：黃鐘雙調都有水仙子，仙宮正宮都有端正好，中呂越調都有鬥鵪鶉，中呂南呂都有紅芍藥，中呂雙調都有醉春風，唱的不得廝混。又有字句多少都唱得的，相似：端正好，貨郎兒，混江龍，後庭花，青哥兒，梅花酒，新水令，折桂令，這幾章都增減唱得。中間還有道宮高平歇指，又有子母調一串驪珠，休得拗折嗓子。郡主，你明日要嫁個折桂枝的姐夫。俺先唱個折桂令你聽。

得拗折嗓子」，那麼又爲什麼並時曲家以至於民國吳梅，都異口同聲指斥他調乖韻舛呢？從上文引述的〈答孫俟居〉書和〈答呂姜山〉書，我們已經可以體會到他所講求的「曲律」，和沈璟爲首的「格律派」是不同類型的，是在不同基礎上立論的。他要講求的是「麗詞俊音」的冥然會合、相得益彰。其〈答凌初成〉書有這樣的話語：

不佞生非吳越通，智意短陋，加以舉業之耗，道學之牽，不得一意橫絕流暢於文賦律呂之事。獨以單慧涉獵，妄意誦記操作。層積有窺，如暗中索路，闖入堂序，忽然霤光得自轉折，始知上自葛天，下至胡元，皆是歌曲。曲者，句字轉聲而已。葛天短而胡元長，時勢使然。總之，偶方奇圓，節數隨異。四六之言，二字而節，五言三，七言四，歌詩者自然而然。乃至唱曲，三言四言，一字一節，故爲緩音，以舒上下句，使然而自然也。獨想休文聲病浮切，發乎曠聰；伯琦四聲無入，通乎朔響。安詩塡詞，率履無越。不佞少而習之，衰而未融。乃辱足下流賞，重以大製五種，緩隱濃淡，大合家門。至於才情，爛熳陸離，嘆時道古，可笑可悲，定時名手。

這段話接續上文所引，就是〈答凌初成〉書的全文。此書主要表達湯氏個人體悟的音律觀念。值得注意的是：第一，他首先聲明自己不是江浙人，對於樂律也沒有專精的研究。第二，由於他自己多年的探討，體悟到所謂「曲」，不過是「句字轉聲而已」，也就是說曲之爲歌，只是將語言旋律轉化爲音樂旋律罷了；而歷代歌曲所以有別，乃時間推移環境變化的緣故。第三，他顯然已注意到音節形式的問題。所云「四六之言，二字而節。」即是說四言詩的音節形式為 2 2，六言詩則為 2 2 2。所云「五言三，七言四。」即是說五言詩在第三字作頓，音節形式為 3 2；七言詩在第四字作頓，音節形式為 4 3。這是吟詠詩歌自然而然的現象。至於唱曲，三四言的短句就要一字一節，故作緩音來紓解上下的長句，這是使之如此，自然也會如此。第四，他對於沈約四聲八病之說、周德清《中原音韻》北曲無入聲之論，一般人作詩製曲都遵守不敢逾越，而自己雖然年輕時學過，可是直到老邁也未能完全了悟。

我們再來看湯顯祖的一篇〈董解元西廂題辭〉（《全集》卷五十補遺）：

> 余於聲律之道，瞠乎未入其室也。書曰：「詩言志，歌永言，聲依永，律和聲。」志也者，情也。先民所謂發乎情，止乎禮義者，是也。嗟乎！萬物之情各有其志。董以董之情而索崔、張之情於花月徘徊之間，余亦以余之情而索董之情於筆墨煙波之際。董之發乎情也，鏗金戛石，可以如抗而如墜。余之發乎情也，宴酣嘯傲，可以以翱而以翔。然則余於定律和聲處，雖於古人未之逮焉，而至如書之所稱為言為永者，殆庶幾其近之矣。

從這篇題辭可以清楚看出，湯顯祖所講求的是純任自然的文學觀，認為發自胸中最真摯的感受所流諸筆墨的必能使詞情與聲情相得益彰。所謂詩言志的「志」，就是胸中最真摯的感受，也就是湯氏的「情」；而「情」之所之，其語言旋律自然與意義境界冥然契合，這也就是書所言「歌永言，聲依永。」他自己認為頗能洞燭此中三昧。至於所謂「聲律之道」、所謂「定律和聲」，細繹湯氏之意，則彼皆人工所爲，已失自然，他既不屑爲，當然就要「瞠乎未入其室」，也自然「於古人未之逮焉」。

湯顯祖不只於戲曲講求自然，即使文章亦講求自然。其詩文集卷三十二〈合奇序〉云：

> 予謂文章之妙不在步趨形似之間。自然靈氣，恍惚而來，不思而至。怪怪奇奇，莫可名狀。非物尋常得以合之。蘇子瞻畫枯株竹石，絕異古今畫格。乃愈奇妙。若以畫格程之，幾不入格。米家山水人物，不多用意。略施數筆，形象宛然。正使有意爲之，亦復不佳。故夫筆墨小技，可以入神而證聖。自非通人，誰與解此。

若此，則湯氏於整個文學藝術莫不講求「自然」，若欲以人爲的「格式」來局限，就無法達到「奇妙」的境地。而這種奇妙的境地，是可以「入神而證聖」的，也惟有「通才」才能了解，也惟有「通人」才辦得到。我們也知道湯氏是自許爲「通人」的。

從湯氏體悟的音律觀念看來，他所講求的其實是「自然音律」而非「人工音律」。所謂「人工音律」是經由人們的體悟逐漸約定俗成終於製定的韻文學的體製規律。體製規律是由字數、句數、句長、句式、語長、聲調、韻協、對偶等八個因素所構成。就詩詞曲而言，可以說規律越來越謹嚴。譬如聲調，古詩不講求，近體詩產生平仄律，詞仄聲分上去入，北曲平聲又別陰陽而入聲消失。所謂「自然音律」，是指人工音律之外，無法訴諸人爲科範的語言旋律。丁邦新先生〈從聲韻學看文學〉一文中（見《中外文學》四卷一期），稱「人工音律」爲「明律」，「自然音律」為「暗律」。他對於「暗律」有極其精闢的見解，他說：

暗律是潛在字裡行間的一種默契，藉以溝通作者和讀者的感受。不管散文、韻文，不管是詩是詞，暗律可以說無所不用。它是因人而異的藝術創造的奧秘，每個作家按照自己的造詣與穎悟來探索這一層奧秘。有的人成就高、有的人成就低。

可見自然音律的道理是相當奧秘而不可明確掌握的。而我們可以斷言的是，文學成就越高的作家，越能掌握自然音律，使得聲情與詞情相得益彰。譬如杜甫自稱「晚節漸於詩律細」，除了在恪守格律中更求精緻的「四聲遞換」[12]外，也從突破格律中更求精緻。茲舉其〈夔州歌〉之一為例：

中巴之東巴東山，江水開闢流其間；白帝高為三峽鎮，瞿塘險過百牢關。

此詩首句七字全用平聲，而且除了「之」字外，都是響亮字，如此一來，使得聲情極度壯闊飛揚；緊接著「江水開闢流其間」，亦屬不合平仄律的拗句，在音節處的「水」、「闢」用上去聲，好似江水即將阻於巴山，而「闢」字的去聲之後，又連用「流其間」三平聲字，則江水似乎

⑫所謂「四聲遞換」，譬如杜甫「曲江」二首之一「一片花飛減卻春」，八句中有四句遞用平上去入四聲；其出句句末字，正好是「春」、「眼」、「翠」、「樂」平上去入。這種手法頗見於杜甫晚年詩作中。

豁然貫通了。於是乎江水奔騰如雷、無阻無礙的聲勢和境界，皆可從中求之了；而末後兩句，不止回復拘守格律，使聲情穩諧，而且運用對偶，使意象凝重，由此而強化了白帝城之高與瞿塘峽之險。杜甫頗有這種拗絕，蓋以其悟性之明敏，故能巧妙的調和人工音律與自然音律，從而推陳出新，別開境界。因此我們不能以一般七絕「清麗圓熟」的標準來衡量它。同樣的，詞中的蘇軾，晁補之批評他「多不諧音律」、「自是曲子中縛不住者」。而如果我們仔細考量，東坡之精緻處，何止不讓周美成而已；他的「不諧音律」處，其實正是他擅於掌握自然音律之高人一等的手法⑬。而這種手法是難於被咬定格律不放鬆的譜法家所理解的。我想湯顯祖的遭遇，大抵也如此。

筆者有〈中國詩歌中的語言旋律〉一文⑭，詳論詩詞曲中的人工音律與自然音律。指出「拗句」、「選韻」、「詞句結構」、「意象情趣的感染力」都屬「自然音律」的範圍，都是格律家說不出道理而其實是構成語言旋律的重要因素。所以如果只「斤斤於曲家三尺」，也未必能使聲

---

⑬筆者有〈也談蘇軾念奴嬌赤壁詞的格式〉一文論及其事。摘要載香港大學《中國語文通訊》第二十期，全文載臺大《中文學報》第五期，收入拙著《參軍戲與元雜劇》一書中。

⑭〈中國詩歌中的語言旋律〉一文，見《鄭因百先生八十壽慶論文集》，收入拙著《詩歌與戲曲》一書。

情詞情完全相得益彰。

筆者另有〈「九宮大成北詞宮譜」的又一體〉一文[15]，以其仙呂調隻曲為例，檢視九宮大成之「又一體」滋生繁多的原因，發現有「誤於句式所產生的又一體」，有「誤於正襯所產生的又一體」，有「因增減字所產生的又一體」，有「因攤破所產生的又一體」，又有「合乎本格而誤置的又一體」和「併入么篇而不自知所產生的又一體」。也就是說，譜律家於「曲理」未盡了了。若此，所制定的「格律」焉能一一教人遵循？

於此，我們再來回顧一下諸家對湯顯祖不守「曲律」的非議：沈璟譏刺他韻協不謹嚴四聲不諧調。臧懋循說他北曲「音韻少諧」。王驥德說「詘於法」，包括「腹字累語」和「字句平仄」的訛誤，以及字音字義的偶然錯失。沈德符指他不遵循譜律製曲和混用韻部。張琦指他不講求平仄律以致「入喉半拗」。黃圖珌也批評他「調甚不工，令歌者低眉蹙目。」到了吳梅更認為《牡丹亭》在曲律上有出宮犯調、聯套失序、句法錯亂和襯字無度等毛病。

綜觀這些「非議」，無不就「人工音律」的立場出發，而誠如上文所云，曲譜所制定的格律，未必可完全遵守，而湯顯祖重視「自然音律」，使之與「人工音律」巧妙諧調，若一味以「人工音律」來衡量，就難免有時格格不入了；更何況「譜律」越來越森嚴，執此以考究諸家，

⑮〈九宮大成北詞宮譜的又一體〉一文，見《陳奇祿院士七秩榮慶論文集》，收入拙著《參軍戲與元雜劇》一書。

何人能逃避批評？請看王驥德《曲律》卷四〈雜論第三十九下〉，有云：

詞隱傳奇，要當以紅蕖稱首。其餘諸作，出之頗易，未免庸率。然嘗與余言，歉以紅蕖爲非本色，殊不其然。生平於聲韻、宮調，言之甚毖，顧於己作，更韻、更調，每折而是，良多自恕，殆不可曉耳。

王驥德對沈璟頗爲心儀，對他都有如此批評，何況其他！可見「詞隱」講了一輩子格律，不止因之「文采不彰」，而且也落得嚴於責人卻「良多自恕」的批評。王氏《曲律》卷四又說到「詞隱南詞韻選，列上上、次上二等。所謂上上，亦第取平仄不訛，及遵用周韻者而已，原不曾較其詞之工拙；又只是無中揀有，走馬看錦，子細著鍼砭不得。」接著舉友人吳興關仲通「帙中人所常唱而世皆賞以爲好曲者，如『窺青眼』、『暗想當年羅帕上曾把新詩寫』、『因他消瘦』、『樓閣重重東風曉』、『人別後』諸曲」，加以仔細的「評頭論足」，其中提到諸曲語句，有云：

詞隱亦以爲「不思量寶髻」五字當改作仄仄仄平平，「花堆錦砌」當改作去上去平，「怕今宵琴瑟」，琴字當改作仄聲，故止列次上。

像這些「人所常唱而世皆賞以爲好曲者」，譜律家如沈璟、王驥德者，執其「斤斤三尺之法」以衡量，而竟亦紕纇繁多，則曲壇並世無出其右的湯顯祖，既享盛名，「樹大招風」，焉能不受較諸他人爲多的非議？

我們於此又再進一步回顧南戲初起時的情況。徐渭《南詞叙錄》云：

今南九宮不知出於何人，意亦國初教坊人所爲，最爲無稽可笑。……「永嘉雜劇」興，則又即村坊小曲而爲之，本無宮調，亦罕節奏，徒取其畸農、市女順口可歌而已，諺所謂「隨心令」者，即其技歟？間有一二叶音律，終不可以例其餘，烏有所謂九宮？必欲窮其宮調，則當自唐宋詞中別出十二律、二十一調，方合古意。是九宮者，亦烏足以盡之？多見其無知妄作也。

可見南曲戲文初起時只是雜綴時曲小調搬演，根本無宮調聯套之事，而且「順口可歌」即可，亦無所謂調律與韻書限韻。慢慢的，應當是從北曲雜劇取得師法吧！經過音樂家和譜律家的琢磨研究，才逐漸訂出許多規矩來。所以如果拿出後世形成制定的森嚴「法律」，去挑剔前代作品的話，那麼《琵琶記》只好是「韻雜宮亂」了。張師淸徽（敬）《明淸傳奇導論》一書，於三編第一章〈明代傳奇用韻的硏究〉中，以六十種曲爲範圍，以《中原音韻》爲標準，考察明人傳奇用韻的情況，發現「十九韻部中，除了東鍾、江陽、蕭豪三部沒有和其他韻部發生糾葛的表現之外，其餘十六部……相互間的鈎籐纏繞，不一而足，令人耳迷目亂。統計下來，共得三十八目，一千一百四十七條。……犯韻最多的是支思、齊微、魚模，這一項有三百一十七條；眞文、庚靑一百四十三條次之；先天、寒山、桓歡一百三十八條又稍次之。」則明人於傳奇之用韻，幾乎無一人無毛病。這是什麼緣故呢？因爲傳奇作者製曲大抵「隨口取協」，除了沈璟等譜律家外，未有人以北曲晚期形成的韻書《中原音韻》作爲押韻的依據，而若以《中原音韻》爲「斤斤三尺」

加以衡量，則焉能不犯韻乃至出韻者？明乎此，那麼《牡丹亭》在那「譜律」尚未建立絕對權威的時代，湯氏創作時保有南戲「遺習」也就很自然的了。而如果欲以沈璟所認定的譜律，乃至於往後因戲曲之演進更轉趨森嚴的律法來「計較」《牡丹亭》，則其格格不入，也自是意料中事了。而如果拘泥譜律之聲韻格式打成曲譜，再以《牡丹亭》之曲詞以就此曲譜，則焉能不拗盡天下人嗓子？

## 四　《牡丹亭》乃爲宜伶而作

湯氏所以「拗折天下人嗓子」，除了他講究「自然音律」，不完全符合吳江律法外，應當也和他所說的「不佞生非吳越通」有關。也就是說，他不懂崑山水磨調，他的《牡丹亭》不是崑劇劇本。袁宏道評《玉茗堂傳奇》云：

> 詞家最忌弋陽諸本，俗所謂過江曲子是也。《紫釵》雖有文采，其骨格卻染過江曲子風味，此臨川不生吳中之故耳。

「臨川不生吳中」，所以所撰《紫釵記》染有弋陽腔過江曲子風味，則《牡丹亭》何獨不然？凌濛初《譚曲雜劄》云：

> 近世作家如湯義仍，頗能模仿元人，運以俏思，儘有酷肖處，而尾聲尤佳。惜其使才自

造，句腳、韻腳所限，便爾隨心胡湊，尚乖大雅。至於塡詞不諧，用韻龐雜，而又忽用鄉音，如「子」與「宰」叶之類，則仍拘於方土，不足深論，止作文字觀，猶勝依樣畫葫蘆而類書塡滿者也。義仍自云：「駘蕩淫夷，轉在筆墨之外。」佳處在此，病處亦在此。彼未嘗不自知，只以才足以逞而律實未諳，不耐檢核，悍然爲之，未免護前。況江西弋陽土曲，句調長短，聲音高下，可以隨心入腔，故總不必合調，而終不悟矣。而一時改手，又未免有斲小巨木、規圓方竹之意，宜乎不足以服其心也。

凌氏批評其「塡調不諧，用韻龐雜」，與並時格律家如出一口，緣故他也站在崑山水磨調的立場。而他指出「江西弋陽土曲，句調長短，聲音高下，可以隨心入腔，故總不必合調。」豈不是說湯氏諸劇正爲弋陽腔之曲嗎？也因此若以崑山水磨調來考究，自然「總不合調」了。

然而，湯顯祖「臨川四夢」是否即爲弋陽腔而創作呢？按湯氏〈宜黃縣戲神淸源師廟記〉云：

此道有南北。南則崑山之次爲海鹽，吳浙音也。其體局靜好，以拍爲之節。江以西弋陽，其節以鼓，其調諠。至嘉靖而弋陽之調絕，變爲樂平，爲徽青陽。我宜黃譚大司馬綸聞而惡之。自喜得治兵於浙，以浙人歸教其鄉子弟，能爲海鹽聲。大司馬死二十餘年矣，食其技者殆千餘人。

對於湯氏這段話，徐扶明《牡丹亭研究資料考釋》〈凌濛初評牡丹亭〉條按語云：

湯顯祖〈宜黃縣戲神清源師廟記〉云：「至嘉靖而弋陽之調絕，變爲樂平，爲徽青陽。」就是說，這時在江西弋陽地區，弋陽腔已不流行了，而流傳到江西樂平地區（屬饒州府），變爲樂平腔；流傳到皖南，變爲青陽腔。那麼，湯顯祖在萬曆年間，在鄰近弋陽的臨川創作《牡丹亭》，還會用弋陽腔嗎？值得懷疑。

徐氏的「懷疑」是有道理的，但湯氏縱使不用弋陽腔，也未必就用崑山腔，這從他被吳江派諸家批評不合律，就可以想見。對於湯氏廟記這段話，葉德均《戲曲小說叢考》之〈明代南戲五大腔調及其支流〉一文云：

這裡的「弋陽之調絕」，曾經引起近人不少的誤會，其中最顯著的是青木正兒《中國近世戲曲史》所說「弋陽腔嘉靖間成絕響」。這說法顯然和事實不符，弋陽腔在明代始終沒有絕響，……可是，弋陽腔在嘉靖間並不是沒有改革，而是確有不小的變化。按湯顯祖的原文是說，這時樂平腔等聲勢浩大，弋陽腔也就有了變化，原來的舊調就絕響了。這時全部的情況是：在江西省內有新興的樂平腔、宜黃腔；省外也有新生的徽州腔、青陽腔等；而老腔調中的崑山腔正逐漸發展著，餘姚腔雖開始沒落還有一定的影響，和弋陽腔對峙的海鹽腔這時還有相當雄厚的力量。在這種客觀形勢下，那簡單樸素的弋陽腔就有一蹶不振之勢。它爲了生存，就非改革不可了。

可見弋陽腔在湯顯祖時代縱然未至完全絕響，但已到了「老調」一蹶不振，非改革不可的地步。

湯顯祖在這種情況下，應當不會再用弋陽腔來創作。那麼他是用什麼腔調呢？葉德均在〈明代南戲五大腔調及其支流〉一文中和徐朔方在湯顯祖集〈宜黃縣戲神清源師廟記〉的「箋」裡，共同的看法是用「宜黃腔」。鄭仲夔《冷賞》卷四〈聲歌〉條云：

宜黃譚〔大〕司馬綸，殫心經濟，兼好聲歌。凡梨園度曲皆親爲教演，務窮其妙，舊腔一變爲新調。至今宜黃子弟咸尸祝譚公惟謹，若香火云。

譚綸因爲厭惡由弋陽腔變化的樂平腔、徽調和青陽腔，而愛好「清柔婉折」的海鹽腔，所以把海鹽伶人帶到宜黃去，宜黃人因而受到感染，「舊腔」爲此「一變爲新調」，這種「新調」，就是「宜黃腔」。可見宜黃腔就是以海鹽腔爲基礎，經過宜黃原本流行的腔調弋陽、樂平的影響而形成的。而湯氏謂演唱宜黃腔的子弟「殆千餘人」，可見他那個時代，宜黃腔的盛行。若此，湯氏戲曲焉能與宜黃腔無關？范文若《夢花酣傳奇·序》云：

且臨川多宜黃土音，腔板絕不分辨，襯字、襯句湊插乖舛，未免拗折人嗓子。

范氏雖然不出吳江譜律家口胳，但已明白指出湯顯祖與宜黃腔的密切關係。而葉德均、徐朔方兩先生更從湯氏詩文集加以考察，徐氏云：

據詩寄呂麟趾三十韻：「曲畏宜伶促」、帥從升兄弟園上作四首之三：「小園須著小宜伶」、寄生腳張二恨吳迎旦口號二首之一：「暗向清源祠下咒，教迎啼徹杜鵑聲。」送錢簡棲還吳二首之一：「離歌分付小宜黃」、遣宜伶汝寧爲前宛平伶李襲美朗中壽、九日遣宜伶赴甘參知永新、唱二夢：「宜伶相伴酒中禪」及尺牘之回復甘義麓：「弟之愛宜伶學二夢」等，知玉茗堂曲之演唱者實爲宜伶。明乎此，乃恍然於尺牘之四答凌初成云「不佞生非吳越通，智意短陋」；又云「不佞牡丹亭記，大受呂玉繩改竄，云便吳歌」；是原不爲崑山腔作也。

我們如果再加上湯氏之爲宜黃縣戲神作廟記，以及上文所引尺牘「與宜伶羅章二」之囑其搬演《牡丹亭》務依原本看來，更可以證明湯氏《牡丹亭》原是爲宜伶之宜黃腔作不爲吳人之崑山腔作。若此，如以崑山水磨調格律來苛責湯顯祖，豈不是「牛頭不對馬嘴」嗎[16]？

⑯胡忌、劉致中合著《崑劇發展史》第二章第五節〈湯顯祖和牡丹亭〉有云：

《玉茗堂四夢》開始演唱的聲腔，到底爲海鹽腔還是崑山腔，或是「弋陽化之海鹽腔」。我們認爲，這個問題較爲複雜，研究清楚並不容易，但總的看來，湯顯祖的劇作在臨川、宜黃一帶演出，因爲該地區當時是盛行海鹽腔，所以「宜伶」演的「四夢」應是海鹽腔。不過，萬曆三十年左右，崑山腔已經取代海鹽腔的地位，很快流行各地，「宜伶」學唱崑山腔演「四夢」也是社會風氣使然。特別是原來的海鹽腔和崑山腔的差異不大，戲曲演員並唱這兩種聲腔不難，「四夢」在舞臺上演出成功，最終還得歸功於崑山腔。

湯顯祖另有〈唱二夢〉詩：「半學儂歌小楚天，宜伶相伴酒中禪。纏頭不用通明錦，一夜紅氍四百錢。」所謂宜伶相伴，「半學儂歌」，大概就是指演員從海鹽腔基礎上習唱崑山腔的這一過程。「儂

# 五　餘　論

湯顯祖爲有明一代最受矚目的戲曲家，是不爭的事實。他受批評緣於不守吳江律法，他受推崇由於曲詞高妙傑出。而由上文論述，我們知道，湯顯祖的戲曲觀，乃至於文學藝術觀，無不以自然臻於高妙。所以他所顧及的不完全是譜律家斤斤三尺的「人工音律」，而重視的是「歌永言，聲依永」，發乎「情志」的「自然音律」；加上他的《牡丹亭》根本不爲水磨調而創作，只爲宜伶傳習的「宜黃腔」而施之歌場；所以如果執著於考究聲調律、協韻律，乃至於宮調聯套等律則來衡量《牡丹亭》，甚至於以此等律法打成的工尺譜來歌唱《牡丹亭》，則自然要平仄失調、韻協混押、宮調錯亂、聯套失序，終至「拗折天下人嗓子」。而我們也知道，音律之道玄妙無比，高才穎悟者，自能運用靈動，隨心所欲；如若欲執以爲是之「不二法」以「吹毛求疵」，則盡古今之律法家，亦必「作法自斃」。因之，我們於明清戲曲論者所嘵嘵不休的「牡丹亭音律」也就不必重視了。

---

歌」無疑是吳儂軟語「氣若轉絲」的崑山腔。

胡劉二氏的看法是可取的，但這只能說《牡丹亭》也被宜伶用崑山腔演唱過，可能演唱的正是「云便吳歌」的沈氏串本也說不定，而絕不能因此否定湯顯祖《牡丹亭》原是爲宜伶宜黃腔而創作的事實。

對於湯顯祖《牡丹亭》「不合音律」、「拗折天下人嗓子」，也有「通達」的看法。焦循〈歲星記序〉云：

論曲者，每短琵琶記不諧於律，惜未經高氏親授之耳。湯若士云：「不妨天下人拗折嗓子。」此諢語也。豈眞拗折嗓子耶？

《琵琶記》爲文人化的「南戲」作品，如果拿水磨調曲律來衡量，焉能免於「不諧於律」之譏？而高則誠自有其「彼時自家」之音律，豈能爲吳江譜律家所能了然？同理，《牡丹亭》協宜黃腔之律無意協崑山腔之律，雖不合吳優之口而自有宜伶演唱，又豈是吳江譜律家所能了然？又毛先舒毛稚黃《十四種詩辯坻》卷四〈詞曲〉條云：

曲至臨川，臨川曲至牡丹亭，驚奇瓌壯，幽艷淡沲，古法新製，機杼遞見，謂之集成，謂之詣極。音節失譜，百之一二；而風調流逸，讀之甘口，稍加轉換，便已爽然。雪中芭蕉，政自不容割綴耳。「不妨拗折天下人嗓子」，直爲抑臧作過矯語。今唱臨川諸劇，豈皆嗓折耶？而世之短湯者，遂謂其了不解音；又有劣手，鋪詞全乖譜法，借湯自解，擬托後塵。矇里之形，政資一噱。

毛氏所謂「抑臧作過矯語」，亦爲誤傳，實湯氏爲沈璟而發，已見前文。雖然毛氏在〈與李笠翁論歌書〉中說到「以文章論，則晉叔爲臨川之罪人；若以音律論，則晉叔乃古人之功臣也[17]。」

---

⑰見毛稚黃十四種「韻白」。

但是這裡說《牡丹亭》「風調流逸，讀之甘口，稍加轉換，便已爽然。」卻能觸及湯氏調適人工音律與自然音律，使聲情詞情自然冥合的底蘊。

而其實湯顯祖對戲曲藝術是極其重視的。除了上文所述，湯氏在《紫簫記》第六齣〈審音〉中借鮑四娘之口以表現其曲學外，他又在〈宜黃縣戲神清源師廟記〉中，勉勵「宜伶」如何效法清源祖師之道，他說：

一汝神，端而虛。擇良師妙侶，博解其詞，而通領其意。動則觀天地人鬼世器之變，靜則思之。絕父母骨肉之累，忘寢與食。少者守精魂以修容，長者食恬淡以修聲。為旦者常自作女想，為男者常欲如其人。其奏之也，抗之入青雲，抑之如絕絲，圓好如珠環，不竭如清泉。微妙之極，乃至有聞而無聲，目擊而道存。使舞蹈者不知情之所自來，賞嘆者不知神之所自止。若觀幻人者之欲殺偃師而奏咸池者之無怠也。若然者，乃可為清源祖師之弟子。進於道矣。

由這段話，可見湯顯祖認為演員對於戲曲藝術的造詣，首先要聚精會神、專心致力，不可懈怠；然後要選擇良師益友，研讀了解劇本詞意，體察省思萬事萬物；扮飾生旦各如其分，使自我完全融入其中，而觀賞者「不知神之所自止。」尤其對於歌唱要達到「抗之入青雲，折之如絕絲，圓好如珠環，不竭如清泉，微妙之極」的境地。這樣才能算是清源祖師的好弟子。若此，再加上他能「自掐檀痕教小伶」的事實看來，如果說他不重視戲曲藝術，不懂得戲曲音樂，無論如何是不能教人首肯的。只是他講究的，不是吳江譜律家的法度罷了。

筆者曾在有限的時間裡，以鄭因百（騫）師《北曲新譜》和吳瞿安《南詞簡譜》就《牡丹亭》稍作「檢視」，初步獲得印象是：湯氏於北曲，頗能遵循元人律法，無論聲調律與協韻律皆然，即使於增句律則或變化律則亦然⑱。刊本或今人校注本，或有誤「帶白」於曲詞正文中者，以致舛律頗甚，則爲刊印與校注者之過，與湯氏無關。因此，臧懋循謂「湯義仍紫釵四記，中間北曲，駸駸乎涉其藩矣」，是有見地而可信的。其中道理是北曲此其時也已盛極而衰，律法既成，湯氏含茹英華，自然容易循規蹈矩。但是萬曆間，「南戲傳奇」興盛，正是「百花齊放、百鳥爭鳴」各競爾能的時候，縱使水磨調爲多數文人所喜愛，然而未定於一尊，湯氏又崇尚自然，馳騁自家才氣於聲情詞情之冥然融合，因之律以《南詞簡譜》，未能盡合，正如明清譜律家衆口一詞所指責者。也因此，若就譜律家的立場，必須改訂字句，方能供水磨調演唱，多少是有道理的。而上文所舉沈自晉《南詞新譜》以湯氏四夢十五曲爲調式，其眉批中雖於湯氏平仄韻協有所修正；但亦有加以讚美者，如卷一〔望鄉歌〕，云：「電閃、帝女去上聲，砥柱、雨在上去聲俱妙。」卷十八〔黃鶯玉肚兒〕，云：「小事、你意俱上去聲，妙。」則《牡丹亭》既可以入譜律之法式，又有美妙之音，焉能說湯氏於體製格律一無了然？而萬曆以後，水磨調起碼在貴族文士

⑱筆者有〈北曲格式變化的因素〉一文詳論其事，原載《古典文學》第一集，收入拙著《說俗文學》一書中。

的「紅氍毹」之上，擅場二百餘年，《牡丹亭》也因為崑山水磨調的傳唱而推廣宇內，聲名遠播，歷久不衰。則當年為湯顯祖所深惡之「沈改本同夢記」，乃至於往後之「臧改本牡丹亭」、「徐改本丹青記」、「碩園改本牡丹亭」、「馮改本風流夢」等，事實上反倒是湯氏《牡丹亭》之「功臣」了。然而葉堂《納書楹曲譜》所以能為「四夢」作全譜，豈非湯氏與詞情相得益彰之聲情，雖未必全合人工音律，而亦自然可以入樂嗎？李黼平〈藤花亭曲話序〉云：

> 予觀荊、劉、拜、殺暨玉茗諸大家，皆未嘗斤斤求合於律。俗工按之，始分出襯字，以為不可歌。其實，得國工發聲，愈增韻折也。故曲無定，以人聲之抑揚抗墜以為定。

我想以《牡丹亭》這樣不世出的戲曲作品，於「宜伶」演唱之外，只要得「國工發聲」有如葉堂者，則何腔不能「愈增韻折」，不能發其「抑揚抗墜」，何須斤斤於三尺者必削足而後能耶？

最後要補充說明的是，湯顯祖和沈璟儘管對於戲曲理論，尤其是音律的主張儘管不相同，但實際上並沒有達到像王驥德所謂「故自冰炭」的程度。湯顯祖在〈答孫俟居〉書中說到沈璟「曲譜諸刻」，不諱言「其論良快」；在〈答呂姜山〉書中，也說「吳中曲論良是」。雖然湯氏有許多批評的話，但起碼也承認沈氏有可取的地方。至於沈璟之對湯顯祖，除了以吳江之律要來範疇湯氏外，對湯氏其實是極佩服的。沈自晉《重定南九宮詞譜》凡例云：

> 前輩諸賢，不暇論。新詞家諸名筆（原注：如臨川、雲間、會稽諸家），古所未有。真似寶光陸離，奇彩騰躍。及吾蘇同調（原注：如劉噱、墨憨以下），皆表表一時。先生亦讓

頭篝（原注：見墜釵記西江月中推稱臨川云），予敢不稱膺服。

所云「先生」即指沈璟，因爲沈自晉這部書的全稱是《廣輯詞隱先生增定南九宮詞譜》。右引凡例中，最可注意的是原注中「見墜釵記西江月中推稱臨川云」這句話，是用來證據「先生亦讓頭籌」的。沈氏《墜釵記》有順治七年鈔本，爲傅惜華舊藏；《古本戲曲叢刊初集》據姚華所藏康熙抄本影印，無「西江月」一詞，但沈自晉所云應屬不虛。又王驥德《曲律》四〈雜論第三十九下〉有云：

詞隱墜釵記，蓋因牡丹亭記而興起者，中轉折極佳，特何興娘鬼魂別後，更不一見，至末折忽以成仙會合，似缺鍼線。余嘗因鬱藍之請，爲補又二十七齣二舅指點修煉一折，始覺完全。今金陵已補刻。

若此，可見沈氏對湯氏戲曲文學的成就是極推崇的，尤其對湯氏《牡丹亭》倍感興趣，一則改編爲《同夢記》，一則仿作爲《墜釵記》。從這些跡象看來，他們之間是不可能「勢同水火」的。戲曲史上有所謂「臨川派」、「吳江派」壁壘分明之說，恐怕也是因緣王驥德「故自冰炭」一語，所衍生出來的吧！關於這個問題，周育德《湯顯祖論稿》〈也談戲曲史上的湯沈之爭〉一文，已詳列資料，說明被畫爲「吳江派」的呂天成、王驥德、馮夢龍等人對湯顯祖都有極高的評價，對沈璟於肯定之外，也有不少微詞；而被畫爲「臨川派」的淩濛初和孟稱舜對湯、沈二氏也各有「不滿意」的批評。據此，則臨川、吳江如何能壁壘分明，甚至於那裡有什麼臨川派、吳江派⑲？周氏既已言之甚詳，這裡就不多說了。

（本文在一九九二年十月四日～五日的「湯顯祖與崑曲藝術研討會」上發表，

原載《王叔岷先生八十壽慶論文集》）

---

⑲沈自晉《望湖亭》第一齣〔臨江仙〕曲云：「詞隱登壇標赤幟，休將玉茗稱尊。鬱藍繼有槲園人。方諸能作律，龍子在多聞。香令風流成絕調，幔亭彩筆生春。大荒巧構更超群。鯫生何所似，顰笑得其神。」依次舉出呂天成（鬱藍）、葉憲祖（槲園）、王驥德（方諸）、馮夢龍（龍子）、范文若（香令）、袁于令（幔亭）、卜世臣（大荒）、沈自晉（謙稱爲鯫生）等人在沈璟（詞隱）旗幟下，休要使湯顯祖（玉茗）唯我獨尊。這支儼然「點將錄」的曲子，大概是所謂「吳江派」的由來了；但所謂「臨川派」卻未見有相等的「名單」。而從他們各自的實際言論，卻未「壁壘分明」，所以所謂吳江派、臨川派姑妄言之姑聽之可也，不必過分當一回事。

# 論說「五花爨弄」

## 引言

中國戲曲有所謂「腳色」，我曾經做過全面的觀察[①]，給它下這樣的定義：

中國戲曲「腳色」是一種符號，必須通過演員對劇中人物的扮飾才能顯現出來。它對於劇中人物來說，是象徵其所具備的類型和性質；對於演員來說，是說明其所應具備的藝術造詣和在劇團中的地位。

①筆者有〈中國古典戲劇腳色概說〉一文，原載《國立編譯館館刊》六卷一期，收入拙著《說俗文學》一書。一九八〇年台北聯經出版公司印行。

這樣的定義是針對發展完成的腳色專稱來說的。而事實上中國戲曲腳色是先有俗稱再有專稱的[2]，而且一向是專稱、俗稱並用的[3]。

論中國戲曲腳色，可以從「參軍戲」說起，它是上承漢代角觝遺風所發展出來的宮廷優戲。唐代以後發展為「假官戲」，其主演之「假官之長」謂之「參軍樁」，與「參軍」演出的對手，中唐以後叫「蒼鶻」。「參軍」與「蒼鶻」便成了「參軍戲」的俗稱腳色[4]。

至宋金雜劇院本有末泥色、引戲色、副淨色、副末色與裝孤，院本稱之為「五花爨弄」。其中固有俗稱之腳色，而專稱之腳色則始見於此。對於腳色的考釋，《太和正音譜》以下已頗見其

②如參軍戲之「參軍」與「蒼鶻」為俗稱，宋雜劇演化為「淨」與「末」即為專稱。

③以元雜劇為例，其俗稱為駕、舍人、卒子、老孤（孤）、卜兒、夫人、六兒、梅香、店家、媒人、使命、孛老、祇候人、曾子、且兒、徠（徠兒）、女色、屠戶、婿、衆、窮民、侍婢、樂探、小駕、太后、張千、雜當、胡子傳、柳隆卿等二十九目；專稱（以元刊本為準）且行有正且、外且、小且、老且四目，淨行有淨、外淨二目，末行有正末、外末、駕末、外孤、小末、孤末、衆外七目。其他劇種見拙作〈中國古典戲劇腳色概說〉。

④請參見拙作〈參軍戲及其演化之探討〉中「參軍戲之源起與考述」一節，原載《台大中文學報》第二期，收入拙著《參軍戲與元雜劇》一書，一九九二年台北聯經出版公司印行。

人⑤；其對「五花」之探討，胡忌、廖奔⑥已頗爲詳密，寒聲更以〈「五花爨弄」考析〉爲專題⑦，而筆者認爲尚有可補充和商榷的地方，因撰寫本文以就教方家。

## 一　何謂「五花爨弄」

「五花爨弄」一詞，見於元人陶宗儀《輟耕錄》卷二十五「院本名目」條：

> 金有院本、雜劇，諸公（當作宮）調，院本、雜劇，其實一也。國朝，院本、雜劇始釐而二之。院本則五人：一曰副淨，古謂之參軍；一曰副末，古謂之蒼鶻，鶻能擊禽鳥，末可打副淨，故云；一曰引戲，一曰末泥，一曰孤裝。又謂之「五花爨弄」。或曰宋徽宗見爨國人來朝，衣裝鞵履巾裹，傅粉墨，舉動如此，使優人效之以爲戲。又有燄段，亦院本之意，但差簡耳；取其如火燄，易明而易滅也。其間副淨有散說，有道念，有筋斗，有科汎，教坊色長魏武劉三人鼎新編輯。魏長於念誦，武長於筋斗，劉長於科汎，至今樂人皆宗之。

⑤筆者有〈前賢「腳色論」述評〉一文，原載《中華文化復興月刊》十卷三期，收入拙著《說俗文學》。

⑥胡忌《宋金雜劇考》第三章專論〈角色名稱〉，廖奔《宋元戲曲文物與民俗》第三編〈戲曲文物與宋元雜劇〉之第二章爲〈角色形象〉，以考古實物作爲印證。

⑦寒聲論文見《戲曲研究》第三十六期。

由此可見金院本與宋雜劇不殊，「院本」不過由「雜劇」改稱而已。所云「五花爨弄」，《輟耕錄》「院本名目」中有「開山五花爨」一本，李家瑞〈蘇漢臣五花爨弄圖說〉一文⑧，說是戲棚開張時所演出的院本，而更明確的說，則是戲棚開張時所演出的「五花爨弄」。所謂「五花」，顯然是搬演宋金雜劇院本的那「五人」，亦即副淨、副末、引戲、末泥、孤裝。而「爨弄」則與爨國人的服飾、化妝和舉動有關，也就是「效之以爲戲」。

金院本既與宋雜劇異名同實，所以宋雜劇也有相同名目的「五花」。吳自牧成書於宋度宗咸淳十年（一二七四）的《夢粱錄》卷二十「妓樂」條有云：

> 且謂雜劇中末泥爲長，每一場四人或五人。先做尋常熟事一段，名曰「艷段」。次做「正雜劇」，通名兩段。末泥色主張，引戲色分付，副淨色發喬，副末色打諢。或添一人，名曰「裝孤」。先吹曲破斷送，謂之「把色」。大抵全以故事，務在滑稽，唱念應對通徧。……又有「雜扮」，或曰「雜班」，又名「紐元子」，又謂之「拔和」，即雜劇之後散段也。頃在汴京時，村落野夫，罕得入城，遂撰此端；多是借裝爲山東、河北村叟，以資笑端。今士庶多以從省。筵會或社會，皆用融合坊、新街及下瓦子等處散樂家，女童裝末，加以弦索賺曲，祇應而已。

---

⑧原載《雲南大學學報》第一期，民國二十八年四月，今收入《李家瑞先生通俗文學論文集》，台北學生書局。

此段記載大抵根據成書於宋理宗端平二年（一二三五）耐得翁《都城紀勝》「瓦舍衆伎」條修飾而成，其中「雜班」作「雜旺」、「拔和」作「技和」，當以《夢粱錄》爲是⑨。所見腳色除「裝孤」金院本作「孤裝」外，其餘四色雜劇與院本均相同。當作「裝孤」爲是⑩。

何以宋金雜劇會用「五花」來搬演呢？寒聲的說法頗爲可取。他舉出兩點理由，其一是「五行說」的影響，其二是「五花」與「宮廷隊舞」有密切關係。其「五行說」的主要論據是秦始皇時有舞伎執干戚、穿五色衣的「五行之舞」，唐明皇時有宮廷驅儺的「五人舞」，都是以「五」作爲「美學之數」。如果這麼附會，那麼其他數目字也可以別有說解。因此不妨「姑妄聽之」。但是其「五花」源自「宮廷隊舞」則確鑿可信。其說要點如下：

隊舞源自民間「踏歌」，至遲產生於中唐。進入宮廷後，與燕樂大曲相結合，至宋代形成較爲完善的形式，分爲「小兒隊」與「女弟子隊」兩大類。

隊舞的分工，除「竹竿子」、「杖子頭」、「後行」及「歌隊」、「舞隊」外，「引舞」與「花心」是隊舞的主要演員。

---

⑨「旺」當爲「班」，形近而誤；「技」與「拔」亦然。「雜班」蓋言其組成之湊雜，又「班」與「扮」音近訛變。「拔和」即「拔禾」，爲農夫之稱，元雜劇《薛仁貴衣錦還鄉》有「拔禾」，爲薛仁貴之父，正是鄉下農夫。

⑩證以《武林舊事》有「裝旦」、《水滸全傳》有「裝外」，「孤裝」當作「裝孤」爲是。

「引舞」通常為五人，竹竿子念「致語」後，他們出場，一字兒列隊。竹竿子勾隊，舞隊演員全體出場，分列東西南北四個方位成正方形後，五位引舞演員在音樂聲中分立東西南北中五個方位，這就是「五花」，站在中央的一位稱作「花心」。花心除引舞外，負有與竹竿子問答和獨唱、獨舞的職能。「花心」可由五位引舞演員在一場中互換位置，輪流擔任。引舞演員「引舞」的任務，以「採蓮隊舞」為例，五人分別扮作玉皇侍女、瑤池仙女、吹笙仙女、織錦天孫、桃源仙女，各自帶領所屬的舞隊，表演一段簡單的故事情節。

宋金雜劇院本的演出，在宮廷慶典筵會之中與隊舞等技藝輪番夾雜演出是不爭的事實，則彼此影響自然可能。所以寒聲以隊舞引舞的「五花」作為雜劇院本「五花爨弄」之「五花」的根源是合乎情理的。《水滸全傳》第八十二回「梁山泊分金大買市，宋公明全夥受招安」，其中「天子親御寶座陪宴宋江等」有這樣的情節：

方當酒進五巡，正是湯陳三獻。教坊司鳳鸞韶舞，禮樂司排長伶官，朝鬼門道，分行開說：頭一個裝外的黑漆幞頭……。

禮樂司排長伶官就這樣逐一的介紹上場演員妝扮的模樣，計有裝外、戲色、末色、淨色、貼淨五個腳色。接著以作者口脗描述道：

這五人引領著六十四回隊舞優人，百二十名散做樂工，搬演雜劇，裝孤打攛。箇箇青巾桶帽，人人紅帶花袍。吹龍笛，擊鼉鼓，聲震雲霄。彈錦瑟，撫銀箏，韻驚魚鳥。悠悠音調繞梁飛，濟濟舞衣翻月影。吊百戲衆口諠譁，縱諧語齊聲喝采。粧扮的是太平年萬國來朝，雍熙世八仙慶壽。搬演的是玄宗夢遊廣寒殿，狄青夜奪崑崙關。也有神仙道辦，亦有孝子順孫。觀之者眞可堅其心志，聽之者足以養其性情。

由「這五人引領著六十四回隊舞優人」之語看來，則這五人所充任的腳色，顯然具有隊舞「引舞」的任務，據此可見這「五色」是從隊舞的「五花」過脈而來的。也因此，寒聲的看法是有道理的。

再從《水滸全傳》這段話仔細推敲，應當包含四種藝術類型的演出：從「吹龍笛」到「濟濟舞衣翻月影」應當是描述「隊舞」演出的情況；「吊百戲」應當是「雜技」逞能；「縱諧語」應當是「院本」滑稽；「粧扮的」和「搬演的」應當「么末」（即元人雜劇）⑪的模式。「隊舞」與「雜技」、「院本」輪番穿插並演，如《東京夢華錄》卷九「宰執親王宗室百官入內上壽」條、《武林舊事》卷一「聖節」條、《夢粱錄》卷三「宰執親王南班百官入內上壽賜宴」條，均

---

⑪《錄鬼簿》賈仲名於高文秀之弔詞云：「除漢卿一個，將前賢疏駁，比諸公么末極多。」於石君寶弔詞云：「共吳昌齡么末相齊。」其中所云之「么末」顯然是北曲雜劇的別稱。因爲高文秀的雜劇作品，據《錄鬼簿》著錄，多達三十本，僅次於關漢卿，居元人第二位。吳昌齡、石君寶各十本，所以說「么末相齊」。而所以稱北曲雜劇爲「么末」，鄙意以爲因其以「末」爲「么」，么者首要、第一也。「么末」，《藍采和》雜劇第四折〈七弟兄〉作「么麼」，當係同音假借。

已記述；而「院本」與「幺末」同台，杜仁傑〈莊家不識勾欄〉套「六煞」云：

見一個人手撐著椽做的門，高聲的叫請請，道遲來的滿了無處停做。說道前截兒院本調風月，背後幺末敷演劉耍和。高聲叫，趕散易得，難得的妝哈。

所云「前截兒院本調風月，背後幺末敷演劉耍和」，正說明了院本、幺末同台並演的情況。也因此院本與幺末的腳色便有傳承混用與兩兼的現象。張炎〈蝶戀花〉「題末色褚仲良寫眞」云：

濟楚衣裳眉目秀，活脫梨園、子弟家聲舊。諢砌隨機開笑口，筵前戲諫從來有。　玉敲金裁錦繡，引得傳情，惱得嬌娥瘦。離合悲歡成正偶，明珠一顆盤中走。

這首詞的前半闋，正說明宋金雜劇院本中「副末」與「副淨」打諢諷諫的任務，而後半闋則說明與旦腳合演的情形，分明是元雜劇「軟末尼」的況味了。所以《水滸全傳》所舉的這「五花」：裝外、戲色、末色、淨色、貼淨，應當兩兼院本與幺末的腳色，所以腳色名目與《輟耕錄》所云不盡相同。

「五花」大意已明，其次說：「爨弄」。

「爨」字的意義，胡忌《宋金雜劇考》從《輟耕錄》「爨國人來朝」說出發，舉《說郛》卷三十六所引元李京《雲南志略》（共四卷）來證明其說之可能性：

金齒百夷，記識無文字，刻木爲約。酋長死，非其子孫自立者，衆共擊之。男女文身，去髭鬚、鬢、眉睫，以赤白土傅面，綵繒，束髮，衣赤黑衣，躡繡履，帶鏡。呼痛之聲曰：

「阿也韋」，絕類中國優人。不事稼穡，唯護養小兒。天寶中，隨爨歸王入朝于唐。今之爨弄，實原于此。

胡忌說此段資料是葉德均函告他的。葉氏函中所附按語云：

按李京于元大德六年冬從脫脫平章鎮平「越巂之變」，居滇久。其言似可信，且早于《輟耕錄》數十年。

而寒聲〈五花爨弄考析〉更據《中國戲曲志》雲南卷編輯部金重來與雲南大學胡靜秋之來函，謂「爨」是姓，爲南中大姓之一，本爲漢族，漢代由內地遷入雲南，晉時勢力逐漸壯大，東晉、南北朝對西南不能有效控制，便任命爨氏充任太守或刺史爲地方長官。在其治下的人民，除白族外，尚有彝族。今日族中的「寸」姓，即「爨」姓的後代。寒聲因此認爲胡忌《宋金雜劇考》引夏光南《元代雲南史地叢考》中的一段話是可信的，夏氏云：

夫爨之命名，起于漢魏、隋唐之間，臻于極盛。蓋其始本一族之姓氏，終乃衍爲各部之公名。

若此「爨國人來朝」，實係「爨氏族人來朝」，而無論其來朝之時爲唐爲宋，帶來當地人歌舞，自是極自然的事。所以「爨弄」模仿爨氏族人歌舞的服飾和身段也不難想見。而「爨弄」之「弄」當如「曲弄」、「車鼓弄」之「弄」，指其爲樂舞戲曲。因之，「爨弄」即是以「爨」之表現形式所演出之樂舞戲曲；而「五花爨弄」則是以五種腳色所搬演的「爨體」戲曲。那麼，

「爨」搬演時的身段和歌唱情形又是如何呢？請先看南戲《宦門子弟錯立身》的題目：

沖州撞府粧旦色，走南投北俏郎君；

戾家行院學踏爨，宦門子弟錯立身。

這裡舉出了「踏爨」，可見其搬演時之特色是「踏」，應當就是「踏謠」或「踏歌」。按此劇賓白曲文有云：

末曰：不嫁做雜劇的，只嫁做院本的。

生唱〈調笑令〉：我這爨體不查梨，格樣全學賈校尉，趨搶嘴臉天生會，偏宜抹土搽灰。

打一聲哨一響半日，一會道：牙牙小來來胡爲。

又杜仁傑〈莊家不識勾欄〉散套，敘述一個莊家漢在勾欄裡觀看「院本調風月」演出的情形，其中「四煞」云：

一個女孩兒轉了幾遭，不多時引出一夥。中間裡一個央人貨，裹著枚皂頭巾頂門上插一管筆，滿臉石灰更著些黑道兒抹。知他待是如何過，渾身上下，則穿領花布直裰。

「三煞」云：

念了會詩共詞，說了會賦與歌。無差錯。唇天口地無高下，巧語花言記許多。臨絕末，道了低頭撮腳，爨罷將么撥。

「三煞」所云「爨罷將么撥」是當場演員「低頭撮腳」的「踏場」之後，向觀眾所作的說明，謂

「爨」（院本）演完之後，將繼續演出「么」（么末）。所以由此可見三煞、四煞正是「爨」的演出情況，主演所扮的人物是「央人貨」（央即殃），他的「妝裹」和「宦門子弟」所描述的已經可以很具體的看出「爨」演出時的舞台形象；而「說了會賦與歌」等加上「低頭撮腳」正是「宦門子弟」所謂的「踏爨」，也就是說以「踏歌」的方式來演出「爨」。筆者有〈唐戲「踏謠娘」及其相關問題〉一文⑫，已經指出，「踏歌」自「葛天氏」以來，就是民間風俗，儘管「爨」體的演出和雲南「爨氏」有關，但應止於「妝裹」，至若其「且步且歌」或「詠歌踏舞」，則是中國甚或人類所固有，而且歷代綿延不絕。

至於《宦門子弟》所云之「趨搶」和「打哨」，顯然也是「爨體」演出的身段特色。按「趨搶」或作「趨鎗」、「趨蹌」、「趨蹡」，原意謂行步快慢有節奏。《詩·齊風·猗嗟》云：「巧趨蹌兮。」鄭箋：「蹌，巧趨貌。」孔疏：「禮有徐趨疾趨，爲之有巧有拙，故美其巧趨蹌兮。」戲曲則引申爲趨奉獻媚的動作及醜態⑬。而「打哨」則是以手搗嘴撮口吹哨，出土之宋金雜劇雕磚，每有此等動作，請詳下文。

「爨弄」的「爨體」，在宋周密《武林舊事》卷十「官本雜劇段數」中，有四十三本；在元陶宗儀《輟耕錄》卷二十五「院本名目」中之「諸雜院爨」有二十一本。其演出特色當有如上

---

⑫見一九八七年香港浸會學院《唐代文學研討會論文集》，收入拙著《詩歌與戲曲》一書。

⑬詳見顧學頡、王學奇《元曲釋詞》第三冊頁一七〇「趨蹌」條。

述。

這裡附帶要說明的是，「爨」字之於文獻中「打攛」的「攛」字、「拽串」的「串」字，乃至於和「穿關」的「穿」字，都應當是音同或音近的訛變。「打攛」見上引《水滸全傳》「搬演雜劇，裝孤打攛」，即搬演院本的意思，「攛」在這裡很明顯是借爲「爨」，爲戲曲之體類。「拽串」見孟元老《東京夢華錄》卷九「宰執親王宗室百官入內上壽」條：

是時教坊雜劇色鼈膨劉喬、侯伯朝、孟景初、王顏喜而下，皆使副也。內殿雜戲，爲有使人預宴，不敢深作諧謔，惟用群隊裝其似像，市語謂之「拽串」。

由字裡行間可見，有外國使臣在場的「內殿雜戲」，已經變異以「諧謔」爲主的「正雜劇」演出，只用隊舞來應付，所以市井口語說那是「拽串」，意思當指其爲扭曲不正的「爨體」。而由於「弄參軍」、「弄假婦人」、「弄婆羅門」等唐戲語言⑭之「弄」字皆作動詞爲「搬演」之意，於是「爨弄」之「爨」省作「串」字後，亦漸有動詞的意味。「拽串」已是如此，至今所云之「客串」、「串演」尤爲明顯。又《孤本元明雜劇》中有十五種⑮於卷末詳列劇中人物之裝飾

---

⑭「弄參軍」見唐段安節《樂府雜錄》「俳優」條、唐薛能〈吳姬〉詩第八首等，「弄假婦人」見《樂府雜錄》「俳優」條，「弄婆羅門」見《樂府雜錄》「俳優」條。

⑮十五種是：五侯宴、澠池會、襄陽會、伊尹耕莘、三戰呂布、破窰記、蔣神靈應、裴度還帶、衣襖車、哭存孝、智勇定齊、圯橋進履、獨角牛、黃鶴樓、陳母教子。

及所用各物，名之曰「穿關」。「穿關」當是「串演關目」之義，即謂「搬演戲曲」，因將搬演時所用之服飾道具稱作「穿關」。其「穿」字亦當出「爨」、「串」之音近一訛再變而來。

## 二 「五花爨弄」腳色考釋

上文所提到的《都城紀勝》、《夢粱錄》、《輟耕錄》已知宋金雜劇的「五花爨弄」，是由副淨、副末、引戲、末泥、裝孤等五種腳色來搬演；又《水滸全傳》所見宋徽宗內廷御宴演出之腳色爲裝外、戲色、末色、淨色、貼淨五人。而周密《武林舊事》卷四〈乾淳敎坊樂部〉所列「雜劇色」，則包括以下之單位和名稱：

㈠德壽宮：劉景長等十人。其中劉景長下注「使臣」，蓋門慶「末」，侯諒「次末」，李泉現「引兼舞三台」。

㈡衙前：龔士美等二十二人。其中龔士美「使臣都管」、劉恩深「都管」、陳嘉祥「節級」、吳興祐「德壽宮引兼舞三台」、金彥昇「管幹敎頭」、孫子貴「引」、潘浪賢「引兼末、部頭」、王賜恩「引」、周泰「次」、郭明顯「引」、宋定「次」、劉幸「副部頭」、成貴「副」，陳煙息「副」、王侯喜「副」、孫子昌「副末、節級」、楊名高「末」、宋昌榮「副」。

㈢前教坊：伊朝新等二人。

㈣前鈞容直：仵穀豐等二人。

㈤和顧：劉慶等三十人。其中劉慶「次劉衮」、朱和「次貼衙前」、蔣寧「次貼衙前」、郝成「次衙前」、宋昌榮「二名守衙前」、王原全「次貼衙前」、張顯「守闕祇應」。

又列「雜劇三甲」：

㈠劉景長一甲八人：

戲頭：李泉現。引戲：吳興祐。

次淨：茆山重、侯諒、周泰。副末：王喜。

裝旦：孫子貴。

㈡蓋門慶進香一甲五人：

戲頭：孫子貴。引戲：吳興祐。

次淨：侯諒。副末：王喜。

㈢內中祇應一甲五人：

戲頭：孫子貴。引戲：潘浪賢。

次淨：劉衮。副末：劉信。

㈣潘浪賢一甲五人：

戲頭：孫子貴。引戲：郭名顯。
次淨：周泰。副末：成貴。
又列「雜班」：
雙頭：侯諒。散耍：劉袞、劉信。
又另列「雜劇」：
王喜、侯諒、吳興祐、劉景長、張順。
以上姑不論其腳色名稱之參差異同，雜劇演員事實上有超過一場四五人的現象，譬如洪邁《夷堅志》「汝全不救護丈人」條就用演員六人⑯，岳珂《桯史》「鑽遂改」條用七人⑰，都是明證。也因此「乾淳教坊樂」所列雜劇色，像德壽宮就有十人、衙前有二十二人、和顧有三十人、劉景長一甲有八人；但像前教坊和鈞容直都只有二人，看來止能做「參軍、蒼鶻」式的小型演出；而「雜劇三甲」（其實應作四甲）中蓋門慶、內中祇應（漏列甲長一人）、潘浪賢等三甲

⑯見洪邁《夷堅志》丁集卷四。其演出之人物有孔子、顏子、孟子、王安石、子路、公冶長，計有六人。
⑰見岳珂《桯史》卷十三，其演出之人物有孔門弟子「常」、「於」、「吾」、顏回、閔子騫，及孔子和從旁慫恿者，計七人。

都是五人，可見一場四、五人是就通常而言的。

其次我們進一步觀察「雜劇三甲」和乾淳教坊樂部中「雜劇色」的成員。既然「裝孤」是妝扮官員，那麼「裝旦」就是妝扮婦女的意思，它們都是臨時加入，非屬正色。「一甲」大概就是我們現在所說的「一班」，它的成員顯然可以跨越班際，而且職務也可以變更。譬如孫子貴一人屬四甲，職務有「裝旦」、「戲頭」之別，吳興祐、王喜也有跨班的現象，潘浪賢更由內中祇應之引戲自組班社而爲「甲長」，劉景長、蓋門慶也同樣是「甲長」，論腳色應屬「末泥」，因爲末泥色的任務是「主張」，即主宰、主持班務，所以非末泥莫屬。「次淨」即「副淨」，「次」、「副」同表次於正色之義。而「戲頭」當爲表演艷段之演員，其義當同於《武林舊事》卷一〈聖節〉條「天基聖節排當樂次」之「舞頭豪俊邁」、「舞尾范宗茂」，皆因其表演次序之先後而命名。再由「裝旦」、「裝孤」以及劉景長一甲「次淨」有三人的現象看來，其演員有逐漸增加的趨勢。

在乾淳教坊樂部中的「雜劇色」，其所屬人員名單下，有些注有該員之諢號、官職和腳色，上文所引，凡注有官職和腳色的，都已予摘出。其中德壽宮和衙前所屬人員，就有劉景長、王善、茆山重、蓋門慶、侯諒、李泉現、吳興祐、孫子貴、潘浪賢、周泰、郭名賢、劉信、成貴等十三人即爲「雜劇四甲」中的成員，而唯一不見其中的劉衮則與侯諒、劉信又同見於「雜班」之中。另外，其後所列的「雜劇」成員，亦有王善、侯諒、吳興祐、劉景長四人爲「雜劇四甲」中人物。凡此，可見雜劇演員的流動性。

劉景長是「教坊使臣」，龔士美是「使臣都管」、劉恩深是「都管」，地位在教坊中都相當崇高，而他們都兼任雜劇演員，這大概是因為雜劇是教坊十三部色中的「正色」的緣故⑱。其他注有所屬腳色的，像蓋門慶、楊名高之為「末」，蓋門慶為「四甲」中進香一甲之長，由此亦可證甲長乃「末泥」無疑。像孫子貴、郭名顯之為「引」，當指「引戲」，郭名顯正是「四甲」中之引戲，像陳煙息、王侯喜、成貴、宋榮昌之為「副」，則當是「副末」，成貴正是「四甲」中之副末。而侯諒逕云「次末」（他在蓋門慶一甲中為「次淨」），孫子昌更云「副末節級」，次末即副末，而陳嘉祥亦為節級，節級當為教坊官銜，其說詳下文。其他像李泉現、吳興祐都是「引兼舞三台」，應當是「引戲」兼任「舞三台」，《夢粱錄》卷三「宰執親王南班百官人內上壽賜宴」條所記樂次，每一盞酒的儀節之中都有「舞三台」。又潘浪賢為「引兼末、部頭」，劉信為「副部頭」。「引兼末」為「引戲兼末泥」，「部頭」當為教坊十三部色雜劇色之「色長」，潘氏為一甲之長可證；而如果「部頭」為「正末」，則「副部頭」當為「副末」，劉信為

⑱《夢粱錄》「妓樂」條：散樂傳學教坊十三部，唯以雜劇為正色。舊教坊有篳篥部、大鼓部、拍板部、色有歌板色、琵琶色、箏色、方響色、笙色、龍笛色、頭管色、舞旋色、雜劇色、參軍等色。但色有色長、部有部頭。

在內中祇應一甲中正是如此。此外，疑不能明的是：和顧中的劉慶「次劉袞」，朱和、蔣寧、王原全三人「次貼衙前」、郝成「次衙前」，是否意謂當加入「衙前雜劇色」演出時腳色為「次淨」呢？因為「貼」有「外加」之意。而「次劉袞」是否劉袞為次而己為正呢？因為劉袞在內中祇應一甲中正擔任「次淨」；而「次衙前」，可能脫一「貼」字，亦當作「次貼衙前」。凡此就只能略作揣測而已。

由以上對於宋金雜劇院本腳色名目之敘述，可以整理出以下兩個類別：

(一)專稱：末泥（末）、副末（次末）、淨、副淨（次淨、貼淨）。

(二)俗稱：裝孤、裝旦、裝外、引戲、戲色、戲頭。

至於使臣、都管、部頭、副部頭、節級，當為教坊職官名，非腳色名。

另外，由於如上文所云，元雜劇與金院本有同台並演的事實，所以其間腳色便有混用揉雜的現象。「明初十六子」之一湯式《筆花集》〈般涉調哨遍〉套「新建勾欄教坊求贊」，其「二煞」云：

捷劇每善滑稽能戲設，引戲每叶宮商解禮儀，粧孤的貌堂堂雄糾糾口吐虹霓氣。付末色說前朝論後代演長篇歌短句江河口頰隨機變，付淨色腆囂龐張怪臉發喬科呫冷諢立木形骸與世違。要俫每未東風先報花消息。粧旦色舞態裊三眠楊柳，末泥色歌喉撒一串珍珠。

其中提到的腳色計有「捷劇」、「引戲」、「粧孤」、「付末」、「付淨」、「要俫」、「粧旦」、「末泥」等八種。「付末」、「付淨」、「粧旦」、「末泥」俱自稱「色」，當爲腳色專稱；則「捷劇」、「引戲」、「裝孤」、「要㨾」，皆當爲腳色俗稱。「要㨾」之名義學者疑不能明，均未作解說，鄙意以爲由其「未東風先報花消息」之語意看來，應指市井幫閒，如元劇中「胡子傳、柳隆卿」者流。

又《太和正音譜》「雜劇院本角色」條云：

丹丘先生曰：雜劇院本，皆有正末、副末、狚、孤、靚、鴇、猱、捷譏、引戲九色之名。

《正音譜》所舉的九色，其中正末、副末、狚、靚四色爲腳色專稱，狚即「旦」，爲之加犬部首視之如禽獸，是朱權之流的偏見；靚即「淨」，詳下文。另五色孤、鴇、猱、捷譏、引戲等爲腳色俗稱。「鴇」爲「妓女之老者」，「猱」爲「妓女總稱」，習見元雜劇。至於「捷譏」，與《筆花集》之「捷劇」應爲一音之轉，《正音譜》對它的解釋是：

捷譏，古謂之滑稽，院本中便捷譏諢者也。俳優稱爲樂官。

筆者對此有所考釋⑲，結論是：在宋元之間，縣級之地方政府原有「節級」之官職，其手下有若干兵丁以維持治安，本來和「樂官」無關，觀《夢粱錄》「妓樂」條所舉教坊官職無「節級」一稱可知。後來因雜劇院本每有扮演節級者，乃寖假而爲腳色，亦即爲俗稱之腳色，又因其繼承軍中節級率領兵丁之遺意，故在教坊中又爲樂官。後來又因爲在雜劇院本中「節級」每爲便捷譏諢

⑲見〈參軍戲及其演化之探討〉。

之人物，乃取其音近而爲「捷譏」，或偶作「捷劇」。「捷譏」一語既通行，終將「節級」淹沒不彰，即連應作「巡軍節級」者亦作「巡軍捷譏」。

爲清眉目，茲將上文所舉六種資料之腳色名目條列如下：

㈠《夢粱錄》與《都城紀勝》：末泥色、引戲色、副淨色、副末色、裝孤。

㈡《輟耕錄》：副淨、副末、引戲、末泥、孤裝。

㈢《武林舊事》：末、引戲、次淨、副末（次末）、裝旦、戲頭。

㈣《水滸全傳》：裝外、戲色、末色、淨色、貼淨。

㈤《筆花集》：捷劇、引戲、粧孤、付末色、付淨色、要揬、粧旦色、末泥色。

㈥《正音譜》：正末、副末、狚、孤、靚、鴇、猱、捷譏、引戲。

這六種資料所呈現的腳色，誠如上文所云，《水滸全傳》、《筆花集》和《正音譜》都是金院本和元雜劇混雜，所以名目較爲繁多。若就宋金雜劇院本而言，則《夢粱錄》、《輟耕錄》、《武林舊事》最可依據，《水滸全傳》等三種亦可供參考。

對這些可依據的宋金雜劇腳色，令人感到奇怪的事有以下兩點：

其一，末泥、副末、副淨，已是今日所習見的腳色，那麼引戲和裝孤呢？末泥可以去其詞尾省作末，就地位而言爲正末，那麼何以有「副淨」而沒有「正淨」呢？

其二如果副淨就是參軍戲中的「參軍」，而副末就是「蒼鶻」；那麼引戲、末泥、裝孤又是什麼呢？又有關宋金雜劇的資料，其出現「參軍」名目者有四條之多⑳，而教坊十三部色中又有「參軍色」與「雜劇色」並列，且參軍色於樂次進行中執竹竿拂子指揮勾引樂舞戲劇之演出，這又是什麼緣故呢？

關於這兩個問題，在拙作〈中國古典戲劇腳色概說〉一文中，已有詳細考述，所獲得的結論是：中國戲曲的腳色名稱皆起於市井口語，通過俗文學之省文與訛變而形成符號性之腳色專稱，但市井口語之俗稱仍與專稱錯雜並用。末、淨已成為符號之專稱，而參軍、蒼鶻、引戲、裝孤則尚為市井口語之俗稱。而宋雜劇之「正雜劇」、金院本之「正院本」實為唐參軍戲之嫡派。「淨」是由「參軍」演變而來，其歷程是「參軍」二字之促音近於「靚」，靚為「粉白黛綠」之意，正是參軍之扮相，故取「靚」以代「參軍」；但因「靚」字不是一般人所能認識，所以取同音訛變而為「靖」、「淨」二字，又因「淨」字最簡易通俗，於是遂淹「靚」、「靖」二字而成為腳色之專稱。至於「末」則亦參軍戲之「蒼鶻」演變而來，其歷程是：「鶻」為入聲八黠韻，「末」為入聲七曷韻；蒼鶻例扮男子，而「末」一向作為男性自謙之辭；於是乃因其音近聲轉，由「蒼鶻」之市井口語變為腳色之專稱「末」。「末」又稱「末泥」，乃因「泥」為詞尾，故云。

---

⑳見宋江少虞《皇朝類苑》卷六十四引張師正《倦遊雜錄》「夢得黃瓜」條、洪邁《夷堅志》丁集卷四「元祐錢」條、周密《齊東野語》卷二十「好個神宗皇帝」條、岳珂《桯史》卷七「二勝鐶」條、又卷十三「爨策」條。

至於宋金雜劇院本但見「副淨」而不見「正淨」的緣故，則是因爲參軍戲「假官之長」的「參軍樁」到了宋代，成爲教坊十三部色中的「參軍色」，職司導演，本身不再演戲，而把演戲的任務交由其他的參軍亦即他的副手去承當；而原本在參軍戲中主演的參軍樁，其演變爲腳色專稱既然是「淨」，那麼他的副手自然是「副淨」了。而參軍色如果用來指揮勾引隊舞演出，則俗稱「引舞」，如果用來指揮勾引雜劇搬演，則俗稱「引戲」。因此，「引戲」就是「參軍色」，也就是「正淨」的俗稱，它是就其職務來稱呼的。這種情形和末泥既然已主持班務，就把演戲的任務交由「副末」去承當，基本上是一樣的。

就筆者所知見的宋雜劇演出文獻，其由二人演出的有十八條、三人的三條、四人的六條，五人的、六人的和七人的各一條㉑。所以二人出現最多的緣故，是因爲副淨、副末的對手戲是雜劇

㉑其二人者見江少虞《皇朝類苑》卷六「夢得黃瓜」條、邵伯溫《邵氏見聞錄、聞見前錄》卷十「司馬端明」條、彭乘《續墨客揮犀》卷五「丁仙現」條、王闢之《澠水燕談錄》卷十「甜菜」條、周密《齊東野語》卷二十「好個神宗皇帝」、沈作喆《寓簡》卷十「劉豫」條、張端義《貴耳集》卷下「併庫」條與「四明人」條、周密《齊東野語》卷十三「鬻築」條、田汝成《西湖遊覽志餘》卷二「丁董」條、楊萬里《誠齋集》卷一四〇〈詩話〉「東坡」條、曾敏行《獨醒雜志》卷九「鑄大錢」條、朱彧《萍州可談》卷三「鑄九鼎」條、劉績《霏雪錄》「餛飩不熟」條、洪邁《夷堅志》丁集卷四「取三秦」條、羅點《武陵聞見錄》「在錢眼內」條、《金史》卷六十四〈后妃傳〉「元妃李

的核心，自爲筆記叢談所錄的重點，其中超過兩人的，每有「引戲」的跡象在其中。如朱彧《萍州可談》「王恩不及垛箭」條中的「或問」之人，董弅《閒燕常談》「爲君難」中的「問」「又問」之人、周密《齊東野語》「三十六髻」條中的「問其故」之人，皆顯然爲戲外導引之腳色。

說到這裏，以上所舉六段資料中所見的腳色，除了《水滸全傳》中的「裝外」和「戲色」外，皆已作過說明。鄙意以爲：「裝外」有如「裝孤」，且看《水滸全傳》對他的描寫：

**頭一個裝外的，黑漆幞頭，有如明鏡。描花羅襴，儼若生就。雖不比持公守正，亦能辨律呂宮商。**

從「黑漆幞頭」、「如明鏡」、「持公守正」看來，都有「官員」的意味，所以他的「扮相」應當是與「裝孤」不殊的，但是他爲什麼又叫「外」呢？這個「外」，在元劉唐卿《降桑椹蔡順奉

---

氏」、岳珂《桯史》卷五「大小韓」條、周密《齊東野語》卷十三「徹底清」條，以上計十八條。

其三人者見張端義《貴耳集》卷下「兩州拍戶」條、董弅《閒燕常談》「爲君難」條、洪邁《夷堅志》丁集卷四「無量苦」條，以上共三條。

其四人者見張端義《貴耳集》卷下「黃蘗苦人」條、岳珂《桯史》卷十「第二場更不敢」條、朱彧《萍州可談》卷三「黑相」條，周密《齊東野語》卷十「三十六髻」條、龔明之《中吳紀聞》卷六「芭蕉」條、周密《齊東野語》卷十三「酒色財氣」條，以上共六條。

其五人者見洪邁《夷堅志》丁集卷四「元祐錢」條，其六人者亦見洪氏同書同集同卷「不救護丈人」條，其七人者見岳珂《桯史》卷十三「鑽遂改」條，各止一條。

母》雜劇第二折所插入的《雙鬥醫》院本和明無名氏《廣成子祝賀齊天壽》雜劇第二折淨色科諢中，尚保存其跡象，每在劇中腳色科諢中插入作「外呈答云」或「外呈打住」。而現在，即使台灣著名的布袋戲團「小西園」，其後場樂師亦每充任「外」與演師手中的淨丑「呈答」，像這種「外呈答」的情形，頗使我們想起宋教坊十三部色中「參軍色」竹竿子的作用，他在樂舞和戲劇之外作導引和指揮，而上文說過《水滸全傳》這五個腳色是既作隊舞之引舞，同時也打院本、搬雜劇（么末），所以要有一位總指揮，他應當就是這位最先出場的「裝外」。又上文說到「引戲」和「捷譏」也有類似的情形。只是「引戲」和「捷譏」可以加入劇中演出而成爲劇中腳色，而這裏的「外」則爲劇外人物，也可能是「引戲」和「捷譏」發展的結果，不再在劇中充任腳色而游離於劇外，專任導引呈答之事，更加恢復了「參軍色」本來的面目。而這裏的「裝外」，由於扮相爲官員，也可能是由「裝孤」充任「劇外呈答」之務，故稱之爲「裝外」。

其次「戲色」當爲「引戲色」之省稱，且看《水滸全傳》的描述：

> 第二個戲色的，繫離水犀角腰帶，裹紅花綠葉羅巾。黃花襴長襯短靿靴，彩袖襟密排山水樣。

這樣妝扮非常艷麗，女性的味道很濃厚；而引戲色在民間有由「裝旦色」充任的現象；對此請詳下文。

至於《水滸全傳》所提到的「末色」，則顯然有院本、么末兩跨的現象，且看其描述：

> 第三個末色的，裹結絡毬頭帽子，著箍役疊勝羅衫。最先來提掇甚分明，念幾段雜文真罕有。說的是：敲金擊玉敘家風；唱的是：風花雪月梨園樂。

所謂「提掇分明」是說他在院本中的「主張」，所謂「說的是」、「唱的是」是指他在么末中表演的技能。

而《水滸全傳》中所舉腳色，「貼淨」外又有「淨色」。據上文所論，若在院本中，此淨色應屬「正淨」，亦即爲「引戲色」。但是這裏的淨色明顯的已經不具導引戲劇的功能，反而是與貼淨演對手戲的腳色，有如院本中的「副末」。請看對他和貼淨的描述：

> 第四個淨色的，語言動眾，顏色繁過。開呵公子咲盈腮，舉口王侯歡滿面。依院本塡腔調曲，按格範打諢發科。

> 第五個貼淨的，忙中九伯，眼目張狂。隊額角塗一道明戧，匹面門搭兩色蛤粉。裹一項油油膩膩舊頭巾，穿一領刺刺塌塌潑戲襖。吃六棒枒板不嫌疼，打兩杖麻鞭渾是耍。

所謂「開呵公子咲盈腮，舉口王侯歡滿面」，尤其「按格範打諢發科」，更可以看出這裏的「淨色」具有《夢粱錄》所云「副末打諢」的功能和任務。而「貼淨」所述，則顯然是「副淨」發喬、受扑的典型特色。這種由正淨、副淨對手演出有如副末、副淨對手演出的情況，前文所提到的《雙鬥醫》院本正是如此。所以這裏的「淨色」已經和《夢粱錄》、《武林舊事》、《輟耕錄》等所提到的「引戲色」不一樣，不能相互論關係了，也因此同時又保有了「戲色」這個名目。

由以上所述，可見宋金雜劇院本的腳色，其爲專稱者只有「末」、「淨」兩個系統。「末」又稱「末泥」，除晚出的《正音譜》外，未有如元雜劇之稱爲「正末」者，但由於有「末」，因之當爲實質上之「正末」。副末又作「次末」、「付末」。而「淨」這個系統，《夢粱錄》、《武林舊事》、《輟耕錄》、《筆花集》等皆但有「副淨」、「次淨」或「付淨」，而無「正淨」，至《水滸全傳》才有「淨色」。

其爲腳色俗稱者，有引戲（戲色）、裝孤、裝旦、戲頭、裝外、要挆、捷譏（捷劇），乃至於雜劇段數、院本名目所見之妲（旦）、酸、木大、厥（撅）、卜、和（禾）、爺老、偌、哮、邦老、列良、都子、良頭、防送、倈等等。

而「五花爨弄」是以副淨、副末繼承參軍戲之參軍、蒼鶻作爲正雜劇（正院本）之主演，引戲於腳色專稱實爲正淨，職司導演；末泥爲劇團團長主持班務。而視劇情需要，可加一人扮飾官員爲「裝孤」，或扮飾婦女爲「裝旦」，總爲五人，故稱「五花」。其中之「裝旦」在雜劇院本之散段「雜扮」中，已發展爲腳色專稱「旦」，詳見拙作〈中國古典戲劇腳色概說〉。至於《武林舊事》所錄之「戲頭」，則爲「艷段」之演員，不在「一場兩段」之「正雜劇」中；但他也可以在正雜劇中改任爲添加性之人物，如「雜劇四甲」中，孫子貴以三甲之戲頭，充任劉景長一甲之「裝旦」。

## 三　「五花爨弄」的實物印證

在田野考古方面，有關宋金雜劇院本的資料，有以下八種：

㈠《文物》一九五九年第九期，刊載河南省偃師縣酒流溝所發掘的一座北宋墓，其中有三塊雕磚屬於雜劇人物。徐苹芳在一九六〇年的《文物》第五期，寫了一篇〈宋代雜劇的雕磚〉，認爲它們正是「雜劇雕磚」，而把第五塊展示畫幅那一人物「懷疑他是艷段或引首」；把第四塊戴長腳幞頭和捧印匣的兩個人（他把印匣認作包袱），認爲正合乎正雜劇的演出形式；把第六塊吹口哨和擎鳥籠的兩人，認爲是雜劇中的散段雜扮。

對此，廖奔《宋元戲曲文物與民俗》第二編第一章第二節亦論及此事，不以徐氏之說爲然。認爲宋雜劇一場分爲三段，是南宋時期雜劇南下至杭州一帶以後的事，北宋時期則似乎只有兩段。因此其所展示的並不是雜劇演出的程序，而應爲雜劇的全部腳色。其第六塊兩人應爲副淨與副末，其第五塊展示畫幅者應爲引戲，其餘兩人扮官員的爲裝孤，扮文吏的爲末泥。

㈡一九五二年春，河南省禹縣白沙沙東，發掘了一座北宋墓葬，其中有十一塊雕磚。徐苹芳又在一九六〇年的《考古》第九期，寫了一篇〈白沙宋墓中的雜劇雕磚〉，認爲其一組四人的，左起第一、二人應是正雜劇，第三、四人應是雜扮。其一組七人的很清楚是樂隊無疑。

對此，廖奔又不以爲然，其《宋元戲曲文物與民俗》第二編第一章第六節，稱之爲「白沙墓大曲壁畫」。

㈢一九八二年四月河南省溫縣發現一座北宋墓葬，墓壁雕有人物圖像，其中五人一組的，廖奔在《文物》一九八四年第八期〈溫縣宋墓雜劇雕磚考〉中，認爲自左至右，其執骨朵的爲末尼，執秉笏的爲裝孤，其執扇的爲引戲，其打唿哨的爲副淨，其作叉手狀的爲副末。

㈣一九七八年冬，河南省滎陽縣東槐西村發現一座北宋磚室墓，其石棺蓋上面正中豎鐫「大宋紹聖三年（哲宗，一〇九六）十一月初八日朱三翁之靈男朱允建」行書二十一字。其側棺板之線畫由前至後分爲三組，其第一組，呂品在《中原文物》一九八三年第四期〈河南滎陽北宋石棺線畫考〉中認爲這幅「北宋雜劇畫」，「所反映的是家庭私宴上的演出場面」。廖奔在一九八五年九月《戲曲研究》第十五輯〈北宋雜劇演出的形象資料——滎陽石棺雜劇雕刻研究〉中，以左起第一人裝扮爲宋代皂吏形象，其次看似一諢角，第三人爲發喬角色，第四人作女子裝束亦爲諢角。

㈤一九七五年三月在四川省廣元市發現南宋寧宗嘉泰四年（一二〇四）修造的雜劇石刻墓，共有四幅雜劇圖。其一有兩人正打揖作態，廖奔《宋元戲曲文物與民俗》認爲是「艷段」的踏場；其二共有三人，爲樂隊，正爲雜劇伴奏；其三有兩人，爲平民裝扮，廖氏認爲可能是「散段」；其四有兩人，爲官員裝扮，廖氏認爲可能是「正雜劇」。也就是說除伴奏的樂隊外，其餘五幅雜劇圖正展現南宋雜劇艷段、正雜劇、散段的演出情形。

㈥一九七八年冬在山西省稷山縣馬村百墓地發現其中六座有戲曲舞台及人物雕磚，此墓群爲段氏歷代祖墳，其上限爲北宋政和年間（一一一一～一一一八），下限爲金大定二十一年（一一八一）。在稷山縣化峪鎮，一九七九年也發現五座磚墓，其墓二、墓三各有一組戲曲人物雕磚，均由五人組成。又縣城西南汾河大橋北之苗圃，也發現一座磚墓，墓室南壁中間磚砌舞台一座，並有一組戲曲人物。

馬村、化峪、苗圃三處墓葬，共有戲曲舞台及人物磚雕九幅，統稱之爲稷山戲曲磚雕。其中馬村墓一、四、五號都有樂隊伴奏，馬村墓二戲雕更有四人之表演場面。馬村四號墓共雕戲俑九人，分前後兩排站立，前排四人爲演員。對此張之中在一九八五年《戲曲研究》第十四輯〈從稷山戲曲磚雕看金院本的演出〉中，認爲前排四個演員，由左依次爲引戲、副淨、副末、末泥。又認爲馬村五號墓前排四個演員依次爲末泥、副末、次末、付淨。另八號墓有五人。

廖奔《宋元戲曲文物與民俗》第二編第三章對此稷山墓群之雜劇磚雕亦有探討，但未揣摩其腳色。

㈦一九五九年山西省侯馬市郊發掘兩座同是金衛紹王大安二年（一二一〇）的墓葬，其中有磚砌舞台一座，上有五個泥塑彩繪陶俑。對此，周貽白《戲劇論文選·侯馬董氏墓中五個磚俑的研究》中，認爲這五個戲俑由左至右分別是：戴黑色幞頭的爲「裝孤」（孤不是當場妝官者，而是當時市語「孤老」之省稱，此爲周氏原注，下同），戴皀隸黑色帽者爲「捷譏色」（即副末），捧笏者爲「末泥色」（即正末），執紈扇者爲「引戲色」（即裝旦），打口哨者爲「副淨色」。廖奔於其《宋元戲曲文物與民俗》第二編第三章第二節，則認爲此五人依次爲副淨、衙吏、官員、引戲、副末。

㈧一九五九年在山西省芮城縣永樂鎮峨嵋嶺後發現元初宋德方與潘德沖墓，其石槨前壁有一座舞台雕刻，上立四人。廖奔《宋元戲曲文物與民俗》第二編第四章第一節，認爲那些元初的院本，四人由左至右，打唿哨者爲副淨，披袍秉笏的爲官員，戴尖頂冠的爲發喬角色，叉手侍立者不明。

田野考古出土的資料之外，尙有兩幅傳世的宋代人物畫，也描繪了宋雜劇演出的情況。《文物精華》第一期，影印了兩幅南宋畫頁，均爲北京故宮博物院所藏。其一面目淸秀，寬袍大袖上畫許多眼睛，另一人持竹篦，右手指自己眼睛，腰間插一把破油紙扇，上書「諢」字。另一幅畫的是兩人對面作揖，顯然皆是女子妝扮。左一人戴軟脚巾，爲勞動者模樣；右一人戴羅帽，背後插一把破油紙扇，上面楷書「末色」兩字。

對此，周貽白《戲戲論文選·南宋雜劇的舞台人物形象》認爲第一幅所演出的，應當是南宋官本雜劇中的「眼藥酸」；其次一幅應當是勾欄中「弟子雜劇」演出時的寫眞。

另外，台北故宮博物院藏有一幅石渠寶笈三編題爲「宋蘇漢臣五瑞圖」的繪畫，對此，李家瑞〈蘇漢臣五花爨弄圖說〉，否定所謂「五瑞圖」之說，認爲即是《輟耕錄》所說的「五花爨弄」，其中右下方綠衣秉簡的爲副淨，左下方戴冠束帶的爲裝孤，中心之人嘴上鈎畫墨圈的爲引戲，左上方執鼗鼓的爲副末，右上方背插招子長鬚的爲末泥。但是寒聲〈五花爨弄考析〉一文認爲「不能遇到五個人物的場面，都認作五花爨弄」，不同意李家瑞之說。胡忌《宋金雜劇考》第四章第四節〈緒言〉也認爲蘇漢臣的畫原名「五瑞圖」，李家瑞遽斷爲「五花爨弄」頗爲可疑。但是廖奔《宋元戲曲文物與民俗》第二編第五節〈蘇漢臣五瑞圖〉則以爲「圖中五人在踏舞行進，中間還有旋行，想必是表演五花爨弄吧！五人中各有裝扮，時或面敷粉墨，應是優戲扮演無疑。」並且認爲右下一人綠袍執簡的爲裝孤，右上一人頭挑招子的爲副末，中一人黑嘴圈的爲副淨，左下一人戴展腳幞頭的爲末泥，左上一人執鼓者爲引戲。雖然同意李家瑞把「五瑞圖」作爲「五花爨弄」之說，但是所判定之腳色則無一相同，即是李氏判爲「副淨」者廖氏作「裝孤」，李氏之「裝孤」廖氏作「末泥」，李氏之「引戲」廖氏作「副淨」，李氏之「副末」廖氏作「引戲」，李氏之「末泥」廖氏作「引戲」。

綜觀以上所舉田野考古資料和傳世繪畫，其爲北宋者有河南省偃師、白沙、溫縣、滎陽等四縣宋墓之雜劇雕磚，其爲南宋者有畫頁二幅與所謂「蘇漢臣五瑞圖」以及廣元墓雜劇石刻，其爲金代者有山西省稷山縣早期金墓雕磚和侯馬董墓舞台陶俑，其爲元初者山西省芮城永樂宮舊址宋德方墓雕磚。而因此可以給我們提供一些訊息。

其一，除宋德方爲蒙元全眞教之重要人物[㉒]，其他墓主應當都是「士庶」者流，尤其滎陽宋墓墓主「朱三翁」更可以看出是百姓人家[㉓]，而皆有雜劇院本之雕磚或陶俑，可見宋金雜劇院本已成爲民間的娛樂。

其二，磚雕或陶俑人物，其所表徵的腳色，諸家雖然努力考證，各有付與和說法，但由於對腳色名目，諸如引戲、戲頭、裝孤、裝旦的認識有所紛歧，所以所得結論自然難於確定。而若就其腳色數目來說，則偃師四人、白沙四人、溫縣五人、滎陽四人、「五瑞圖」五人、稷山四人或五人，侯馬五人、永樂宮四人，正與所謂雜劇「一場四人或五人」之語相合。

其三，南宋畫頁二幅和廣元墓石刻所描繪的情況，正是雜劇主演者「末」、「淨」演出的對手戲。其腳色帛畫自書「末」而非「副末」，即此可見當時「淨」與「副淨」、「末」與「副末」未能絕然畫分，所以常有類舉和混淆的現象。又其淨色未必「粉白黛綠」，這應當是參軍戲「女兒絃管弄參軍」的民間傳統。

廖奔《宋元戲曲文物與民俗》第三編第二章〈角色形象〉即以田野和帛畫資料印證文獻資料考述了引戲、裝旦、副淨（淨）、副末、裝孤、末泥等腳色。

---

㉒宋德方爲邱處機弟子，曾晉見成吉思汗。詳見《考古》一九六〇年第八期徐苹芳〈關於宋德方和潘德沖墓的幾個問題〉。

㉓詳見《戲曲研究》第十五輯廖奔〈北宋雜劇演出的形象資料—滎陽石棺雜劇雕刻研究〉。

廖氏之說「引戲」，以爲「引戲在雜劇裡的地位當如引舞」，杜仁傑〈莊家不識勾欄〉套中所云「一個女孩兒轉了幾遭，不多時引出一伙。」這個「女孩兒」應即爲引戲。宋代南戲《張協狀元》首出生角上場「踏場數調」，即爲宋雜劇演出方式的遺留。又據《武林舊事》卷四〈乾淳教坊樂部〉，知引戲色以踏場舞蹈形式「分付」衆腳色上場。據此，則宋金雜劇人物形象雕刻，有好些是這種造型：溫縣宋墓雜劇雕磚中間之人，其特徵是作丁字舞步，裹花腳幞頭、執扇、衣飾華麗，類此者尙有溫縣館藏宋雜劇磚雕Ⅱ組有一人姿態相同，稷山馬村四號金墓雜劇雕磚左第三人亦同，侯馬金代董墓磚俑左第四人身段相同、方向相反。垣曲縣古城村墓伎樂磚雕，中間一人執扇起舞；禹縣白沙宋墓雜劇磚雕左第一人頭裹花腳幞頭者亦作舞姿，偃師宋墓雜劇磚雕中間一人亦裹花腳幞頭。這七個造型應當都是「引戲色」。其中溫縣、侯馬、偃師等三人爲女性扮飾。而乾淳教坊樂部中引戲色皆由男子充任，可見民間可以不論。

廖氏之說「副淨」、「副末」，以爲兩者在宋金雜劇中構成一對滑稽腳色，互相配合，發科打諢；而在雕刻中每有兩個作市井無賴扮飾，與他種腳色的造型不同，帶有明顯的詼諧特徵，即是副淨、副末二色。偃師左側兩人，溫縣、禹縣右兩人，稷山化峪二、三號墓左第二、三人，侯馬兩側二人俱是。根據資料，副淨有幾個突出的外型特徵，即面部敷粉塗墨、打唿哨、做嘴臉；副末則持有杖棒等砌末，亦擦白臉。因此，如稷山馬村五號墓左四人、溫縣宋墓左四人、潘德沖右槨左一人、偃師宋墓左二人、永樂宮吹口哨小兒石雕、稷山化峪三號金墓中一人、馬村八號墓中一人、稷山苗圃金墓左第三人、稷山吳城金墓張目努嘴、揚頷扯筋者，以及滎陽宋朱三翁石棺雜劇線刻之長髮披肩、眼貫墨跡之女子，皆爲副爭；宋代雜劇絹畫〈眼藥酸〉圖右一人手持長杖者，即爲副末。

廖氏之說「裝孤」，以爲凡宋金雜劇扮官者皆爲裝孤，此種腳色在墓葬戲曲文物中極常見，似與《都城紀勝》、《夢粱錄》所稱「或添一人名曰裝孤」之語不符。但從「官本雜劇段數」、「院本名目」看，以孤爲扮演對象的只占少數，墓葬中大量出現裝孤形象，恐怕是由於古人乞貴祈福的思想有關。裝孤之「孤」不能作意爲「嫖客」之「孤老」解。而末泥扮官是元雜劇以後的現象，宋金雜劇從無此類文獻之記載。

廖氏之說「末泥」，以爲既然「雜劇中末泥爲長」，則「雜劇四甲」之領銜人當爲「末泥」。但由於其形象特徵不明，故今日所見宋金雜劇文物中腳色身分最難判斷者即爲末泥。

廖氏精研戲曲文物，其就文物以印證文獻之論說，大致可信；尤能考慮官府與民間之分野，更是難得。但是誠如廖氏所云「副淨、副末的形象特徵，僅爲大體上區分，事實上因兩者皆爲滑稽角色，互相分擔發科打諢的任務，常常不易截然分開。」然而若能辨識其中之一，則其對手亦自能判明。如宋雜劇兩副帛畫，其右立者既爲副末，則左立者自爲副淨。緣此以說廖氏所未及者，如稷山馬村二號金墓，其右二執杖者既爲副末，則左一與之相對應者爲副淨。稷山馬村五號金墓左二執杖者既爲副末，則右一打哨者爲副淨，而其左一戴展腳幞頭者既爲裝孤，則其餘右二以手指副末者當爲末泥。稷山馬村八號金墓中間仰首努嘴者旣爲副淨，其左執棒者旣爲副末，右一作婦女爲裝旦，右二戴展腳幞頭爲裝孤皆甚明，則其左一自爲末泥。稷山化峪二號金墓，其右一展腳幞頭爲裝孤，右二執扇者爲引戲、右二張口作態者爲副淨、左一右傾其軀若有所訴者自爲副末，而其正中叉手者當爲末泥。稷山化峪三號金墓，其右一展腳幞頭秉笏者爲裝孤，右二執杖者爲副末，右三作趨蹌者爲副淨，左一執扇之女性爲引戲，則左二自爲末泥。稷山苗圃一號金墓，右一秉笏者爲裝孤，左一執杖者爲副末，左二做嘴臉者爲副淨，則右二自爲末泥。偃師宋墓右一執笏者爲裝孤，中間戴花腳幞頭者爲引戲，左一左二正演對手戲，左二打唿哨爲副淨，左一自爲副末，則其右二自爲末泥。溫縣宋墓，左一執杖爲副末，左二展腳幞頭執笏爲裝孤，中間執扇戴花腳幞頭作舞姿者爲引戲、右二打唿哨者爲副淨，則右一叉手者自爲末泥。溫縣文化館藏宋雜劇磚雕Ⅱ組，左一執杖者爲副末，左二展腳幞頭執笏者爲裝孤，右一袒胸者爲副淨，右二執扇者爲引戲，則中間叉手當胸者自爲末泥。

又上文所敘及《水滸全傳》中之「戲色」，其扮相與廖氏之論女性「引戲」頗爲接近，因之當即爲「引戲色」；謂之「戲色」，蓋其省語。

另外値得一提的是，參軍戲演出時，未見優伶「扑擊」的動作，但宋金雜劇則習以爲常，而參軍顯然由唐五代之可以戲侮其對手演變成完全反被戲侮之對象，因之每遭對手扑擊，其見諸文獻者斑斑可考㉔。因之，出土文物每有副末執杖的造型，正是事實的反映。按《五代史記》卷三十七云：

莊宗嘗與群優戲於庭，回顧而呼曰：「李天下！李天下何在？」新磨遽前，以手批其頰。莊宗失色，左右皆恐，群伶亦大驚駭，共持新磨，詰曰：「汝奈何批天子頰！」新磨對曰：「李天下者，一人而已，復誰呼耶？」於是左右皆笑，莊宗大喜，賜與甚厚。

宋孔平仲《續世說》卷六與《通鑑》卷二七二亦皆載此事。這應當是演戲時演員撲擊對方的最早記載，未知宋以後相類似的演出是否據此而來。而副末之擊副淨，則有批頰與杖擊二種方式。金元以後，所用之杖，顯然改爲「皮棒槌」，亦稱磕瓜。由杜仁傑「莊家不識勾欄」散套與李伯瑜〈越調小桃紅〉小令之咏「磕瓜」可證。

如果以上對於出土文物中的宋金雜劇腳色的「判斷」大抵不差，那麼所謂「五花爨弄」就有許多「寫實」的造型。這些寫實的造型，廖奔之書與山西師範大學戲曲文物研究所編輯的《宋金元戲曲文物圖論》都有登錄，請讀者自行參閱。

---

㉔江少虞《皇朝類苑》卷六「夢見黃公」條、邵伯溫《邵氏見聞錄、聞見前錄》卷十「司馬端明」條、周密《齊東野語》卷二十「好個神宗皇帝」條、沈作喆《寓簡》卷十「劉豫」條、岳珂《桯史》卷七「二勝鐶」條、周密《齊東野語》卷十三「鬻築」條、田汝成《西湖遊覽志餘》卷二「丁董」條、董弅《聞燕常談》「爲君難」條，以上九條皆有批頰或撲擊、杖擊之動作。

## 結論

總上所論，可見「五花爨弄」一詞，出自元人陶宗儀《輟耕錄》卷二十五「院本名目」條，意指「院本」，其「院本名目」亦有「開山五花爨」一本。由於金院本與宋雜劇不過因時易名，其實一脈相傳、體製相同，因此耐得翁《都城紀勝》「瓦舍眾伎」條與吳自牧《夢粱錄》卷二十「妓樂」條所記宋雜劇腳色與之不殊，所以「五花爨弄」可以說是宋金雜劇院本的共同俗稱。

宋金雜劇院本的「五花」，寒聲謂實源自隊舞中的五個引舞，這五個引舞就叫「五花」，其說可信。《水滸全傳》第八十二回演出院本么末的五位演員仍兼任隊舞之引舞，可為印證。而「爨」，學者證實指漢代以後，為今之雲南一帶的「爨氏部族」，所以「爨弄」即是模倣爨氏部族服飾和身段的一種表演。由於這種表演是由副淨、副末、引戲、末泥、裝孤五種腳色擔任的，因此叫做「五花爨弄」。

「爨弄」的表演特色，由《宦門子弟錯立身》的「踏爨」、「趨搶嘴臉」、「抹土搽灰」、「打一聲哨」諸語和〈莊家不識勾欄〉中描述「院本調風月」的演出情況，知道它是熔合「參軍戲」和「踏謠娘」的表演特色於一爐。

而《水滸全傳》的「打攛」、《東京夢華錄》的「拽串」、《孤本元明雜劇》的「穿關」，乃至今日俗語「串演」與「客串」，其「攛」、「串」、「穿」諸字，實爲「爨」字之音同或音近之訛變。

若就腳色之觀念而言，則有專稱與俗稱。見諸《都城紀勝》、《夢粱錄》、《武林舊事》、《輟耕錄》、《水滸全傳》、《筆花集》、《太和正音譜》之宋金元雜劇院本腳色如下：

專稱：淨色（靚）、副淨（副靖、付淨、次淨、貼淨）、末（末泥、正末）、副末（付末、次末）。

俗稱：引戲、裝孤、裝旦（粧旦）、裝外、戲頭、捷劇（節級、捷譏）等等。

由於宋金雜劇院本是唐參軍戲之嫡派。所以符號性的腳色專稱「淨」、「末」即由市井口語性的「參軍」、「蒼鶻」演化而來，其歷程是：「參軍」二字之促音近於「靚」，靚爲「粉白黛綠」之意，正是參軍之扮相，故取「靚」以代「參軍」；但因「靚」字非一般人所能認識，因取同音訛變而爲「靖」、「淨」二字，又因「淨」字最通俗，於是遂淹「靚」、「靖」二字而成爲腳色之專稱。至於「末」之歷程是：「蒼鶻」之「鶻」爲入聲八黠韻，「末」爲入聲七曷韻；「蒼鶻」例扮男子，而「末」一向作爲男子自謙之辭；於是乃因其音近聲轉，由「鶻」而爲「末」。其又稱「末泥」，乃因「泥」爲詞尾，有聲無義。

至於「五花爨弄」中，但見「副淨」而不見「正淨」的緣故，則是因爲唐參軍戲「假官之長」的「參軍椿」到了宋代，成爲教坊十三部色中的「參軍色」，職司導演，本身不再演戲，而把演戲的任務交由其他的參軍亦即他的副手去承當；而原本在參軍戲中主演的參軍椿，其演變為腳色專稱既然是「淨」，那麼他的副手自然是「副淨」了。而參軍色如果來指揮勾引隊舞演出，則俗稱「引舞」，如果用來指揮勾引雜劇搬演，則俗稱「引戲」。因此，「引戲」就是「參軍色」，也就是「正淨」的俗稱，它是就其職務來稱呼的。這種情形和末泥既然已主持班務，就把演戲的任務交由「副末」去承當，基本上是一樣的。

而就宋金雜劇的演出文獻來觀察，未必「一場四、五人」或由「五花」去「爨弄」。就筆者所知見者，其由二人演出的有十九條，三人的有兩條，四人的有五條，五人的、六人的和七人的各一條，所以兩人出現最多的緣故，是因為副淨、副末的對手戲是雜劇的核心，自為筆記叢談所錄的重點。而其超過兩人的，每有「引戲」的跡象在其中。「引戲」發展的結果，在元代為「裝外」，簡稱為「外」，止在戲外作「呈答」，又恢復了原本參軍色的功能。

至於其他腳色俗稱的名義，「裝孤」是妝扮官員，「裝旦」是妝扮婦女，「裝外」是妝作劇外呈答之人，「戲頭」為宋金雜劇院本首段（即豔段）之演員，「捷譏」為機靈滑稽之人。其中「裝旦」在院本之散段「雜扮」中，已發展為腳色專稱「旦」。

在田野考古和傳世帛畫方面，有關宋金雜劇院本的資料，主要見於：河南偃師宋墓雕磚、河南禹縣白沙宋墓雕磚、河南溫縣宋墓雕磚、河南滎陽朱三翁石棺線刻、山西稷山金墓雕磚、山西侯馬董墓戲俑、山西芮城永樂宮遺址宋德方、潘德沖墓石槨雕刻，以及北京故宮所藏兩幅南宋帛畫和台北故宮所藏一幅宋蘇漢臣「五瑞圖」。

這些實物資料，若就其腳色數目來說，則偃師、白沙、滎陽、永樂宮四人，溫縣、侯馬、五瑞圖各五人，稷山墓群則四人或五人，正與所謂雜劇「一場四人或五人」之語相合。則「或添一人」而爲五人的「五花爨弄」在宋金的民間情況是頗爲符合而得到具體印證的。至於兩幅南宋帛畫，顯然是主寫副淨、副末的演出情況，故不及其他。

對於這些出土和傳世的宋金雜劇院本人物圖像，加以判定腳色，學者每有見仁見智的不同。廖奔《宋元戲曲文物與民俗》一書雖用力考述，亦認爲副末、副淨頗難分辨，末泥更無特徵可循。但是「引戲」之特徵既爲戴花腳幞頭、執扇、作舞蹈狀，「裝孤」既爲戴展腳幞頭、執笏，副淨既爲敷粉塗墨、打唿哨、做嘴臉，「副末」既以執杖爲特色，則不難據此分辨「副淨」與「副末」；而「引戲」、「裝孤」既已易明，則此外自爲「末泥」。

「五花爨弄」在宮廷或爲添加之腳色「裝孤」，在田野出土資料，卻極爲常見，廖氏以爲當是由於古人乞貴祈福之思想所致。而無論如何，「五花爨弄」在田野出土的資料中已獲得了具體寫實的印證。（原載《中外文學》二六八號「葉慶炳先生紀念專號」）

附記：本文曾於一九九四年四月在日本九州大學所舉辦「東亞傳統文化國際會議」上宣讀。

# 論說「戲曲劇種」

## 引言

「戲曲劇種」是中國大陸五〇年代新起的名詞，近年已成爲中國傳統戲劇研究的熱門新課題，各省所編撰的《戲曲志》都關涉到。但是其命義和由此衍生的問題，筆者長年以來的觀點與大陸學者所取得的共識，不盡相同，覺得有把它寫出，以就正方家的必要。

首先看看大陸學者對「戲劇」、「戲曲」、「劇種」三詞的詮釋，三詞皆見於《中國大百科全書》：

其《戲劇卷》譚霈生謂「戲劇」，就中國而言，狹義單指「話劇」，廣義可包括「戲曲」在內①。

其《戲曲曲藝卷》張庚謂「戲曲」就是中國傳統戲劇，包括宋元南戲、元明雜劇、明清傳奇，以至近代京戲和所有地方戲在內②。

---

①《中國大百科全書·戲劇卷》譚霈生對「戲劇」作開宗明義：

在現代中國，「戲劇」一詞有兩種涵義：狹義專指以古希臘悲劇和喜劇爲開端，在歐洲各國發展起來，繼而在世界廣泛流行的舞台演出形式，英文爲drama 中國又稱之爲「話劇」；廣義還包括東方一些國家、民族的傳統舞台演出形式，諸如中國的戲曲、日本的歌舞伎、印度的古典戲劇、朝鮮的唱劇等等。

②《中國大百科全書·戲曲曲藝卷》張庚對「中國戲曲」所作的說明：

「中國的傳統戲劇有一個獨特的稱謂：「戲曲」。歷史上首先使用戲曲這個名詞的是元代的陶宗儀，他在《南村輟耕錄》「院本名目」中寫道：「唐有傳奇，宋有戲曲、唱諢、詞說，金有院本、雜劇、諸宮調。」但這裡所說的戲曲是專指元雜劇產生以前的宋雜劇。從近代王國維開始，才把「戲曲」用來作爲包括宋元南戲、元明雜劇、明清傳奇，以至近世的京劇和所有地方戲在內的中國傳統戲劇文化的統稱。（筆者按：「宋有戲曲」之『戲曲』當指『永嘉戲曲』，亦即戲文，非如張氏所謂之「宋雜劇」，宋雜劇即其中之「唱諢」，而「詞說」則指諸宮調。筆者有〈也談南戲之淵源，形成與發展〉一文詳論其事，未刊。）

有關中國「戲曲」命義的問題，葉長海在一九九一年第四期《戲劇藝術》有〈戲曲考〉一文，在此之前於一九八三年八月三十日有〈戲曲辨〉短文，均用以考辨其與戲劇之異同，及其在中國歷代文獻上之命義沿革，今此二文已收入葉氏《曲律與曲學》一書，一九九五年台北學海出版社出版。

其《戲曲曲藝卷》「戲曲聲腔劇種」條謂戲曲以演唱腔調加以區分稱「戲曲聲腔」，以民族或地域藝術特色相區別稱「戲曲劇種」。聲腔與劇種的關係：劇種所採用的每種腔調均可歸屬於一定的聲腔系統，除單聲腔劇種尚可採用聲腔名稱代表劇種外，凡屬由幾種聲腔組成的劇種，大多不再以聲腔命名，而改稱戲或劇[3]。

③《中國大百科全書·戲曲曲藝卷》「戲曲聲腔劇種」條云：區分中國戲曲藝術中不同品種的稱謂。中國幅員遼闊，民族衆多，存在著語言及音樂的民族性和地域性區別，因而從戲曲形成之始，就有民族戲曲和地方戲曲之分。其中以演唱的腔調加以區分，稱「腔」或「調」的，如弋陽腔、梆子腔、徽調、拉魂腔等，謂之「戲曲聲腔」；以民族或地域的藝術特色相區別，稱「戲」或「劇」的，如傣劇、京劇、柳子戲等，謂之「戲曲劇種」。每個戲曲品種，無論稱「腔」或「調」，「戲」或「劇」，往往冠以民族的、地域的、樂器的，或足以表示其特徵的詞彙，作爲區別於其他聲腔、劇種的名稱。戲曲不同品種之間的差別，體現在文學形式和舞台藝術的各方面，但主要表現爲演唱腔調的不同。……劇種指在不同地域形成的單聲腔或多聲腔的地方戲曲和民族戲曲，……聲腔與劇種的關係……則表現爲聲腔是指戲曲劇種所使用的腔調，劇種所採用的特種腔調均可以歸屬於一定的聲腔系統，除單聲腔的劇種尚可採用聲腔名稱代表劇種外，凡屬由幾種聲腔組成的劇種，大多不再以聲腔命名，而改稱戲或劇。中華人民共和國成立後，「戲曲劇種」的概念被確定下來，同時，「戲曲聲腔」也成爲從腔調和演唱特點區別戲曲類型的一種概念，並以此畫分各種不同的戲曲聲腔系統。

《大百科》由大陸名家執筆，頗有「經典」的權威性。《戲曲曲藝卷》一九八三年出版、《戲劇卷》一九八九年刊行，影響甚大。譬如孟繁樹〈關於聲腔劇種史的研究方法問題〉④、余從《戲曲聲腔劇種研究》⑤、劉厚生〈劇種論略〉、薛若鄰〈劇種生機論〉、汪人元〈新興劇種發展思考〉、吳乾浩〈新興劇種的新興優勢〉⑥等專門探討「劇種」的論文或專著，乃至於像劉相如〈福建發現的古老劇種庶民戲〉、雨雪〈新興劇種——蒙古劇〉⑦、劉志群〈我國藏戲系統劇種論〉⑧、劉斯奇〈關於新興劇種的歷史反思——以黔劇爲例〉⑨等討論地方戲曲的論文，及近年中國戲劇出版社所推出的《中國戲曲劇種史叢書》，其所謂「劇種」的命義和概念，皆原本大百科，由此亦可見，大陸學者對於所謂「戲曲劇種」已取得共識。

---

④孟文見一九八六年十二月《戲曲研究》二十一輯。
⑤余著一九九〇年六月人民音樂出版社出版。
⑥劉厚生等四篇論文，俱見一九九一年四月《中華戲曲》第十期。
⑦劉湘如與雨雪二文見一九八四年六月《戲曲研究》十二輯。
⑧劉志群文見一九八八年三月四月《中華戲曲》第七、八輯。
⑨劉斯奇文見一九九一年十二月《戲曲研究》三十九輯。

# 一 「戲曲劇種」的命義

對於大陸學者所解釋的「戲劇」、「戲曲」、「劇種」有初步的了解之後，我們逐一來加以檢討。

首先請看筆者在〈中國地方戲曲形成與發展的徑路〉一文[10]中的一段話：

所謂「劇種」即戲劇的種類，如就藝術表現形式而分，則有話劇、歌劇、舞劇、戲曲、偶戲等，今日更有電影與電視劇。其中偶戲又因偶人不同而有傀儡、皮影、布袋之分，傀儡更因操作技法之差異而有懸絲、藥發、杖頭、水力之別。中國「戲曲」事實上指的就是歌舞劇，因其藝術層次的高低和故事情節的繁簡，可分爲小戲和大戲兩類；小戲和大戲又因其體製規律、起源地點、流行區域、藝術特色、民族之別，而分爲許多地方戲劇和民族戲劇。

這段引文現在看來，如在「中國戲曲」下，加上「因以樂曲搬演，故云」，在「民族之別」下，作「而有歷代戲劇與許多地方戲劇和民族戲劇」，語意更爲完備。

⑩拙文發表於中央研究院一九八六年十二月第二屆國際漢學會議，收入集刊，並收入拙著《詩歌與戲曲》，一九八八年聯經出版公司出版。

由這段話語，可見筆者心目中所謂的「戲劇」，就中國而言，實不止於「話劇」和「戲曲」，而且展演的場所也不止於「舞台」，應及於廣場、銀幕和螢光幕。也就是說，「戲劇」的範圍，不應當像譚氏那樣的狹隘，而且所謂「劇種」也應就「戲劇」而言，不應止就「戲曲」為說。即使單從「戲曲劇種」立論，因其體製規律不同，也就會有「體製劇種」；因其起源地點不同腔調有異，也就會有「腔調劇種」；因其民族不同各具特色，也就會有「民族劇種」；絕不能只用「腔調」（或「聲腔」）作為分別「戲曲劇種」的惟一基準。但因為「民族劇種」較為遙遠和生疏，所以目前受重視和討論的偏向於漢文化的「體製劇種」和「腔調劇種」。

## ㈠「戲曲劇種」一詞的來源

我想大陸學者之所以以「腔調」作為分別「戲曲劇種」的惟一基準，應當和「劇種」這一詞的來源有密切的關係。

蔣星煜先生一九九二年訪台時曾交給我一篇論文稿本，題目是〈戲曲劇種學導論〉，副題是〈中國劇種的含義及其數量〉，首先就談到「劇種一詞的約定俗成」，大意說：一九五〇年他在華東文化部戲曲改進處研究室工作，編輯出版《戲曲報》半月刊，開闢一個叫做「劇種介紹」的專欄，用以刊登各地寄來介紹各種地方戲曲的稿件。後來他從中選擇五十篇文章，介紹了二十五個劇種和五個曲種，書名叫做《華東地方戲曲介紹》，一九五二年於上海新文藝出版社出版。那年他調職華東戲曲研究院，組織發動華東各地戲曲研究人員投入地方戲曲調查工作。總共收到三十一篇文章，每篇介紹一個劇種，他將之編爲五集，於一九五五年前後陸續出齊，仍由新文藝出版，書名就直截了當地稱爲《華東戲曲劇種介紹》。一九五四年九月二十五日，華東區舉行戲曲觀摩演出大會，歷時四十二天。其間各報普遍發表參演戲曲劇種的介紹文章，大會紀念刊用了七八萬字的篇幅，闢了「劇種介紹」專欄。

蔣先生說：「劇種一詞，是否始於《戲曲報》，也有可能，但難以肯定。這一名詞由於《戲曲報》一直使用，影響日益廣泛，則是毫無疑問的。」而我們知道，更由於《華東戲曲劇種介紹》一書五集的風行宇內，以及華東戲曲劇種大會演媒體的推波助瀾，「戲曲劇種」一詞便爲人們所耳熟能詳了。

## (二)蔣氏「戲曲劇種」的命義

然而始創「劇種」一詞的蔣先生，對它又是作何解釋呢？他說一九六〇年十二月他參與修訂《辭海》的工作，一九八一年《辭海》戲劇組負責戲曲部分的三個同仁編寫出版了《中國戲曲曲藝辭典》，上海辭書出版社出版，裡面「劇種」一條，基本上用《辭海》釋文，改動不大。全文如下：

戲劇名詞。指戲劇藝術的種類。根據不同藝術形式而分話劇、戲曲、歌劇、舞劇等，或根

> 據不同表現手段而分木偶戲、皮影戲等。戲曲又根據起源地點、流行地區、藝術特色和民族特點之不同，再分爲許多，如越劇、黃梅戲、川劇、秦腔、藏劇、壯劇等。三種不同涵義中，目前用得最廣泛的是第三種，一般稱爲「戲曲劇種」。根據一九六一年統計，我國共有劇種四百六十多個（其中木偶、皮影等劇種近一百個）。

可見蔣先生對「劇種」的觀念是直接由「戲劇」入手的，這一點筆者和他相同。由此他又從藝術形式和表現手段分類，這一點筆者和他頗有出入。因爲筆者歸併爲從藝術形式分（詳下文），而蔣先生以「表現手段」單作偶戲的分類法，並未能概括「戲劇」的全部。至於「戲曲劇種」的分類和命名所存在的種種糾葛和困難，蔣先生在這篇〈戲曲劇種學導論〉中雖一再舉例說明，但他說「按聲腔定劇種名稱，我認爲基本上是可取的。」那麼他所謂的「戲曲劇種」，事實上也只是單指「聲腔劇種」而已。

而余從更有《戲曲聲腔劇種研究》一書，其〈戲曲聲腔〉章有云：

> 一種聲腔，產生之始總是以一種地方戲曲的面貌出現的。在戲曲發展的過程中，一種地方戲曲的流布傳播，也即這一聲腔的流布傳播，或者說也是這一聲腔所演唱的劇目的流傳。

又其〈戲曲劇種〉章有云：

> 各種各樣的地方戲，都帶有地方語言、音樂和習尚的特點。這種特點，成爲識別劇種、區分劇種的標識。

從這兩段話，可見出余氏之意，認爲「聲腔」是由地方語言、音樂和習尚產生的，而它也是識別和區分劇種的標識。我們姑不論其所謂「一種聲腔，產生之始總是以一種地方戲的面貌出現」的說法是否合乎事實（詳下文），但其以「聲腔」爲「戲曲劇種」的分辨基準，也不出《戲曲曲藝詞典》所取得的「共識」。

## ㈢筆者對「戲曲劇種」的看法

筆者認爲，中國「戲曲劇種」，應從三方面加以考察：

其一就藝術形式的性質來分野，而有小戲系統、大戲系統和偶戲系統之別。前二者爲眞人所扮演，後者操作偶人來表演。

所謂「小戲」，就是演員少至一個或三兩個，情節極爲簡單，藝術形式尚未脫離鄉土歌舞的戲曲之總稱；其具體特色是：就演員而言，一人單演的叫「獨腳戲」，小旦小丑二腳合演的叫「二小戲」，加上小生或另一旦腳的叫「三小戲」，劇種初起時女腳大抵皆由「男扮」；就妝扮歌舞而言，皆「土服土裝而踏謠」，意思是穿著當地人的常服，用土風舞的步法唱當地的歌謠。因爲是「除地爲場」來演出，所以叫做「落地掃」或「落地索」；而其「本事」不過是極簡單的鄉土瑣事，用以傳達鄉土情懷，往往出以滑稽笑鬧，保持唐戲「踏謠娘」和宋金雜劇「雜扮」的傳統。

所謂「大戲」，即對「小戲」而言，也就是演員足以充任各門腳色扮飾各種人物，情節複雜曲折足以反映社會人生，藝術形式已屬綜合完整的戲曲之總稱。一九八二年，筆者有〈中國古典戲劇的形成〉一文[11]，曾嘗試給發展完成的「大戲」（即文中的「中國古典戲劇」）下一定義：

中國古典戲劇是在搬演故事，以詩歌為本質，密切融合音樂和舞蹈，加上雜技，而以講唱文學的敘述方式，通過俳優妝扮，運用代言體，在狹隘的劇場上所表現出來的綜合文學和藝術。

可見「綜合文學和藝術」的「大戲」是由故事、詩歌、音樂、舞蹈、雜技、講唱文學敘述方式、俳優妝扮、代言體、狹隘劇場等九個因素構成的。

如果將「小戲」看作「戲曲」的雛形，那麼「大戲」就是戲曲藝術完成的形式。

至於「偶戲」，如就「戲劇劇種」而言，因其藝術表現形式出諸偶人，故應與「戲曲」並列；但由於中國偶戲莫不以樂曲搬演，故亦可併入「戲曲劇種」之中。

其二就體製規律的不同而有「體製劇種」。體製劇種中，若單就唱詞形式的類型而分，則有「詞曲系」與「詩讚系」之別，前者為長短句，後者為整齊的七言與十言句，七言稱詩十言為讚。

---

⑪拙作〈中國古典戲劇的形成〉原載《中國國學》第十期，收入拙著《詩歌與戲曲》一書。

又因爲中國戲曲音樂以宮調、曲牌、腔調、板眼爲基礎，曲牌必有所屬之宮調及用以歌唱曲牌之腔調、板眼，所以如四者兼具則稱「曲牌系」，如單用腔調、板眼則稱「腔板系」；大抵說來，詞曲系戲曲就音樂而言皆屬曲牌系，詩讚系皆屬腔板系；其彼此間是相爲連鎖的。

從歷代劇種來觀察，那麼宋元南戲，金元北劇，明清傳奇、南雜劇、短劇，皆屬曲牌系或詞曲系；清代亂彈、京劇及其他地方戲曲，大部分皆屬腔板系或詩讚系。

詞曲系或曲牌系中所以又有南戲、北劇、傳奇、南雜劇、短劇之分，乃因其體製規律又有不同。

北曲雜劇的體製規律是建立在四段、題目正名、四套不同宮調各一韻到底的北曲、一人獨唱全劇、賓白、科範、腳色等七項必要因素和楔子、插曲、散場等三項可有可無的次要因素之上[12]。

南曲戲文，錢南揚《戲文概論》〈形式第五〉由題目、段落、開場與場次三方面論其「結構」，由宮調、曲牌、套數三方面論其「格律」，如果再加上賓白、科範、腳色、唱法等因素，庶幾可以構成南曲戲文完整的體製規律。

張師清徽《明清傳奇導論》〈緒論〉，就《永樂大典》戲文三種論南戲之體製規律，從題目正

---

⑫筆者有〈元雜劇體製規律的淵源與形成〉一文，詳論其事。原載《台大中文學報》第三期，收入拙著《參軍戲與元雜劇》一書。

名、家門、唱作合一⑬、唱白、出場情形、下場詩、長短自由、腳色、換韻、南北合套等十項述其與北劇之異同。

其他「傳奇」、「南雜劇」、「短劇」都由南戲、北劇之交化而蛻變衍生，詳下文。至於詩讚系的戲曲雖然沒有詞曲系那樣謹嚴的體製規律，但同樣有其上下場之規矩及其詩讚唱詞與散說口白交替運作的形製；所以就體製劇種而言，被稱作「亂彈」的，自然有別於「傳奇」。但因其以「腔調」爲主體故一般止視作「腔調劇種」。

其三以用來演唱之腔調爲基準而命名的劇種，謂之「腔調劇種」或「聲腔劇種」。「腔調」與「聲腔」的來源是：因爲中國幅員廣大，產生許多方言，各地方言都有各自的語言旋律，將此各自特殊的語言旋律予以音樂化，於是就產生各自不同的腔調韻味。也因此元明早期腔調莫不以地域名，如中州調、冀州調、黃州調、海鹽腔、餘姚腔、弋陽腔、崑山腔等。「腔調」和「聲腔」其實是一事異名，所以要作分別的緣故是因爲「腔調」流傳到某地以後，往往受當地語言的影響而產生某種程度的變化，如果以此作爲劇種的演唱腔調，那麼便產生

⑬清徽師謂「元雜劇是唱者自唱，作者自作，故一人通折全唱而不疲憊，生角在左，且角在右。南戲則唱作合爲一身，所以演戲的動作，已由舞蹈的形式，進而到兼顧表情的身段，『白與曲兼，身與口應。』角色在台上可以活動，這也是一大進步。」所云元雜劇的主演方式，是清徽師早年受吳梅、王季烈之誤導。元雜劇「唱作合一」已是不爭的事實，因之此點應刪。

另一新的腔調劇種。譬如陝西梆子流傳到山西便形成山西梆子；流傳到河南，便形成河南梆子；流傳到河北，便形成河北梆子；流傳到山東，便形成山東梆子；於是就把這些新劇種歸入梆子腔的聲腔系統。也就是說「腔調」是戲曲歌唱時所以顯現方言旋律特殊韻味的基礎，而「聲腔」則是對於那些流播廣遠具有豐富生命力的腔調而言。所以「梆子腔」如在陝西的發祥地而言，就是「腔調」；但一流布自成一體系以後，就是「聲腔」⑭。

---

⑭此段有關「腔調」與「聲腔」的說法，已見拙作〈中國地方戲曲形成與發展的徑路〉一文，原載一九八六年《中央研究院第二屆國際漢學會議論文集》，收入拙著《詩歌與戲曲》一書。明王驥德《曲律》卷二〈論腔調〉第十云：「樂之筐格在曲，而色澤在唱。古四方之音不同，而爲聲亦異，於是有秦聲，有趙曲，有燕歌，有吳歈，有越唱，有楚調，有蜀音，有蔡謳，在南曲，則但當以吳音爲正。」則「腔調」顯然以方音爲基礎。又一九九一年四月出版之《中華戲曲》第十輯劉厚生〈劇種論略〉云：「現在一般把海、崑、弋、餘叫做是中國最早的四大聲腔，我則認爲在它們初初形成時只能稱爲地方劇種（當然那時的劇種同現在的劇種相比，會有很大的不同。但無論如何，作爲劇種的主要特徵；即自己特有的腔調，唱腔或者唱法當已形成，因此就可以稱之爲劇種）。這裡的『腔』只是腔調，即是用海鹽、崑山等地的腔調唱腔演唱戲文的劇種。等到後來這幾個劇種（杭州腔未見再提）流傳各地，或繁殖出本劇種的支派變種，或並爲別的劇種的腔調之一，就是說，在一系列劇種中都出現了這種腔調及其變體時，方才可以稱之爲『聲腔』，即『聲腔系統』。」劉氏之說「腔調」與「聲腔」與筆者相近。

以上「大小戲曲劇種」、「體製戲曲劇種」和「腔調戲曲劇種」雖有各自不同的基準，但彼此間是可以關聯和互動的。但在論及其間之關聯與互動之前，請先釐清體製劇種中所謂「南戲」與「傳奇」的分野。

## 二　戲曲體製劇種「南戲」與「傳奇」分野之辨證

### (一)戲曲史家的五種說法

「南戲」與「傳奇」的分野，直到目前，仍然是戲曲史家爭論不休的問題，約有五種說法[15]：

1. 戲文、傳奇異名同實。最早對明傳奇提出解釋的，是徐渭的《南詞敘錄》：「（裴）鉶作傳奇，多言仙鬼事……，詞多對偶。借以為戲文之號，非唐之舊矣。」日人青木正兒在他的《中國近世戲曲史》〈專門用語略說〉中說：「戲文、南戲並指傳奇。」周貽白在《中國戲曲發展史》第五章〈明代傳奇〉第十四節〈南戲的復興與琵琶記〉中也說：「明代稱南戲為傳奇，固然

---

⑮此據林鶴宜一九九一年六月提出之博士論文《晚明戲曲劇種及聲腔研究》第三章〈晚明戲曲的刊行〉第二節〈晚明戲曲刊行的內容和形式〉中的歸納。此書於九四年由台北學海出版社出版。

只是名詞上的改換……但此項稱謂，只限於書本上的寫法，演唱起來，似仍叫作南戲。」（頁三三三）

2.戲文、傳奇以「明初五大傳奇」爲分野：張淸徽老師在她的《明淸傳奇導論》第二編〈明淸傳奇發展的特質〉中指出：「到了明初，《拜月》、《琵琶》各劇便應運而生，於是走上了前人所謂的傳奇時代。」（頁十一）朱承樸、曾慶全在他們合著的《明淸傳奇概說》第二章〈發展概況〉中也明白地說：「南戲和傳奇的分界點，是以《琵琶記》和《荊釵》、《白兔》、《拜月》、《殺狗》這「四大院本」的寫定傳世爲標誌的。」（頁十一）

3.戲文、傳奇判然二分，關鍵在崑劇的興起。錢南揚在《戲文概論》〈源委第二〉第四章〈三大聲腔的變化〉中曾說：「崑山腔劇本的創作和文獻的紀錄，流傳下來的獨多，蔚爲大國，所以一般習慣，把他從戲文中畫分出來，稱爲明淸傳奇，另成一個部門去研究它。」（頁五十七）

4.傳奇時代的開展，以崑腔和弋陽腔戲的興盛爲標誌。此說見張庚《中國戲曲通史》，但張氏基本上並未說明「戲文」與「傳奇」的分別。他指出，自從明初「五大傳奇」出現以後，傳奇已成爲群衆們所喜愛的戲劇形式，且由於「傳奇」在各地的流傳，促使了「南戲」各聲腔劇種的形成。到了嘉靖年間，「新興的崑山腔和弋陽腔戲，繼承了南戲的傳統，……開創了以南曲爲主的傳奇時代」（頁二十一）。

5.「南戲或戲文，限於世代累積型的民間藝人集體創作，而以明淸作家個人創作作爲傳奇」，說見徐朔方〈南戲的藝術特徵和它的流行地區〉（《南戲論集》頁十二～二十九）。

以上五說皆不無道理。南戲確實也可以稱爲傳奇，就好像北曲雜劇也一樣可以稱作傳奇。這是因爲戲曲本事和唐人小說類似，都具有「傳奇性」，因此元明兩代或用「傳奇」作爲戲曲的共名。但無論如何，就戲曲發展史而言，「南戲」與「傳奇」因傳承而蛻變，畢竟成爲兩種不同的概念，所以第一說只是從表象名目立論，並未從實質考核，最是不足取。第二說以《琵琶記》和「明初四大傳奇」的出現作爲南戲和傳奇的分野，大概也迷亂於「傳奇」的名號⑯，其實它們都還是南戲。第四說顯然沒有給南戲、傳奇作分別，甚至還有混淆一氣的感覺。而「新興的崑山腔和弋陽腔戲，繼承了南戲的傳統……開創了以南曲爲主的傳奇時代」，這種觀點則和第三說一樣，都是以嘉靖年間爲南戲、傳奇的分界時代，只是比第三說在條件上爲「傳奇」多加了一個弋陽腔。至於第五說以民間藝人集體創作者爲「南戲」，以明淸作家個人創作者爲「傳奇」，雖然也說出某些事實，但似乎只得其一偏。此一偏即下文筆者所謂的「文士化」。

---

⑯琵琶記開場「水調歌頭」有云：「論傳奇，樂人易，動人難。」亦自稱爲「傳奇」，但其命義與《錯立身》第五齣「延壽馬王金榜書房私會」「這時行的傳奇」、《小孫屠》第一齣「開場」「後行子弟不知敷演甚傳奇」（齣目據錢南揚校注本）的所謂「傳奇」相當，都是指南戲而言。

## ㈡筆者的「三化說」

鄙意以為，南戲蛻變為傳奇，並非一朝一夕的事，而是經過長期的演進。其演進大抵是：首先南戲在元代已有「北曲化」的現象，永樂大典戲文三種的《小孫屠》可以為證，其後明正德以前之南戲《越氏孤兒記》、《尋親記》、《琵琶記》、《香囊記》、《三元記》等僅用北隻曲，《精忠記》、《繡襦記》已見合套，《千金記》、《投筆記》則始見北套⑰。及至所謂「傳奇」成立，以南曲為主而雜入北隻曲、合腔，或合套、北套獨立成齣便成為「體製規律」。

⑰錢南揚《永樂大典戲文三種校注本·小孫屠》第七齣套式為：北曲一枝花、梁州第七、黃鍾尾，此北套由末色獨唱。第九齣其中一場套式為：北曲新水令、南曲風入松、北曲折桂令、南曲風入松、北曲水仙子、南曲犯衮、北曲雁兒落、南曲風入松、北曲得勝令、南曲風入松，此合套無尾聲，由旦腳獨唱。第十四齣其中一場套式為：北曲端正好、南曲錦纏道、北曲脫布衫、南曲刷子序，此合套無尾聲，由末色獨唱。第十八齣套式為：高陽台、山坡羊、北曲後庭花、水紅花、北曲折桂令，此合腔由梅香獨唱。第十九齣套式為：北新水令、南鎖南枝、北甜水令、南香柳娘、花兒。末唱合套、旦唱「花兒」。《小孫屠》戲文，凌景埏考證為元人蕭德祥所作，見其〈南戲與北劇之交化〉一文，收入凌氏與謝伯陽校注《諸宮調兩種》一書中，台北里仁書局出版。凌氏文中有云：「今得見明早期的傳奇，則為成化、弘治、正德間作品，如邵文明《香囊記》，姚茂良《精忠記》、沈采《千金記》、邱濬《投筆記》、薛近兗《繡襦記》、沈受先《三元記》諸本，均有北曲。內中《香囊》、《三元》僅

其次南戲在元末明初由高明《琵琶記》已可見明顯的「文士化」現象。蓋戲曲一入文人手中，就會沾染文人作文的氣息，其佳妙者尚能如《琵琶》琢句工巧、使事俊美；其庸劣者便如《龍泉》、《五倫》之腐爛，《玉玦》、《玉合》之晦澀。而南戲「文士化」以後既已如此，「傳奇」乃繼承此特色而不稍衰[18]。

偶用單支北詞；《精忠》、《繡襦》中已見合套，然全本各只一齣，還不見整套北曲戲。《千金》及《投筆》中始見北套。因知明早期之傳奇，雖然已由合腔進而爲合套，單支北詞進而爲整套北曲，僅偶一用之。其後傳奇數十齣中亦大都僅雜一二齣北套。玉茗堂《四夢》，北曲較多，然北套最多之《邯鄲記》，三十折中亦只五套。《長生殿》五十折中北套有七折，清代傳奇中亦屬少見的。故傳奇仍以南曲爲主，北曲僅其附庸而已。」按成化以前南戲《趙氏孤兒記》第十三齣有「北端正好」、「北倘秀才」二支，四十三齣有「北川撥棹」一支。《尋親記》第三十一齣有〈北叨叨令〉一支，十五齣有「北混江龍」。成化以後之《精忠記》第二十五齣〈告奠〉、《繡襦》第二十五齣〈責善則離〉，皆用「北新水令、南步步嬌」全套。《繡襦記》第十一齣〈面諷背逋〉疊用「北寄生草」和「南解三酲」。《投筆記》環翠樓鈔本第二十六齣用「北雙調新水令」套。《千金記》第二十二齣〈北追〉亦用新水令套。凡此皆可見「南曲戲文」「北曲化」之現象。

⑱何良俊《曲論》：「《拜月亭》是元人施君美所撰……余謂其高出於《琵琶記》遠甚，蓋其才藻雖不及高，然終是當行。」王世貞《曲藻》：「則誠所以冠絕諸劇者，不唯其琢句之工，使事之美而已

其三南戲至明嘉隆間梁辰魚《浣紗記》用水磨調演唱而開始「崑腔化」。同時作家也運用這種「時調」到他們的劇作中來，如汪廷訥《獅吼記》、張鳳翼《紅拂記》、高濂《玉簪記》等⑲，其後不止「傳奇」，連「南戲」也用水磨調來演唱了⑳。

---

……。」又云：「《香囊》近雅而不動人，《五倫全備》是文莊元老大儒之作，不免腐爛。」徐復祚《曲論》謂：「《琵琶》之傳，……傳其詞耳。……（其詞）富艷則春花馥郁，目眩神驚……。」又云：「《香囊》以詩語作曲，處處如煙花風柳。……《龍泉記》、《五倫全備》，純是措大書袋子語，陳腐臭爛，令人嘔穢。……鄭虛舟（若庸），余見其所作《玉玦記》手筆，凡用僻事，往往自爲拈出。……此記極爲今學士所賞，佳句故自不乏，……獨其好填塞故事，未免開填塞之門，開堆垛之境，不復知詞中本色爲何物。……梅禹金，宣城人，作爲《玉合記》，士林爭購之，紙爲之貴。曾寄余，余讀之，不解也。……（傳奇之澀）濫觴於虛舟，決堤於禹金，至近日之筌蹏而滔滔極矣。」凡此皆可見戲曲一入文人手中，其「文士化」之現象，其佳者講求詞華，其劣者則使事用典乃至於晦澀矣。

⑲《崑新兩縣續修合志》卷三十記梁辰魚生平，有云：「尤喜度曲，得魏良輔之傳，轉喉發音，聲出金石。」又焦循《劇說》卷二引《蝸亭雜訂》云：「梁伯龍風流自賞，……艷歌清引，傳播戚里間。……歌兒舞女，不見伯龍，自以爲不祥也。其教人度曲，設大案，西向坐，序列左右，遞傳迭和。所作《浣紗記》至傳海外，然止此不復續筆。」綜此二段資料，加上呂天成《曲品》以《浣紗記》爲「新傳奇」之始。因此推測梁伯龍始用魏良輔改良成功之「崑山水磨調」歌唱《浣紗記》，而胡忌、

也就是說，南戲在「北曲化」、「文士化」、「崑曲化」等三化㉑之後，乃集南北曲之所長、提升文學地位、增進歌唱藝術，而成爲精緻的文學和藝術，使得士大夫趨之若鶩，誠如錢南陽所云，劇本的記錄和流傳下來的獨多，蔚成大國而被稱爲「傳奇」。

關於「南戲」和「傳奇」的界說，孫崇濤在《南戲探討集》第五輯和《戲劇藝術》一九八七年第三期的〈中國南戲研究之檢討〉一文，有這樣的看法：

> 南戲，作爲一個特定的歷史概念，我認爲應該是指「溫州雜劇」及其流布各地繁衍的同類性質的民間戲曲，而非南宋戲劇的總稱，更非南方戲曲的通稱。它的歷史下限，應視作品已否發生了質變而言。這裡有兩種可供選擇的作爲年代下限作品標幟的建議：一是把《琵

---

劉致中《崑劇發展史》第二章〈崑劇的興起〉推證《浣紗記》當成於一五六六年（嘉靖四十五年）。再考《八能奏錦》一書，卷末附記「皇明萬曆新歲愛日堂蔡正河梓行」，則爲萬曆元年（一五七三）刊刻，其卷首有「鼎鐫崑池新調樂府八能奏錦」之總題，顯然爲崑山腔與餘姚腔（池州爲餘姚腔流行之區域）合刊之選本，而其所選崑劇除《浣紗》外，尚有《獅吼記》、《紅拂記》、《玉簪記》等三種。

⑳見淩濛初《南音三籟》所收《拜月亭·奇逢》「古輪台」、「撲燈蛾」，以及《尋親記》「綿搭絮」、《南西廂》「綿搭絮」等之批注。

㉑筆者的「三化說」，在台大的戲曲課上已講授多年，注⑮所引林鶴宜著作頁九十三亦加以轉述。

> 琵記》作爲戲文的終結、傳奇的先聲；這樣，南戲歷史止限於宋元兩季。二是根據傳統說法，梁辰魚《浣紗記》出，始把崑山腔搬上戲曲舞台，是爲明傳奇的開端；這樣，就可以把明初至嘉靖這一時期，視作南戲向傳奇的演進期，歸入廣義的南戲歷史範疇。

孫氏之說頗爲明達，尤其以「質變」作爲論斷的基礎最可注意。但若以《琵琶記》爲南戲的終結、傳奇的先聲，則其「質變」止於「北曲化」與「文士化」，尚未全部完成；且明初劇壇相當沈寂，十六子都是由元入明的北雜劇作家，宣德間，雜劇作者只有寧周二王，英宗正統四年（一四三九）周憲王去世後，直到憲宗成化末（一四八七），五十年間，北劇沒有一個有名氏作家，就是南戲也只有一位作《五倫全備記》的邱濬；若此，倘以《琵琶記》爲傳奇之祖，豈不在明初百年間後繼無人？所以還是持孫氏之所謂「傳統說法」較爲允當。因爲《浣紗記》「二化」之外又加上「崑腔化」，而且從此「蔚爲大國」，所謂「傳奇」才算眞正的完成。

### ㈢徐氏「南戲傳奇說」的商榷

孫氏後來將〈致徐扶明先生〉討論南戲與傳奇的信件，結爲一篇文章，題作〈關於「南戲」與「傳奇」的界說〉，發表在《戲曲研究》第二十九期，其中附有徐扶明先生給他的回信。

徐先生認爲《琵琶》、《荊劉拜殺》，事實都是南戲，《琵琶》也不能算作「傳奇的先聲」。傳統說法，呂天成《曲品》把《浣紗記》搬上舞台作爲明傳奇的開端，錢南揚也是如此主張。他認為這種說法很難教人苟同，因為他們只承認崑山腔，而把海鹽腔、弋陽腔的作品，排斥在傳奇之外，但觀《金瓶梅》，海鹽腔演傳奇，實早於崑山腔。徐氏又說：

我看，傳奇的開端，其時期，可能在成化至正德年間；到嘉靖，傳奇已入盛期。自明初至成化、正德年間，可以視為南戲向傳奇的演進期，但不應「歸入廣義的南戲歷史範疇」。過渡時期，乃是兩不屬，承上啓下。我是把這個過渡時期，作為明傳奇的準備時期，為傳奇的興起準備好了條件。

由徐氏之話語看來，顯然不承認「崑山腔」是作為「傳奇」的要件之一，而是應當包括海鹽腔和弋陽腔的。關於這個問題，我們稍作討論。

徐渭成書於嘉靖己未（三十八年，一五五九）夏六月望的《南詞敘錄》云：

今唱家稱「弋陽腔」，則出於江西，兩京、湖南、閩、廣用之；稱「餘姚腔」者，出於會稽（今紹興），常（常州，今武進）、潤（潤州，今丹徒）、池（池州，今貴池）、太（太平，今當塗）、揚（揚州，今江都）、徐（徐州，今銅山）用之；稱「海鹽腔」者，嘉（今嘉興）、湖（湖州、今吳興）、溫（溫州，今永嘉）、台（台州、今臨海）用之。惟崑山腔止行於吳中，流麗悠遠，出乎三腔之上，聽之最足蕩人；妓女尤妙此。如宋之嘌唱，即舊聲而加以泛、艷者也。

可見嘉靖間「唱家」有「弋陽」、「餘姚」、「海鹽」、「崑山」四腔，而「流麗悠遠，出乎三腔之上，聽之最足蕩人，妓女尤妙此」的「崑山腔」，應當就是經魏良輔等人改良後的「水磨調」。楊愼《丹鉛總錄》卷十四〈北曲〉條云：

近日多尚海鹽南曲，士大夫稟心房之精，從婉孌之習者，風靡如一。甚者北土亦移而耽之，更數十（年）北曲亦失傳矣。

此條又見楊氏《詞品》卷一，明刊本《丹鉛總錄》有〈嘉靖三十三年（一五五四）梁佐序〉，也可見在「水磨調」之前，士大夫最崇尚「海鹽腔」。但是「海鹽腔」一直被當作「南戲」的腔調，而且在「水磨調」盛行後就一蹶不振。請看下面兩條資料。《金瓶梅》第六十三回李瓶兒首七晚演的戲：

叫了一起海鹽子弟，搬演戲文。……下邊戲子打動鑼鼓，搬演的是《韋臯玉簫女兩世姻緣玉環記》。

又顧起元《客座贅語》卷九〈戲劇〉條云：

南都萬曆以前，公侯與縉紳及富家，凡有宴會小集，多用散樂，或三四人，或多人唱大套北曲。……若大席，則用教坊打院本，乃北曲大四套者。……後乃變而用南唱：歌者祇用一小板，或以扇子代之；間有用鼓者。今則吳人益以洞簫及月琴，聲調屢變，益發悽惋，聽者殆欲墮淚矣。大會則用南戲，其始止二腔，一爲弋陽，一爲海鹽。弋陽則錯用鄉語，四方士客喜聞之；海鹽多官話，兩京人用之。後則又有四平，乃稍變弋陽，而令人可通者。今又有崑山，較海鹽又爲清柔而婉折，一字之長，延至數息。士大夫稟心房之精，靡然從好，見海鹽等腔，已白日欲睡，至院本北曲，不啻吹篪擊缶，甚且厭而唾之矣。

由這兩記載可見：《金瓶梅》所處時代的嘉靖年間，乃至顧起元所謂的萬曆以後，弋陽腔和海鹽腔都被當作是南戲所屬的腔調，徐扶明先生卻要把弋陽和海鹽二腔包括在「傳奇」之中，但顧起元的一段話很重要，他以「宴會小集大會」公侯縉紳富家「以樂侑酒」的好尚，說明了南北曲和南戲北劇乃至南戲諸腔的消長，很顯然的海鹽、弋陽在南戲中是盛於「其始」的萬曆之前，而「今」之崑山腔崛起的萬曆之後，海鹽已令人「白日欲睡」了，而弋陽也蛻變爲四平腔了。所以海鹽和弋陽二腔，其實是無法與於萬曆以後的「傳奇」的。雖然顧氏仍稱崑腔戲曲爲「南戲」，但事實上此時之「南戲」已爲「三化」後之「傳奇」。也因此，徐扶明先生對於南戲、傳奇推移轉變時間的畫分，便連帶的有了問題。試想如以所謂的「嘉靖，傳奇已入盛期」的說法，將如何解釋嘉隆間魏良輔等人始改良崑山腔成功爲水磨調，而海鹽腔隨之大爲衰落的現象呢？因爲我們知道，所謂「傳奇」作品，就明代而言，是在萬曆之後才眞正「蔚爲大國」的；所以萬曆以後逐漸銷聲匿跡的海鹽腔和從而變調轉聲的弋陽腔，其實難以與於「傳奇」之林。

## 三　再從「傳奇」命義說到「南雜劇」與「短劇」

### (一)「傳奇」命義之衍變與混用

「傳奇」一詞之命義，上文已說過可以用指「南曲戲文」，這裡重新正本清源，考釋其衍變。

「傳奇」原指古文小說，唐人裴鉶有《傳奇》六卷。宋人吳自牧《夢粱錄》卷二十〈妓樂〉條云：「說唱諸宮調，昨汴京有孔三傳編成傳奇靈怪，入曲說唱。」周密《武林舊事》卷六〈諸色伎藝人〉條有「諸宮調（傳奇）」高郎婦等四人，則用指說唱諸宮調。元人鍾嗣成《錄鬼簿》所著錄均爲北曲雜劇，而皆稱之爲傳奇，如云：「前輩已死名公才人，有所編傳奇行於世者。」

綜此可見「傳奇」一詞實出自裴鉶，因其小說內容曲折，奇人奇事，引人入勝，故以爲名，而後世之諸宮調、北曲雜劇、南曲戲文，就內容情味而言，實與之相似，故亦沿用爲名。

但是，在明人曲學論述裡，嘉靖以前但稱南戲或戲文，不以之稱傳奇。徐渭《南詞叙錄》之外，又如何良俊《曲論》云：

金元人呼北戲爲雜劇，南戲爲戲文。近代人雜劇以王實甫之《西廂記》，戲文以高則誠之

《琵琶記》爲絕唱，大不然。

又云：

南戲自《拜月亭》之外，如《呂蒙正》……《王祥》……《殺狗》……《江流兒》……《南西廂》……《翫江樓》……《子母冤家》……《詐妮子》……皆上絃索。此九種，即所謂戲文，金元人之筆也。

萬曆間王驥德《曲律》，則既稱「南戲」，亦稱「傳奇」。其卷三「論劇戲」云：

劇之與戲，南北故自異體。北劇僅一人唱，南戲則各唱。

王氏明顯以北劇簡稱「劇」，以南戲簡稱「戲」。其卷四〈雜論第三十九下〉亦有「北劇之於南戲，故自不同」之語。而王驥德似乎也將當時與北劇對舉的戲曲作品稱作「南戲」，其〈雜論第三十九下〉更云：

元初諸賢作北劇，佳手疊見。獨其時未有爲今之南戲者，遂不及見其風概，此吾生平一恨。

其所云「今之南戲」，其實就是我們今日戲曲史上所說的「傳奇」。而王氏於此又云：

嘗戲以傳奇配部色，則《西廂》如正旦，……《琵琶》如正生，……《拜月》如小丑，……《還魂》二夢如新出小旦……《荊釵》、《破窯》等如淨，……吳江諸傳如老教師登場……《浣紗》、《紅拂》等如老旦、貼生……其餘卑下諸戲，如雜腳備員……。

據此則其所謂之「傳奇」，實包括戲曲史上之北劇、南戲與傳奇，有如上文所云，乃指戲曲之共稱。可是王氏於此〈雜論〉又有評論時人詞隱、鬱藍生、王澹翁諸家的戲曲作品，而稱之爲「詞隱傳奇」、「鬱藍生呂姓諱天成……所著傳奇」、「吾友王澹翁好爲傳奇」，則其所謂之「傳奇」又似具有今日戲曲史之義。

由此可見，王驥德對於「南戲」和「傳奇」二詞，尚未有明白清晰的分野，而若由其對時人之戲曲作品一致稱之爲「傳奇」來觀察，「傳奇」一詞的涵義有逐漸趨向今日戲曲史命義的情勢。

於是沈德符《顧曲雜言》有「張伯起傳奇」、「梁伯龍傳奇」二條，徐復祚《曲論》有「張伯起先生，余內子世父也，所作傳奇有《紅拂》、《竊符》、《虎符》、《扊扅》、《灌園》、《祝髮》諸種」（見「張伯起」條）與「傳奇之體，要在使田畯紅女聞之而趯然喜，悚然懼」（見「梅禹金」條）之語。於此可知，沈氏、徐氏都將時人的戲曲作品稱作「傳奇」。

於是萬曆庚戌（三十八年，一六一〇）[22]作《曲品·自序》的呂天成，謂「傳奇侈盛，作者爭衡，從無操柄而進退之者。」乃「歸檢舊稿猶在，遂更定之，倣鍾嶸《詩品》、庾肩吾《書品》、謝赫《畫品》例，各著論評，析爲上下二卷，上卷品作舊傳奇者及作新傳奇者，下卷品各

---

㉒《曲品》各本均作「庚戌嘉平日」，吳書蔭校注本的底本楊志鴻鈔本（一九九四年北京中華書局第二次印刷本）作「癸丑清明日」（萬曆四十一年）。

傳奇。其未考姓字者，且以傳奇附；其不入格者，擯不錄。」而考其列入「舊傳奇」者，則始於《琵琶記》，以至於嘉靖前之作品；其列入「新傳奇」者，則皆在嘉靖水磨調成立之後。

由序文可見呂天成將與北曲雜劇對立的戲曲作品統稱之爲「傳奇」，以「傳奇」稱明人戲曲作品可以說是由他開始的㉓，而他的新舊傳奇的區別，實以崑山水磨調作爲分野，因爲從此明人傳奇才發展完成大別於宋元南戲的面貌，也因此，若以「新傳奇」爲明人眞正的「傳奇」，那麼「舊傳奇」就可以說是「新南戲」，實質上正是由宋元南戲過渡到明清傳奇的產物。

在呂氏《曲品》之後作《遠山堂曲品》的祁彪佳，其〈凡例〉首條云：

品中皆南詞，而《西廂》、《西遊》、《凌雲》三北曲何以入品？蓋以全記故也。全記皆入品，無論南北也。

可見祁氏《曲品》所著錄的，除《西廂》三種連本北劇外，都是「南詞」。今考其所謂「南詞」，實亦即呂氏所謂之「傳奇」，其〈凡例〉末條云：

姓字之下繫以傳奇，皆予所已見者。如顧道行之《風教編》，鄭虛舟之《大節》，皆以未

---

㉓《曲品》卷下云：「傳奇……括其門數，大約有六：一曰忠孝，一曰節義，一曰風情，一曰豪俠，一曰功名，一曰仙佛。元劇門類甚多，南戲止此矣。」從上下文看，顯然傳奇、南戲無別。但此蓋因與元劇對舉，趁筆習慣所致，其全書言及「南戲」者僅此而已，不妨呂氏以「傳奇」稱明人長篇戲曲之意。

見，故不敢雷同呂品。且有因傳奇湮沒，遂不得表著其姓字，可慨矣。是以旁搜廣羅，不啻饑渴。

可見其書中所收的「南詞」都是「傳奇」，而考其內涵，全爲明人之作，且包括呂氏之所謂「舊傳奇」與「新傳奇」。

其後高奕《新傳奇品》乃繼呂天成《曲品》而作，著錄明萬曆至清初二十七家二百零九種作品，不與《曲品》重複；而其逕稱《新傳奇》亦顯然師法呂氏所作「傳奇」新舊之分野。至於《曲品》與《新傳奇品》間所附錄之《古人傳奇總目》以及清無名氏之《傳奇彙考標目》等，皆亦可見，自呂氏之後的明清戲曲家，以長篇戲曲爲「傳奇」，已習焉自然了。

即此小結上論，如果要問什麼才叫做「傳奇」？那麼自呂天成以後的明清人，大抵以明代以來的長篇戲曲應之。然而如果就學術而言，實應以呂氏所謂之「新傳奇」，亦即用崑山水磨調來演唱的「傳奇」才算眞正的傳奇，因爲這樣的傳奇在體製格律上才眞正由南戲蛻變完成爲一新劇種，而「舊傳奇」誠如上文所云，不過是南戲過渡到傳奇的產物，體制格律未臻完整，且作品數量極有限，本身未成氣候。因之，所謂「傳奇」，如就廣義而言，可包括呂氏之「舊傳奇」與「新傳奇」及其後晚明和清代的傳奇作品；如就狹義而言，則止限於呂氏之「新傳奇」及其後晚明和清代的傳奇作品。

那麼承接上文所言，何以戲曲體製劇種之所謂「傳奇」或戲曲史上和學術上之所謂「傳奇」應取其狹義呢？理由如下：

## (二)戲曲體製劇種之所謂「傳奇」

嘉靖以後的明傳奇，在體製規律上雖然大抵繼承宋元及明嘉靖以前的南戲，但其南北曲的「混用」較之則更爲充分，從此南北合腔、合套，乃至完整之北套不再是偶一爲之，可有可無，而是必備的「體制規律」。此外，如孫崇濤先生在〈關於南戲與傳奇的界說〉一文所云：

腳色扮演方面，明初南戲基本上維持宋元南戲「生旦淨丑外末貼」的七種腳色體制，行當不足，採用「改扮」、「倒扮」補充。明傳奇開始衝破這個體製，最初從「生旦爲主」中，分化出「小生」與「小旦」之類。南戲採用「一腳承包制」。所謂「一腳承包制」，即同屬一種腳色的劇中許多人物，由一個演員承包到底，故而它的同場戲中，決不可能出現如兩淨、兩丑等腳對戲的。傳奇開始改變這種情況，尤其是後期的傳奇。戲文一般不分出，傳奇不但分出，而且劇本標出目；戲文文辭近「俗」，傳奇趨「雅」。南戲聲律相對寬，傳奇聲律相對嚴；南戲曲牌聯套短而鬆，傳奇曲牌聯套長而嚴（不包括文人創作改編的《琵琶記》戲文在內）；南戲演出，場次可變性大，傳奇演出，場次相對固定；南戲開場一般繁縟，傳奇開場似較簡潔；南戲分場，純以腳色登場斷續形式爲界，傳奇分出，間爾考慮劇情關目段落；南戲更重生、旦主唱；傳奇稍趨攤派；南戲賓白重「韻」，傳奇賓白好「對」；南戲「落詩」往往可有可無；傳奇「落詩」一般不可缺少；……等等。

據此可見，即使「明初南戲」與嘉靖後的「明傳奇」，在體製格律乃至搬演形式上，都有如此許多的不同，所以其間應作「分野」是較爲合理的。孫氏後來對於「南戲賓白重韻，傳奇賓白重對」，作了這樣的說明：「南戲賓白喜用帶韻的詩體或散體文，傳奇賓白好用對仗的駢體與賦體文。」這裡要稍作修正和補充的是：「戲文近俗」，那是指一般性而言的，尤其是宋元戲文；如果是明初百年間的戲文，如前文所云，有好些已充分的「文士化」，已經夠「雅」了，而傳奇的「雅」，正是繼此而來。其次在曲牌聯套方面，戲文喜歡同調重頭，傳奇才多採異調聯綴，且傳奇因爲崑腔水磨調化的緣故更趨謹嚴，乃至一字一韻均不可含糊，字講頭腹尾，韻考開合洪細，也就是說整個體製規律務求達到精緻化和藝術化的境地。

經過這樣長篇的大論，對於「南戲」和「傳奇」的名義及其分野，似乎可以作這樣的結論：「南戲」和「傳奇」都屬體製劇種。「南戲」即「南曲戲文」，是與「北曲雜劇」相對稱的體製劇種，簡稱「南戲」以與「北劇」並舉；簡稱「戲文」以與「雜劇」同列。它起於宋入於元至於明，明初已有明顯的「北曲化」和「文士化」，爲過渡到「傳奇」作準備。而「傳奇」原是「事奇可傳」或「傳播奇事」之義，因此可以之稱唐人小說、宋金諸宮調、宋元戲文和金元雜劇。明人在呂天成《曲品》之後才用作明人長篇戲曲的指稱，但因其以崑山水磨調作新舊傳奇的分野，

「新傳奇」則與戲文在體制格律上有諸多差異，而且作家輩出，作品如林，因此就戲曲發展史的觀點，戲曲體制劇種的所謂「傳奇」，至此方才眞正成立。也就是說，南戲是經過北曲化、文士化和崑腔化才蛻變爲傳奇的。也因爲「崑腔化」是「傳奇」的必備條件之一，所以若就「腔調劇種」而言，「傳奇」自然係屬「崑劇」之一。

## ㈢戲曲體製劇種之所謂「南雜劇」與「短劇」

如果「傳奇」是以「南戲」爲母體經「北劇」的「北曲化」，又通過「文士化」和「崑腔化」之後的產物；那麼「南雜劇」和「短劇」便是以「北劇」爲母體，經「南戲」或「傳奇」的「南曲化」，又通過「文士化」和「崑腔化」的產物。「傳奇」、「南雜劇」、「短劇」，其實都是南戲、北劇的混血兒。

有關「南雜劇」和「短劇」，筆者在拙著《明雜劇概論》一書[24]中有詳細的探討。結論是：「南雜劇」這一名詞是始於明人胡文煥《群音類選》卷二十六《高唐記》標目注語：「以下皆係南之雜劇。」其界說有廣狹二義。狹義的「南雜劇」，是指每本四折，全用南曲，王驥德所謂「自我作祖」的劇體，其體制格律正與元人北劇南北曲相反。廣義的「南雜劇」，則指凡用南

[24]《明雜劇概論》一書一九七八年嘉新文化基金會列入研究論文第三〇二種，其後台北學海出版社又予出版。

曲填詞，或以南曲為主而偶雜北曲或合套，折數在《遠山堂劇品》所限的十一折之內任取長短的劇體。因為這樣的劇體和狹義的「傳奇」只是長短的不同而已。應當也是南北戲曲交化的結果，因其偏向南曲範圍，故稱「南」；又因其篇幅較短近北劇，故稱「雜劇」；乃合稱為「南雜劇」。

「短劇」這一名詞，大概始於盧前的《明清戲曲史》，他說：

曲有場上之曲，有案頭之曲。短劇雖未必盡能登諸場上，然置諸案頭，亦足供文士吟詠。無論何種文體之興，其作也簡，其畢也鉅。雜劇之起為四折，終而至於有數十齣之傳奇；物極必反，繁者亦必日益就簡；短劇之作，良有以也。

從他這段話，我們姑不論其是否合乎南北戲劇推移交化的史實，即就「短劇」的命義而言也不很清楚。大抵說來，「短劇」也有廣狹二義：廣義的短劇是與長篇的傳奇相對而言的，亦即前面所說的廣義的「南雜劇」，因為它較諸傳奇只是長短的不同而已。狹義的短劇，則專指折數在三折以下的雜劇，可用南曲、北曲或合腔、合套，因為它比起一般觀念中四折的雜劇是更為短小的了。

筆者以為，對於「南雜劇」當取其廣義，對於「短劇」則取其狹義。無論南雜劇或短劇，其形製均較傳奇為短小，同時偶而運用或兼用北曲，這兩點無疑是元人北雜劇的遺跡，而其運用南曲，或雖北曲而採用分唱、合唱以及家門形式，則顯然是南戲傳奇的現象；因此，明代穆宗隆慶以至明亡（一五六七～一六四四）約八十年間後期的南雜劇與短劇，其實是南北戲曲的混血兒。它改進了元劇限定四折四套北曲和末或旦獨唱的刻板形式，而代以南戲傳奇排場聯套的諸多變化，以調劑冷熱，並給予各腳色均可任唱的自由。對於長短，它既不受四折的限制，也不採取傳奇式的冗長，它僅依照劇情的需要而在最多十一折之限內任意長短。所以南雜劇與短劇可以說是改良後進步的戲曲形式。明初周憲王對於戲曲藝術的改進，也在這裡得到支持和發展，這樣的戲曲形式也和傳奇一樣，是有明一代的特有產物。也因此，我們若說到明雜劇，實在應當以南雜劇與短劇爲代表才是。短劇發軔於明代中期，至後期而朝氣蓬勃，降及滿清更登峰造極，只是逐漸古典化，終至脫離氍毹，登上案頭，而變成辭賦的別體了。

## 四　體製劇種與腔調

由以上的討論可見，中國宋金以來歷代戲曲的大戲體製劇種有南曲戲文、北曲雜劇、傳奇、南雜劇、短劇等五種，而宋金以前皆屬小戲劇種，於史有徵者如東海黃公、遼東妖婦、參軍戲、踏謠娘、宋雜劇、金院本等，東海黃公以迄踏謠娘，皆屬角觝系統[5]；宋雜劇金院本名異實同，由艷段、正雜劇二段、散段共四段四個獨立小戲構成，實爲「小戲群」[6]。

宋金以前的小戲，由於文獻不足，難以了解其全貌，但不出前文所說的「小戲特質」，似亦有規矩可循，所以也可以置之於「體製劇種」之中。

而宋金以後的大戲體製劇種，則皆與「腔調」發生關係。

## ㈠「南曲北調」與「北曲南調」

元代北曲雜劇的腔調，根據曹含齋在明嘉靖丁未夏五月（二十六年，一五四七）所敘記的魏良輔《南詞引正》說（見路工《訪書見聞錄》）：

> 北曲與南曲大相懸絕，無南腔南字者佳、要頓挫、有數等，五方言語不一，有中州調、冀州調、黃州調，有磨調、絃索調，乃東坡所傳，偏於楚腔。唱北曲，宗中州調者佳。伎人將南曲配絃索，眞爲方底圓蓋也。關漢卿云以小冀州調按拍傳絃最妙。

可見嘉靖間，魏良輔所舉出的南北曲腔調，北曲有中州調、冀州調、黃州調、磨調、絃索調等五種。磨調即崑山水磨調，本爲南曲腔調，可見那時已可用來唱北曲，這叫「北曲南調」；而由「伎人將南曲配絃索，眞爲方底圓蓋也」一語，也可知「絃索調」本爲北曲腔調，也可配入南

---

㉕筆者有〈唐戲「踏謠娘」及其相關問題〉一文，原載《唐代文學研討會論文集》，收入拙著《詩歌與戲曲》一書，一九八八年台北聯經出版公司。另有〈參軍戲及其演化之探討〉一文，原載《台大中文學報》第二期，收入拙著《參軍戲與元雜劇》一書，一九九二年台北聯經公司。二文詳論其事。

㉖詳見拙作〈中國古典戲劇的形成〉一文。

曲，這叫「南曲北調」。徐渭《南詞叙錄》云：

永嘉高經歷明，避亂四明之櫟社，惜伯喈之被謗，乃作《琵琶記》雪之。用清麗之詞，一洗作者之陋。……我高皇帝即位，……時有以《琵琶記》進呈者，高皇笑曰：「五經四書，布帛菽粟也，家家皆有；高明《琵琶記》如山珍海錯，貴富家不可無。」既而曰：「惜哉！以宮錦而製鞵也！」由是日令優人進演。尋患其不可入絃索，命教坊奉鑾史忠計之。色長劉杲者，遂撰腔以獻，南曲北調，可於箏琶被之；然終柔緩散戾，不若北之鏗鏘入耳也。

可見《琵琶記》這本南曲戲文，因爲明太祖個人的好惡，畢竟用北曲的絃索調來演唱，雖然此種「南曲北調」的結果是「柔緩散戾」，但到底仍可以箏琶被之。對此，魏良輔也有進一步的看法，其《曲律》云：

北曲與南曲大相懸絕，有磨調、絃索調之分。北曲字多而調促，促處見筋，故詞情多而聲情少。南曲字少而調緩，緩處見眼，故詞情少而聲情多。北力在絃索，宜和歌，故氣易粗。南力在磨調，宜獨奏，故氣易弱。近有絃索唱作磨調，又有南曲配入絃索，誠爲方底圓蓋，亦以坐中無周郎耳。

就因爲南北曲「性格」不同，所以魏良輔所處的嘉靖間，有「南曲北調」和「北曲南調」的現象，他都要認爲是「方底圓蓋」格格不入。但無論如何，由此已可見，用來演唱北曲雜劇的腔調，同樣可以用來演唱南曲戲文，反之亦然。其「南曲北調」者，何良俊《曲論》云：

南戲自《拜月亭》之外，如《呂蒙正》「紅粧艷質，喜得功名遂」，《王祥》內「夏日炎炎，今日個最關情處，路遠迢遙」，《殺狗》內「千紅百翠」，《江流兒》內「崎嶇去路賒」，《南西廂》內「團團皎皎」、「巴到西廂」，《翫江樓》內「花底黃鸝」，《子母冤家》內「東野翠煙消」，《詐妮子》內「春來麗日長」，皆上絃索。此九種，即所謂戲文，金元人之筆也，詞雖不能盡工，然皆入律，正以其聲之和也。

則嘉靖間，就何良俊所知，尚有《拜月亭》、《呂蒙正》、《王祥》、《殺狗》、《江流兒》、《南西廂》、《翫江樓》、《子母冤家》、《詐妮子》等九部南戲皆可上絃索。而關於「北曲南調」，沈德符《顧曲雜言》〈絃索入曲〉條有云：

（頓仁）論曲，謂：「南曲簫管，謂之唱調，不入絃索，不可入譜。」……又云：「絃索九宮，或用滾絃，或用花和、大和釤鉉，皆有定制；若南九宮，無定則可依。且笛、管稍長短其聲，便可就板；絃索若多一彈、少一彈，即𠆩板矣！」此說眞不易之論。今吳下皆以三絃合南曲，而又以簫管叶之，此唐人所云「錦襖上著蓑衣」，金粟道人〈小像詩〉所云「儒衣僧帽道人鞋」也。……今南腔北曲，瓦缶亂鳴，此名「北南」，非北曲也。

由此可見，在沈德符的萬曆年間，雖然像教坊老樂工頓仁那樣尚極力主張南北曲行腔運調的分野，但事實上「南曲北調」和「北曲南調」的現象已經十分普徧。而這種現象也就是說，像體製劇種中的「南曲戲文」，當「北曲雜劇」勢力較雄厚時，也就有用「北曲雜劇」演唱的腔調「絃索調」來加以演唱的；同理，當「南曲戲文」（此時已蛻變爲「傳奇」）勢力較雄厚時，也就有用所演唱的腔調「磨調」來加以演唱「北曲雜劇」的了。

而不同的體製劇種，既然可以互用腔調來演唱，那麼某一體製劇種，自然更可以用不同的腔調來演唱。這也就是上文所云，北曲雜劇同時可有中州調、冀州調、黃州調和絃索調，而南曲戲文同時可用絃索調和海鹽、弋陽、餘姚和崑山四種腔調。

## (二)「體製劇種」與「腔調劇種」的關係

說到這裡，應當可以辨明「體製劇種」與「腔調劇種」間的關係。譬如以《琵琶記》爲例，就體製劇種而言，它是屬於「南曲戲文」。而如果它用絃索調來演唱，那麼就腔調劇種而言，它便屬於「絃索調劇種」；如果它用海鹽腔來演唱，它便屬於「海鹽腔劇種」；以此類推，《琵琶記》這體製歸於「南曲戲文」的劇種，就「腔調劇種」而言，自然也可以屬於「弋陽腔劇種」、「餘姚腔劇種」，乃至於「崑山腔劇種」、「青陽腔劇種」等等。

另一方面，以「崑山水磨調」爲例，它是一種腔調，不止體製劇種的南曲戲文、傳奇、南雜劇、短劇都可以用它來演唱，就是北曲雜劇也照樣可以用它來演唱，而只要用它來演唱的，無論是屬於那一體製劇種，就腔調劇種的立場而言，都可以統稱之爲「崑劇」。只是有時原屬某腔調的體製劇種，如果易調而歌，在體製規律上就要稍作調適。譬如原海鹽腔的《琵琶記》改用滾調系統的青陽腔來演唱，也就要加入滾調來作爲調適[27]。又譬如原爲宜黃腔而作的《牡丹亭》就體製劇種而言，應屬南曲戲文，就腔調劇種而言，應屬宜黃腔劇種；但當它被人改動以牽就吳江規律並用崑山水磨調來演唱，它便成爲「傳奇」，成爲「崑劇」了。

## ㈢曲牌系與腔板系之糾葛

另外，如上文所云，凡屬「體製劇種」，就曲文而言，皆爲長短句的「詞曲系」；就音樂而言，皆兼具宮調、曲牌、腔調、板眼的「曲牌系」，而唱詞整齊的七字十字的所謂「詩讚系」，其音樂必止用腔調、板眼的「腔板系」，就體製規律而言，固可視爲另一種體製劇種，但因其以腔調爲主，故一般皆視爲「腔調劇種」。

一般說來，唱詞曲系「體製劇種」的腔調不用來唱詩讚系「腔調劇種」，反之，亦然。但是像明萬曆庚申（四十七年，一六一九）鈔本《缽中蓮》[28]劇本，其聯套規律雖大抵依循一般的曲牌聯綴，但其間卻插入不少民間腔調和小曲。其爲小曲者如第四齣〈贈釵〉之「寄生草」、「剪

---

㉗見王古魯《明代徽調戲曲散齣輯佚》。

㉘《缽中蓮》傳奇爲程硯秋玉霜簃所藏，原載於《劇學月刊》二卷四期，後收錄於一九八六年出版由孟繁樹、周傳家編校的《明清戲曲珍本輯選》，中國戲劇出版社出版。

剪花」，腔調者如第三齣〈調情〉「絃索玉芙蓉」、「山東姑娘腔」，第十齣〈圓訴〉「四平腔」，第十一齣〈點悟〉「佛經」、「贊子」，第十四齣〈補缸〉「誥猖腔」、「西秦腔二犯」，第十五齣〈雷殛〉「京腔」。如此再加上其造語之俚俗，以及保留許多民間小戲的形式和特質[㉙]看來，它顯然是出自民間藝人演出的劇本，所以在體製規律和腔調上，曲牌體也吸收運用板腔體。而更值得注意的是，其「西秦腔二犯」一曲作：

雪上加霜見一班，重圓鏡碎料難難。順風追趕無耽擱，不斬樓蘭誓不還。

而乾隆三十五年（一七七〇）《綴白裘》新集六編所收的「梆子腔」〈搬場拐妻〉中，其曲作：「水底魚」、「字字雙」、「西秦腔」、「小曲」、「西秦腔」。則看似曲牌體而以梆子腔演唱又似為曲牌體與板腔體相混合。可是其「西秦腔」二曲皆作長短句，其一云：

（貼）這春光早又是闌珊，闌珊歸去也。梨花剪剪，柳絮飄飄，何方歇？去匆匆，捱過了三春節。春愁，春愁向誰說？嘆離家，背祖業，心兒裡忍飢渴。聽鳥兒巧弄舌，道春歸，何苦的人離別？（丑）告娘行聽我說，人生最苦是離別。大丈夫受得苦中苦，方為人上傑。這路兒上休哽咽。快些收拾，收拾起，這情切。（貼）啼痕處，淚襟血，心兒結。思

---

㉙如第三齣「調情」，由王大娘（貼）與小販（丑）合演；第四齣「贈釵」，由王大娘（貼）和情夫蔡成（副）合演；第十四齣「補缸」，由王大娘（貼）與補缸匠（淨）合演，基本上保留「二小戲」的形式，且用語極為俚俗。

之，細思之，命乖劣。

此曲相當長，很明顯的是「長短句」，而其第二支「西秦腔」也是長短句，長度則超出第一支甚多。而如果再比較《缽中蓮》那支「西秦腔二犯」則懸殊更大。這是什麼緣故呢？雖然廖奔《中國聲腔源流史》認爲那是乾隆中葉以前西秦腔尚未發展成熟的現象，但是整齊的語法演變爲長短句是於史有據的，如古樂府，如衆所熟知的「陽關三疊」，所以我們仍以此可以意味著整齊的板腔體也有向長短句形式發展的現象。台灣歌仔戲中有「雜碎調」，亦是長短句自由體，和〈搬場拐妻〉中的「西秦腔」頗爲相似，未知是否由同一模式演化的結果[30]。但無論如何，由此現象看來，整齊句法的板腔體是有向長短句法的曲牌體發展的可能；這種情況，豈不是像「體製劇種」和「腔調劇種」那樣，終於也有打破彼此藩籬相互融通的現象嗎？

## 餘論

總結以上四個單元的論述，可知今日「戲曲劇種」一詞可能始於蔣星煜先生等人編輯的《戲曲報》，而大陸學者莫不以「腔調」或「聲腔」作爲分別「戲曲劇種」的唯一基準，但就現存劇

---

㉚以上只是個人暫時的推論，有關《缽中蓮》中「西秦腔二犯」所引起的梆子腔戲曲形成時間的爭議，以及《搬場拐妻》中「西秦腔」二曲的腔調性質，尚有待進一步考證。

種來觀察，已頗見問題㉛；因此筆者認爲，戲曲劇種應從三方面加以考察：其一就藝術形式的特質來分野，而有小戲系統、大戲系統和偶戲系統。其二就體制規律之不同而有體製劇種，其中以唱詞分而有詞曲系與詩讚系，以音樂分而有曲牌系與腔板系，而大抵詞曲系與曲牌系、詩讚系與腔板系相互關聯。其三以用來演唱之腔調或聲腔爲基準而命名的腔調或聲腔劇種。

中國戲曲史上的參軍戲、踏謠娘、宋雜劇、金院本，就藝術形式之特質而論，都屬「小戲系統」；而北曲雜劇、南曲戲文、傳奇、南雜劇、短劇，則都屬「大戲系統」。而它們如就體製規律而論，兩者都可視爲「體製劇種」。至於清代興起的亂彈和多數的地方戲曲，就體製規律的立場而言，自亦可視爲另一形式的體製劇種，但因其以腔調或聲腔爲依歸，一般視爲腔調劇種或聲

㉛如以腔調或聲腔爲「戲曲劇種」唯一分野之基礎，則其劇種之命名理應即爲腔調或聲腔之名。但據筆者觀察，可理出的有以下三種方式：其一，以地名或種族名，如京戲、蒲劇、晉劇、蘇劇、錫劇、豫劇、藏劇、壯劇、苗劇等等；其二，以腔調名爲劇種名，如秦腔、柳子戲、崑劇、山二黃、橫岐調、上四調等等；其三，合地名和腔調名爲劇種名，如武安平調，金華崑腔、九江高腔、朔縣秧歌戲、黃梅採茶戲、梅縣山歌戲等等。其他也有像腔調那樣以樂器命名的，如絲絃戲、鐃鼓雜戲；也有因事命名的，如新穎調、關索戲、二人台、滑稽戲、賽戲、香火戲、儺戲、師公戲等。也因此中國地方戲曲劇種的名稱就顯得形形色色難以條理了。而如果再加上劇種本身發展所形成的多腔調劇種，那就更複雜了。詳見拙作〈中國地方戲曲形成與發展的徑路〉一文。

腔劇種。也因此如以腔調或聲腔作爲劇種分明的唯一基準，則難以說明南戲、北劇、傳奇與南雜劇、短劇的現象。

在體製劇種中，「南戲」與「傳奇」的分野，是學者爭議不休而莫衷一是的問題。從「傳奇」一詞的命義加以考察；「傳奇」原是「事奇可傳」或「傳播奇事」之義，因此可以之稱唐人小說、宋金諸宮調、宋元戲文和金元雜劇。而明人在呂天成《曲品》之後，乃用作明人長篇戲曲的指稱，但因其以崑山水磨調作「舊傳奇」與「新傳奇」的分野，而「新傳奇」則與「南戲」在體製規律上有諸多差異，而且作家輩出、作品如林，也因此就戲曲體製劇種和戲曲發展史的觀點而言，所謂「傳奇」至此方才眞正成立。而若就「南戲」蛻變爲「傳奇」的歷程而言，則筆者有「三化說」，那就是元中葉如《小孫屠》開始「北曲化」，元末明初如《琵琶記》開始「文士化」，明嘉隆間如《浣紗記》開始「崑山水磨調化」，「南戲」經此「北曲化」、「文士化」、「崑腔化」而蛻變爲戲曲史上眞正的「傳奇」；也就是說，「南戲」與「傳奇」之間經歷了一個相當長時期的推移。

而如果「傳奇」是以「南戲」爲母體經「北劇」的「北曲化」，又通過「文士化」和「崑腔化」之後的產物；那麼「南雜劇」和「短劇」便是以「北劇」爲母體，本身「文士化」後，又通過「南戲」或「傳奇」的「南曲化」和「傳奇」的「崑腔化」之後的產物。

「南雜劇」和「短劇」各有廣狹二義，「南雜劇」當取廣義，即指凡用南曲塡詞，或以南曲爲主而偶雜北曲或合套，折數在《遠山堂劇品》所限的十一折之內的劇體；「短劇」則當取其「狹義」，專指折數在三折以下的雜劇，可用北曲或南曲或南北合腔、合套的劇體。

宋金以後的體製劇種，皆與腔調發生關係。元代北曲雜劇的腔調有中州調、冀州調、黃州調、絃索調四種，明嘉靖以前南曲戲文有海鹽、餘姚、弋陽、崑山四大聲腔。明初北曲絃索調盛行，於是南曲戲文《琵琶記》、《拜月亭》、《呂蒙正》、《王祥》、《殺狗》、《江流兒》、《南西廂》、《翫江樓》、《詐妮子》等「皆上絃索」，即所謂「南曲北調」，也就是「南曲戲文」也可以用唱北曲雜劇的「絃索調」來演唱；同理，當明萬曆以後崑山水磨調盛行，於是「北曲南腔」便比比皆是，也就是「北曲雜劇」也可以用唱傳奇的「水磨調」來演唱。

若此，則「體製劇種」與「腔調劇種」的關係是：以《琵琶記》爲例，就體製劇種而言，它是「南曲戲文」。而如果用絃索調來演唱它，則就腔調劇種而言，它便是「絃索調劇種」，以此類推，它也可以是「海鹽腔」、「餘姚腔」、「崑山腔」、「弋陽腔」的劇種，只要它是用那種腔調來演唱，便可以被稱作該腔調的劇種。但另一方面，以「崑山水磨調」爲例，它是一種腔調，不止體製劇種中的南曲戲文、傳奇、南雜劇、短劇都可以用它來演唱，就是北曲雜劇也照樣可以用它來演唱，而只要用它來演唱的，就腔調劇種的立場而言，都可以統稱之爲「崑劇」。

至於戲曲劇種的形成與發展，則筆者已有〈中國古典戲劇的形成〉與〈中國地方戲曲的形成與發展的徑路〉二文詳論其事。其大要是：

《東海黃公》的表演，已具演員妝扮代言而合歌舞以演故事的條件，爲戲曲的「雛形」；則中國戲曲的「小戲」劇種，已見於西漢「角觝」之中。而做爲「小戲群」的「金院本」由「院么」過度到「么末」（即爲「北曲雜劇」），乃因其間注入了「諸宮調」那樣的北方說唱文學；同理做爲「小戲群」的「南宋雜劇」益以「村坊小曲」發展爲「南曲戲文」，乃因其間注入了「覆賺」那樣的南方說唱文學。可見「南戲」、「北劇」這樣具前文所說的戲曲九元素的「大戲」劇種之所以成立，乃是在宋金雜劇院本的基礎上注入了南北諸宮調㉜這樣的大動力。

至於近代小戲無不形成於鄉土，有歌舞、曲藝、雜技、宗教活動等四個根源可以追尋，而以鄉土歌舞最爲主要。其以歌舞爲基礎而形成者如黃梅採茶戲、揚州花鼓戲、定縣秧歌戲、雲南花燈戲。其以雜技爲基礎而形成者，如閩南宋江戲、武安落子；其以宗教儀式爲基礎而形成者如儺戲、寧河戲、師道戲、師公戲、端公戲等。

而近代地方大戲的形成，約由以下三種徑路：其一由小戲發展而形成，如維揚文戲、黃梅戲等。其二由大型說唱一變而形成者，如杭劇、黔劇、龍岩雜戲等。其三以偶戲爲基礎而形成者，如唐戲、山西碗碗腔等。而大戲無論是由小戲進一步發展而完成，或逕由說唱、偶戲一變而形

㉜如果把北宋熙寧、元豐間澤州孔三傳所始創的諸宮調（見王灼《碧雞漫志》卷二、吳自牧《夢粱錄》卷二十）當作「北諸宮調」，那麼南宋紹興間張五牛所撰製的「賺」，事實上即是南曲套數，而由此發展而成的「覆賺」，既取義於「重複之賺曲」，則可視爲「南諸宮調」。

成，隨著歲月的推移或地域的流傳，有的自然更有所發展，甚或蛻變為另一新劇種。其情況又有以下四端：其汲取其他腔調而壯大者，如京劇、湘戲；其與其他劇種同台並演而壯大者，如川劇、婺劇、閩劇；其以傳統古劇為基礎而蛻變更新者，如莆仙劇、梨園戲、潮劇。其隨劇種聲腔的流布而產生新劇種者，如梆子腔系劇種、高腔系劇種。

行文至此，有關本論題應當可以即此打住；但誠如前文所言，「戲曲劇種」的觀念大陸學者已有共識，筆者在此又別發議論；而「南戲」與「傳奇」的分野，學者迄今猶莫衷一是，而筆者又於此將多年來發諸課堂的「三化說」演為新論；凡此都不揣譾陋，敢請博雅君子有以教之。

八十五年元月八日夜完稿

## 後記

寫完本文，獲得上海辭書出版社新近出版的《中國戲曲劇種大辭典》，其〈出版說明〉云：中國戲曲藝術在長期發展過程中，蕃衍出眾多品種，稱為戲曲劇種。各劇種除具有以歌舞演故事這一基本特徵外，又因歷史淵源、民族特點、形成和流布地區等的不同，在文學形式、舞台藝術、地域方言、音樂唱腔諸方面，各具自身的特點，使中國戲曲呈現百花齊放的景象，而對戲曲劇種的研究，也成為戲曲藝術研究的重要內容之一。

從這段說明可以看出，其所謂「戲曲劇種」是指中國戲曲藝術的衆多品種。而各劇種的共性是「以歌舞演故事」，產生衆多劇種的背景和緣故是因爲歷史淵源、民族特點、形成和流布地區等的不同，其結果是各劇種在文學形式、舞台藝術、地域方言、音樂唱腔諸方面具自身的特點。這段說明言簡意賅，雖然未明指劇種分野的基礎，但其所云「文學形式」，如以之作分野基礎，則即筆者所謂之「體製劇種」；其所云「舞台藝術」，如以之作分野基礎，則即筆者所謂之「大小戲系統與偶戲系統」；其所云「地域方言、音樂唱腔」，如以之作分野基礎，則即一般所謂之「腔調劇種」。而由此也可見，如以「腔調」爲「戲曲劇種」分野的單一基準，不止不夠周延，並且會產生如本文所論的諸多問題。

民國八十五年三月十九日

（原載民國八十五年七月《語文、情性、義理——中國文學的多層面探討國際學術會議論文集》）

# 兩岸傳統戲曲交流之現況與展望

## 一　前　言

我國傳統戲劇都是運用樂曲來搬演，所以叫「戲曲」，可以大別爲小戲、偶戲、大戲三大類。小戲如果從漢武帝時的「東海黃公」算起，已經有兩千兩百多年；大戲從南戲北劇開始，約有八百年；偶戲也早見出土的漢代文物和文獻資料。根據一九六二年所作的調查統計，全國有四百六十幾個劇種，其中偶戲近百，小戲六十餘，大戲約三百。可見我們是個喜好戲曲的民族，戲曲是我根深柢固的傳統文化。

發展完成的中國戲曲劇種，是綜合的文學綜合的藝術，藝術文化的地位極爲崇高、價值極爲貴重。海峽兩岸隔絕四十年來，台灣地區由於外來文化衝激、社會變遷急遽，戲曲隨同傳統文化一起沒落；大陸地區雖因文革十年，戲曲也隨同傳統文化頗受摧殘，但十餘年來的重建恢復，已頗著成績。

近年海峽兩岸開始交流，傳統戲曲方面，自然也有所接觸。本文想首先就戲曲劇種、劇團及其行政薪傳體系，說明今日兩岸傳統戲曲之概況，並就近年交流之情形，展望未來可行之路途。茲事體大，一文不過就個人耳目所及，發一得之愚而已。

## 二　兩岸傳統戲曲之現況

中國大陸曾於一九五〇、五六、五九、六二、八〇年對全國戲曲劇種進行調查和統計，由於劇種的複雜和不穩定性，加上畫分時意見的分歧，每次所得的數字都有增減。筆者也曾在海基會資助下，成立小組，對大陸傳統戲曲之現況，做過訪查和整理，計得大戲小戲劇種三百七十有八，偶戲近百。就目前大陸行政區而言，其演出較盛或較古老之代表劇種如下：

1. 河北省（含北京、天津市）：京劇、河北梆子、評劇、木偶戲、皮影戲。
2. 山西省：蒲州梆子、中路梆子、上黨梆子、木偶戲、皮影戲。
3. 陝西省：秦腔、漢調二黃、木偶戲、皮影戲。

4.甘肅省：秦腔、隴劇。
5.河南省：豫劇、河南曲劇、木偶戲。
6.山東省：柳子戲、山東梆子、呂劇。
7.內蒙古自治區：二人台、漫瀚劇。
8.遼寧省：二人轉、木偶劇、皮影戲。
9.吉林省：二人轉、吉劇。
10.黑龍江省：二人轉、龍江劇。
11.寧夏回族自治區：寧夏道情。
12.新疆維吾爾族自治區：新疆曲子戲。
13.江蘇省（含上海市）：崑劇、錫劇、淮劇、木偶戲。
14.安徽省：黴劇、黃梅戲、廬劇、沙河調、皮影戲。
15.浙江省：越劇、婺劇、紹劇、木偶戲、皮影戲。
16.江西省：贛劇、贛南採茶戲、木偶戲。
17.湖南省：湘劇、祁劇、長沙花鼓戲、木偶戲、皮影戲。
18.湖北省：漢劇、楚劇、木偶戲、皮影戲。
19.四川省：川劇、木偶戲。

20.福建省：莆仙戲、梨園戲、高甲戲、木偶戲。
21.廣東省：粵劇、潮劇、瓊劇。木偶戲、皮影戲。
22.廣西壯族自治區：桂劇、彩調、木偶戲。
23.雲南省、滇劇、雲南花燈戲。
24.貴州省：黔劇、貴州花燈戲、安順地戲。
25.青海省：青海藏戲、青海平弦戲。
26.西藏自治區：藏劇。

這些劇種之中，像莆仙戲頗有宋雜劇之遺風，梨園戲有宋元南戲面貌，崑劇爲集戲曲文學藝術之菁華，徽劇、漢劇爲京劇之前身，京劇爲今日中國戲劇之代表，越劇曾經風行一時，幾遍全國，都是特別應當給予重視的。

至於重要劇種所屬之傑出劇團，其尤可注意者如下：

1.京劇：中國京劇院、北京京劇院、天津市京劇團、上海京劇院、蘇州市京劇團、雲南省京劇院、瀋陽京劇院。
2.崑劇：江蘇省崑劇院、浙江省崑劇團、上海崑劇團、湖南省崑劇團、北方崑曲劇院。
3.越劇：上海越劇院。
4.粵劇：廣東粵劇院。

5.川劇：四川省川劇院。
6.評劇：中國評劇院。
7.河北梆子：河北梆劇院。
8.徽劇：安徽省徽劇團。
9.梨園戲：福建省梨園戲實驗劇團。
10.木偶戲：泉州市木偶戲團、廣東木偶戲團。
11.皮影戲：河北省唐山市皮影戲團。

這些劇團都擁有極優秀的演員，編有極爲叫座的戲齣，也獲得許多的獎勵。其他地方性代表劇種的代表劇團，也往往是一時一地之選，同樣値得我們留意。

其次有關大陸傳統戲曲的行政管理體系，其國務院文化部有「藝術局」，省（直轄市、自治區）文化廳（局）有「藝術處」和「藝術創作中心」，市文化局有「藝術科」。政府部門之研究機構，中央文化部附屬之「中國藝術研究院」下有「戲曲研究所」，省級文化廳有附屬之「藝術研究所」或「戲曲研究所」，市級文化局有附屬之「戲曲研究室」或「戲曲創作中心」。至於戲曲之表演與經營，則由公營之院團承當，其院團亦分中央級、省級、市級與縣級，院團之下或有若干演出團隊，其組織頗爲嚴密。

其次在教育薪傳體系方面，屬於文化部的有中央戲劇學院、中國戲曲學院、上海戲劇學院等三所高等學校，屬於文化廳的有北京市戲曲學校等二十七所中等學校。市文化局則可就地方特色設校招生，譬如泉州文化局就招收小學畢業生，施以六年教育，培養南音、高甲戲、梨園戲、木偶戲等專業人才。則其教育薪傳體系，可謂遍及全國、深入各階層。

了解大陸傳統戲曲的概況之後，請再看看我們今日台灣之傳統戲曲，就劇種而言：小戲有客家三腳採茶戲與閩南車鼓戲，大戲土生土長者，惟有歌仔戲與客家採茶戲，其他現存者如高甲戲、北管戲爲早期傳入台灣之大陸地方戲曲，如粵劇、福州戲、越劇、評劇、秦腔、河南梆子、江淮戲、漢劇、楚劇、湘劇、川劇等，爲晚近政府遷台以後傳入台灣的大陸地方戲曲。

這些現存台灣的傳統戲曲，其晚近傳入台灣之大陸地方戲曲，既長年離開其鄉土，自然老成凋謝、苟延殘喘；其早期傳入者，如梨園戲、白字戲、正字戲，已早不見蹤影，而四平戲、潮州戲，亦因藝人凋零潰不成班；而傀儡戲和皮影戲，止一二團勉強維持，藝人均老邁不堪；而歌仔戲和布袋戲雖尙有數百團，然足以爲職業而存活者屈指可數；北管戲止台中新美園爲專業劇團，今亦搖搖欲墜；高甲戲、採茶戲、車鼓戲爲數亦無幾。也就是說，目前台灣之傳統鄉土戲曲，衰頹已極。

台灣傳統地方戲曲之衰頹如此，而政府遷台後所極力扶持之「國劇」又如何呢？國劇原有大鵬、陸光、海光、明駝、復興等劇校，明駝已解散多年；其三軍劇校亦已合併於國光劇校國劇組。三軍劇隊「勞軍」之功能漸失，近日又有轉隸教育部之議。每年除輪番於國軍文藝中心演出外，其重頭戲即三軍「競賽戲」。三軍劇隊與復興劇校國劇隊，於保持傳統外，雖亦努力「革新」以迎合觀衆，然績效似未盡彰顯；其吸引觀衆之努力，似尙有待於以改良創新，甚至欲蛻變轉型爲號召之「雅音小集」與「當代傳奇劇場」。他們的努力，已在新生代裡引起相當程度的共鳴。

整體說來，台灣之傳統戲曲比起大陸，不但劇種之維護發揚，難於望人項背，即政府之統御扶持，亦大大不如。這雖是兩岸制度不同使然，但我方政策儘管要文化復興、文化建設，而除「國劇」、「豫戲」外，竟任其自生自滅，則是不爭的事實。也因此，他山之石應當是可以攻錯的。

## 三　兩岸傳統戲曲交流之現況

一九八七年政府開放大陸探親以前，兩岸傳統戲曲自然不能「交流」。在這之前，所有相關書籍，在研究機構裡都是「限閱」，而且還要蓋上「匪僞書刊，禁止閱覽」的圖記，如果自國外影印些相關資料，也準會被「查扣」。因此國民只能非法行事，譬如利用出國機會，夾帶書籍或錄音帶、錄影帶，爲此也有些商人做起盜版暗地流傳的行業來。在這箝制森嚴的時代裡，能夠光明正大的作兩岸實質「交流」的，恐怕只有投奔自由的「反共藝人」了。他們像國劇張至雲、馬玉琪，粵劇紅虹等。

一九八八年解嚴後，已取得外國護照或已赴第三國五年以上的大陸藝人，可以應邀來台公演。但水準良莠不齊，而且只有國劇。如馬崇恩於一九八九年底演出「龍鳳呈祥」，雖是「四大鬚生」馬派創始人馬連良之子，但已二十三年未登台，技藝退步，不及本地演員，所以雖造成轟動，卻沒有交流或觀摩的實質意義。然而童芷苓和李寶春二人就不同了。

李寶春爲名武老生李少春之子，李少春在文革時被批鬥而死，寶春來台時，其父之死，亦成爲受注目之焦點。寶春於一七九〇年三月首演「林沖」、「群英會」、「打金磚」，五月總統就職演「美猴王」，十一月底演「戰太平」、「古城會」、「斷橋」、「周瑜歸天」、「臥龍弔孝」等，均有水準以上的表演，其中如「林沖」、「戰太平」、「打金磚」等皆爲其父之代表作，李寶春的演出，眞是展現了「藝術薪傳」的意義。

童芷苓於一九九〇年五月初由美來台，演出「王熙鳳大鬧寧國府」，五月底演出「金玉奴」、「烏龍院」，均爲「經典」代表作，令人刮目相看，但年底二度來台演出的「武則天」，卻惹來劇本主題意識的爭議。

其他像張文涓、于萬增等人，也是以「海外藝人」身分來台的大陸「京劇」藝人。而華文漪、史潔華兩位旅居美國的大陸崑劇名角，也於一九九二年八九月間來台，於十月初在國家劇院演出「牡丹亭」。

開放探親以後，台灣地區的傳統戲曲藝人，赴大陸演出和拜師的頗有其人。譬如一九八八年，台灣著名女花臉王海波拜大陸名淨方榮翔爲師；一九八九年十一月，王海波與方榮翔母團山東省京劇團有多場的聯合演出；一九九〇年十二月二十日至翌年一月十二日，中共在北京舉行「紀念徽班進京二百週年振興京劇觀摩研討大會」，演出多種傳統戲曲，台灣戲曲演員與愛好者多前往觀賞，王海波更率領「新生代劇坊」與山東京劇院合作演出「秦香蓮」；一九九一年三月，王海波獲得大陸中國戲劇家協會頒給第八屆「梅花獎」。又如名旦腳魏海敏拜梅派傳人梅葆玖爲師，李天祿的兒子李傳燦拜福建泉州偶戲大師黃奕缺爲師。唯一的例外是大陸京劇小生于萬增拜台灣國劇名小生劉玉麟爲師。此外，賈馨園小姐和中華民俗藝術基金會於一九九〇年和一九九二年曾兩度組團作「崑曲之旅」，觀摩上海、杭州、南京、蘇州等地崑劇團之演出；漢唐樂府亦曾於一九八九年組團赴福建觀賞梨園劇、莆仙戲、薌劇、高甲戲、傀儡戲、布袋戲之演出，一九九二年六月又組團赴泉州觀賞「天下第一團」十九劇種之會演。台北小西園布袋戲團更於一九九〇年十月赴泉州參加國際木偶戲節的演出活動。

在劇本方面，國劇劇目非常繁多，約有三千餘本，常見於舞台的也不下千餘本，一九八八年教育部有增新劇目之編輯，一九九〇年更有「國劇劇目本事稿」；但是近年台灣國劇界，卻以演出大陸劇本爲時尚。

解嚴之前，明駝國劇隊曾於三軍競賽戲時推出「岳飛傳」，因爲是襲自大陸劇本「滿江紅」，除未能獲首獎外，電視轉播時也因此「自動除名」。解嚴後，三軍劇隊及復興劇團，開始大量推出一九四九年以後大陸新編劇本，演員或有根據大陸錄音帶學唱者，導演或有根據大陸錄影帶排演者；此一現象反映台灣國劇編劇人才缺乏與新編劇目太少，以及表演師資不足的事實。而各劇隊爭演大陸戲時，不免產生以下幾個問題：

其一，根據大陸流入之錄音帶、錄影帶學戲，但演員多半只爲爭取票房、爭取時效，甚至只排練十幾天即匆匆登場，演出成績自然不理想，而他們演出的錄影又回流香港或大陸，終至落人笑柄。

其二，在一九九〇年六月教育部決定廢止劇本審查制度之前，大陸劇本必須送審。而評審委員標準不一，又對「大陸劇原本照搬」十分反感。所以各劇隊送審時，通常都會先請台灣的編劇修改或刪去其中小部分的說白和唱段，即此就擅自更改劇名，甚至更冠上新的編劇名字，使得大陸編劇之智慧財產，在台灣全無保障，而台灣有些編劇又平空添出許多「創作」。

其三，雖然教育部審查甚嚴，但大陸戲演出後，仍對此地的文化思想產生嚴重衝擊。如大陸新改本「金玉奴」結局改團圓爲仇恨，痛打莫稽並上奏定其殺人未遂之罪；大陸新編戲「陳三兩」結局大義滅親；大陸新改本「宇宙鋒」結局亦改爲大義滅親；大陸新編戲「三關宴」，佘太君逼死楊四郎；都引起廣泛討論。再如上文提到的童芷苓所演的「武則天」，係根據郭沫若在文革時期所編之話劇劇本，加上若干唱腔而形成。由於原創之特殊時代背景，全劇所表現之歷史觀遂十分怪異。本劇顯然爲武則天翻案，將她塑造爲慈母賢妻、具有民主思想、愛國愛民的賢明君主，文詞中亦顯然有以武則天比擬江青之意。當場演出，即產生「觀衆一邊爲演員鼓掌叫好，一邊又因劇本明顯之政治目的而頻頻發笑」的現象。

近四五年來，或明或暗演出之大陸戲約有：春草闖堂、林沖、桃花酒店、狀元媒（改名「珍珠記」）、西廂記、穆桂英掛帥（改名「穆桂英」）、陳三兩爬堂（改名「陳三兩」）、柳蔭記（改名「梁祝」）、百花公主、八仙過海（改名「蟠桃會」）、楊門女將（改名「葫蘆谷」）、三打陶三春（改名「陶三春」）、紅梅閣、掛畫、賣冰、秦瓊觀陣、十八羅漢鬥悟空、九江口（改名「忠義臣」）、滿江紅（改名「岳飛傳」）、張飛私訪（改名「猛張飛」）、鳳凰二喬（改名「鳳凰谷」）、周仁獻嫂（改名「鴛鴦淚」）、李逵探母、十三妹、佘太君抗婚、武則天、謝瑤環、畫龍點睛、岳飛夫人、三打祝家莊、海瑞罷官等三十一種。而特別委請大陸作家編新劇者，如一九九二年五月「新生代劇坊」演出金庸武俠名著《射鵰英雄傳》，即由湖北京劇團編劇家習志淦代爲改編，漢口京劇團編曲家李連璧代爲編腔，湖北京劇團洪福悌、田少鵬分別代爲設計服裝與舞台裝置。

但是像王安祈爲雅音所編的國劇「問天」，係改編自泉州梨園戲王仁傑新編的「節婦吟」；河洛公司「曲判記」、「天鵝宴」，則自大陸福州戲得獎劇本改編爲歌仔戲；均爲異種戲曲的轉移。也因爲在語言音樂上都必須作大幅度的改變，所以本身就是一種再創作。至於河洛的「殺豬狀元」，雖然取自廈門歌仔戲劇團，但那是台灣傳統歌仔戲的「老戲」，由台灣傳到廈門，如今再流傳回來而已。

兩岸交流的另一層面，就是學術交流。原來被禁忌的書籍，現在在「學術」的前提之下，大抵可以互相取得。尤其在台灣方面，大量學術出版品的湧入，自然產生了相當大的影響，從此學術著作，都要羅列大陸出版品作爲重要參考書目，而學者前往大陸參加學術會議的也大有人在。譬如一九八九年八月在河北石家莊的「國際元曲學術會議」，一九九一年三月在湖南和一九九二年三月在廣西南寧的「國際儺戲會議」，一九九一年三月在福建泉州的「南戲會議」，九月在江蘇揚州的「散曲會議」，都有相關的學者前往參加。而九二年十月，國家劇院舉辦崑劇國際學術會議和聯合報亦將舉辦「海峽兩岸傳統戲曲座談會」，屆時都將邀請大陸學者前來參加。

至於有關傳統戲曲的調查和研究，目前已有中華民俗藝術基金會完成「崑曲錄影」第一期計畫和「泉州天下第一團錄影計畫」，以及「大陸傳統戲曲劇種、劇團及行政體系」之調查研究。此三項計畫，崑曲部分由文建會資助，其餘兩項由海基會部分或全部補助。另有清華大學之「中國地方戲與儀式之研究計畫」，此由蔣經國國際學術交流基金會資助；又有中央大學之「崑劇資料蒐集及崑劇辭典編輯計畫」，此由文建會和文化總會資助；這兩項計畫均已進入第二年。

兩岸傳統戲曲的交流雖然爲時不長，但已充分顯現強弱不均衡的態勢。這主要固然由於兩岸傳統戲曲根基與背景之深淺厚薄的差別過於懸殊有以致之，但是其對於傳統戲曲維護與發揚，是積極落實或空談口號，也是關鍵的原因。明乎此，那麼對於當前台灣之傳統戲曲以大陸唯馬首是瞻、奉為泰山北斗，也就不足為怪了。所幸台灣尚富於貲財，尚能在大陸做些調查研究和蒐集資料的工作，尚能藉此從「礦山」中挖出一些「金寶」來妝點台灣的傳統戲曲界。

## 四　兩岸傳統戲曲交流之展望

兩岸傳統戲曲之交流既然已經開始，雖然目前之政策未十分具體而明朗，但是積極加強學術交流已經是兩岸執政者的共識，則其「門戶」越來越開放，自是必然的趨勢。也就是說，將來兩岸傳統戲曲之藝人、劇團、學者、官員，逐次終至全面來往，應當是可以預期的。因此，事先設想一些因應之道，使之步入正軌、順利開展，實有其必要。

然而在提出較為具體的方案之前，個人認為應當具備以下的前提：

其一，要深切體認兩岸之傳統藝術文化，乃屬於中華民族所共有，應當共同予以維護發揚。有此體認，則兩岸交流自然步上康莊大道。

其二，要切記藝術文化必須超越政治，如果淪為政治工具，那麼藝術文化必然陷入魔道，兩岸交流就要障礙重重，紛爭之餘，必然斷絕。

其三，當有知己知彼之明，明白台灣與大陸傳統戲曲之現況，亦即對兩岸傳統戲曲之現存重要劇種、重要劇團、著名藝人，及其相關法令和行政薪傳體系，乃至於學術研究之成就，均要有全面的了解，如此兩岸交流才有接洽成功被核准的管道，也才會有互補有無或相得益彰而正確可行的方向；否則不止要雜亂無章，甚且要不得其門而入。

其四，當明白發展完成之中國傳統戲曲是一種綜合的文學和藝術，具有故事、詩歌、音樂、舞蹈、雜技、講唱文學、演員妝扮、代言體、劇場等九個構成因素。其美學基礎建立在歌舞樂的密切融合，其表現方式在虛擬、象徵、誇張的基礎上，建立一套與觀察溝通的程式。其故事題材很少跳出歷史和傳說的範疇；其情節的推動，採用叙述的方式，大抵爲直線延展，很少有逆轉與懸宕；由於保留參軍戲以來滑稽小戲的成分，丑腳科諢的運用，往往使觀衆產生疏離感；又由於吸收雜技於其中，雖然豐富了表演，但爲此使得戲曲的節奏顯得鬆散而遲緩；更由於明清兩代對戲曲頒布諸多禁令，使得傳統戲曲在喜慶娛樂之外，又加上道德教化的宗旨，以致其主題思想難於推陳出新。若能對傳統戲曲的體質特色有所了然，則兩岸交流時，方能正確的取人所長，不致盲目的汲取，自我迷失而不自知。

其五，當明白中國傳統戲曲形成與發展徑路。以眞人搬演的中國傳統戲曲，可大別爲「小戲」與「大戲」，其形成與發展的徑路，可從小戲的形成、大戲的形成、大戲的發展三個方向探討。其中「小戲的形成」，又可從歌謠、曲藝、雜技、宗教儀式四條線索追尋。「大戲的形成」，又可從由小戲發展而形成，由大型說唱一變而成，以偶戲爲基礎，轉化而形成三條徑路溯源。由小戲發展而形成大戲的方式，大抵爲吸取其他小戲或說唱或大戲；由大型說唱一變而形成大戲的方式，主要將叙述體易爲代言體，再加上分別腳色扮演；以偶戲爲基礎轉化而形成的大戲，則止將「偶人」改由「眞人」扮演。至於「大戲的發展」，則有汲取其他腔調或聲腔以成多元性音樂因而發展壯大者，又有因相異之劇種同台並演而結合壯大者，亦有以傳統古劇爲基礎，再吸收民歌小調或戲曲而形成新劇種者，更有隨著劇種聲腔的流布而與各地民歌小調結合而產生各色新劇種者。如果能明白這些情況，那麼在兩岸交流後，方能開創新契機，而不致迷亂於傳統與創新的無謂衝突。

其六，當明白傳統藝術在同一時代同一社會裡，存在著三種不同的層次。其一是具原始性而呈顯衰頽或瀕臨滅絕的，其二是扎根於傳統的創新，有所涵容和開展的，其三是保留傳統的某些因素，而在形式技巧內容上極盡創新之能事，已屬蛻變轉型的。對於第一層次，當急之務，莫過於維護保存，使之繫一線於不墜，爲子孫後世留下完整的「動態文化標本」。對於第二層次，則當考慮其推展與發揚之道。因爲這一層次是以傳統爲基礎，加入可以使之豐富，使之煥發而揉和爲一體的新因素，如此既能保存傳統的美質，同時也能涵蘊當代的精神和情趣，必能爲廣大的群衆所接受而進入日常生活之中。至於第三層次，當了解藝術必然隨著時代而推移，其間有的已蛻變得面目全非而猶不更易名稱；而這種蛻變，往往是一種新生藝術的前身，就整個藝術文化的體系而言，其實更富意義。因此因應之道，當樂觀其成。倘能對此三層次有淸楚的認識，那麼在兩岸交流之際，必能辨明類型而有適當的導向和正確的因應之道。

其七，當設定平正通達的交流目的，目的不同，則方式自然有別。倘目的不光明，必然取道不正，如此而作兩岸交流，也必然徒增糾葛而已。

以上七條前提，前六條實爲第七條所作的「背景」；也就是說必須具備正確的認識，才能達成交流的目的。而若就交流的目的而言，大抵可以設定以下數項：

第一，爲薪傳：目前台灣地區傳統戲曲極爲式微，有的幾近於滅絕，傑出的藝人自然爲數甚少；而大陸地區仍然多有保存，亦不乏傑出藝人。如果台灣要恢復像梨園戲、傀儡戲、皮影戲、崑劇等具有崇高歷史地位和貴重藝術價值的劇種，那麼只有向大陸求才，以「藝師」的身分聘請，使能作較長期的居留，達成授徒薪傳的目的。

第二，爲扶持本地劇團：一九四九年以後傳入台灣的大陸地方戲曲戲種，雖然尙有業餘劇團存在，但由於人才缺乏，很難達到藝術水準。如果能邀請大陸相同劇種之名角來配搭演出，自能生色不少。

第三，爲聯誼而切磋琢磨：台灣地區尙有較出色之國劇團與歌仔戲團，如能與大陸著名之劇團互相訪問，自可聯誼；如相互觀賞或配搭演出，自可切磋技藝。

第四，爲藝術季共襄盛舉：兩岸每年均有藝術季或戲劇季，如能互相邀請演出，其於聯誼切磋之外，實亦共襄盛舉。

第五，爲商業性演出：就目前海峽兩岸經濟情況而言，台灣劇團赴大陸作商業性演出的意願和可能性很低，而大陸劇團來台演出的意願和可能性則很高。

以上五種以目的爲分野的交流類型，必須等待政策法令的許可，才能逐漸全面達成。而其間必須注意的是：爲商業演出的應當考量對台灣現有劇團，尤其是相同劇種的劇團所產生的衝激和影響；因此適度的限制是有其必要的，其限制應當包括每年來台演出的劇種和劇團的數目。而若考量其優先秩序，則鄙意以爲：台灣原有該劇種而今滅絕或衰頹難以成劇團者，大陸如有優秀劇團，當列爲第一優先，以之作爲「動態藝術標本」，亦可從中設法再予薪傳；台灣雖有劇種而劇團已無甚藝術水準可言者，大陸如有優秀劇團，則可列爲其次，以此來扶持本地劇團；台灣有該劇種亦有優秀劇團，大陸亦有優秀劇團，則當作最後考慮，可以彼此作聯誼訪問交流，但不宜使大陸劇團來台作過分量的商業性演出。其中道理，一想便知，在此不遑多言。

## 五　結　語

海峽兩岸是「文化的共同體」，儘管目前政治上是「一國兩區」，但就民族而言，實是血脈相連，氣息相通。今日民主伸張、民智大開，實在沒有理由再像往日那樣硬作隔絕，所以自然而善意的交流是必然的趨勢。但是因爲彼此隔絕了四十年，其間自然產生不少差異，如果不講究方法和步驟，而毫無限制的任其交流，恐怕於人於己都會造成不良的影響。本文就是在這種理念之下，提出個人對於「傳統戲曲交流」的看法。綜上所論，大抵是：在前提上，要知己知彼，要對交流的對象「傳統戲曲」有眞切的認識；在方法步驟上，要就傳統戲曲的不同情況，確立其交流的意義和目的，再就意義和目的，擬就出交流的方式，而其間自然有輕重與緩急，同時也會產生不同的效用。如果能具體而切實的在政策法令許可之下，作妥善的規畫，必然可以使兩岸的交流和諧而愉快，而在和諧愉快中，也必然可以促進我中華民族藝術文化的維護和發揚。現在步伐已啓，我們期待光明遠大的未來。

（原載民國八十二年二月海基會《兩岸文化交流面面觀》）

# 天下第一團南方片

## ——記大陸稀有劇種泉州會演

### 一　前　言

一九九三年中國傳統戲曲有一樁盛事，那就是「天下第一團」盛大展演。所以稱作「天下第一團」，是因爲中國現存兩百九十八個劇種中，有許多已成爲「稀有劇種」，所屬劇團只剩一二，其中尙稱優秀者，自然「天下第一」了。

「天下第一團」分兩地會演，其屬北方劇種的，在山東淄博；其屬南方劇種的，在福建泉州。前者六月三十日開幕，七月六日閉幕，計有山東柳子劇團、淄博五音劇團、萊蕪梆子劇團、即墨柳腔劇團、荷澤棗梆劇團、陝西富平阿宮劇團、吉林扶餘滿族新城戲劇團、青海平弦實驗劇團、河南太康道情劇團、內鄉宛梆劇團、沁陽懷梆劇團、河北唐山唐劇團、寧夏秦腔劇團夏劇隊、山西大同耍孩兒劇團等十四個劇種的團隊參加演出。後者六月十日至十六日連續七天，計有福建梨園戲劇團、泉州高甲戲劇團、泉州打城戲劇團、泉州木偶劇團、龍岩山歌戲劇團、泰寧梅林戲劇團、四川梁平梁山燈戲劇團、秀山花燈歌舞劇團、浙江溫州甌劇團、新昌調腔劇團、湖州湖劇團、江蘇丹陽丹劇團、蘇崑劇團蘇劇隊、湖南岳陽巴陵戲劇團、雲南大理白族白劇團、內蒙包頭漫瀚劇團、廣東紫金花朝戲劇團、海豐白字戲劇團、陸豐正字劇團、海豐西秦戲劇團、安徽徽劇團等二十一個劇種的團隊參加演出。這些「天下第一團」，前者由於俱屬北方劇種，所以叫「北方片」；又由於會演淄博，所以又叫「淄博片」。相對的，自然稱之爲「南方片」和「泉州片」。「片」的意義，應當是「方面」或「部分」。海峽兩岸隔絕四十餘年，習慣用語有所歧異，是自然的事。只是屬於「南方片」的，何來內蒙包頭的漫瀚劇呢？

陳耀圻兄和我在只費了半個月的「緊急」情況下，向大陸有關單位取得許可，並獲得海基會部分補助，組成攝影隊，經由漢唐樂府的安排，偕同愛好戲曲的友人，共二十餘人，於六月九日前往泉州觀賞「天下第一團南方片」，全部演出情況，在耀圻兄監督下，順利錄製完成。耀圻兄是電影界的名導演，他的指揮筒長年以來，不知完成多少名片，不知塑造多少明星；但面對著「天下第一團」，仍不禁嘖嘖歎賞，歎賞人家的演技，豈是銀幕演員所能比肩；歎賞新編劇的主題意識，是如此的不同流俗；歎賞舞台劇的結構排場，居然如此的緊湊新穎；歎賞歌舞聲容，竟如此的各極其致、各盡其姸。於是興奮地說，眞是大開眼界，中國傳統戲曲眞是了不起，應當好好地維護和發揚。

## 二　南方片之劇種及其價值

中國傳統戲曲可以大別爲小戲、大戲和偶戲。小戲是戲曲的雛型，鄉土情味極爲濃厚；大戲發展完成，堪稱綜合文學綜合藝術；偶戲以操作偶人方式演出，有傀儡戲、皮影戲、布袋戲三種類型。這次我們在泉州所看到的，屬於小戲的，有秀山和梁山花燈戲、龍岩山歌戲、湖州灘黃戲、紫金花朝戲等四種；屬於大戲的有新昌調腔、溫州甌劇、蘇劇、岳陽巴陵戲、泉州梨園戲與高甲戲、大理白劇、包頭漫瀚劇、海豐白字戲、陸豐正字戲、海豐西秦戲、徽劇、泰寧梅林戲，以及由宗教性儺戲進入大戲的泉州打城戲，計十四劇種；屬於偶戲者，只有泉州懸絲傀儡一種而已。至於丹陽丹劇團以現代服飾演現代故事夾用「啷當說唱」，事實上係屬新興劇種，該團亦成立於一九五八年，自然不能稱作傳統戲曲。

若就地域而言，則包括福建省泉州市、龍岩市、泰寧縣，四川省梁平縣、秀山縣，浙江省溫州市、新昌縣、湖州市，江蘇省蘇州市、丹陽市，湖南省岳陽市，雲南省大理自治州，內蒙古自治區包頭市，廣東省紫金縣、海豐縣、陸豐縣，安徽省安慶市等八個省區十七個縣市。中國地方戲曲劇種分野的基礎本來是「方言」，從而產生各自的腔調音樂特色，其身段動作服飾的差別相當微小。但是這次的演出，像白劇、漫瀚劇、梅林戲等，雖然都有傑出的表現，而語言皆改用所謂「普通話」，訪問他們何以故，異口同聲說，只爲了吸引廣大觀衆，如拘守運用蒙古語、白族語、泰寧語，就很少人能看懂。這實在是戲曲藝術本身發展和調適現代的大問題，其間的利弊得失恐怕見仁見智，很難定論。

再就藝術文化的歷史意義而言，最難得的是調腔，其次是梨園戲、正字戲和甌劇。調腔又名高調，學者多認爲是南戲五大聲腔之一——餘姚腔的遺音，原流行於新昌、紹興、嵊縣一帶，其曲牌豐富，演出時尚保持徒歌乾唱、鑼鼓伴奏、場面幫腔，以及伴奏居於場面後側正中央等特色，這些特色都是聲腔初起時的表徵，尤其所演的北西廂「請生」一齣，叙紅娘請張生赴宴之事，通齣由張生獨唱，正是元雜劇搬演的形式。結合這些現象看來，目前的「調腔古戲」，應當尚保存餘姚腔初起時的風貌。梨園戲，筆者曾有專文論其「古老性」，近年學者也已公認是宋元南戲的「活化石」。我四度到泉州，看過演出的劇目不下十餘齣，其中小梨園的古式小舞台不過數尺見方，認爲是典型的家樂筵會演出模式。只是此次演出新編的「節婦吟」，儘管腔調身段不乏梨園遺風，但燈光布景運用，無論如何已減輕許多「古色」。而正字戲尚能保持中州古韻，猶有弋陽、青陽餘響，所演「古城會」，質樸雅正，明清戲曲風貌，尚宛然可睹。而甌劇之高亢古樸、明快流暢，所演「酒樓殺場」敘粱山好漢石秀借酒樓飲酒，欲乘機劫法場以解救盧俊義，亦能顯見清中葉「溫州亂彈」的韻調。凡此都可以說是「禮失而求諸野」，地方戲曲藝術中，倘能細心覓取，當不難發現民族文化中的瑰寶。

此外，我們從花燈、花朝、山歌諸小戲中，亦看出鄉土情懷、鄉土「踏謠」的特質，以及其在二小、三小戲的基礎上所衍生的彩色繽紛與熱鬧歡樂的氣息，秀山花燈戲「洞房花燭夜」和龍岩山歌戲「山妹橋」正是如此；而粱山花燈戲「招女婿」、紫金花朝戲「賣雜貨」則尚屬「三小戲」的性質；而其最可注意者為湖州灘簧「朝奉吃菜」，桌上祇一雙筷子、一只酒杯，全憑演員唱做念的真功夫，將湖州「八菜一湯」吃出「味道」來，則為「獨腳戲」，更是小戲表演的極致。我們又從巴陵戲、白劇、漫瀚劇等看出了傳統戲曲扎根於傳統、努力創新的苦心，我們更從打城戲了解到一個已經消亡的劇種，有心人士欲恢復再生的艱難。

## 三　六場全本戲述評

中國戲曲中的大戲，既然是綜合文學和藝術，則演出成功的戲曲，其具備的條件固然很多，但是好劇本應當是重要的前提。這次演出的六場全本戲：梨園戲「節婦吟」、梅林戲「貶官記」、巴陵戲「胡馬嘯」、漫瀚劇「契丹女」、白劇「阿蓋公主」、徽劇「情義千秋」等，俱屬新編。編者顯然都要推陳出新，既要令人賞心悦目，又要令人從寄寓的主題中，激揚深切的省思。

即此而言，則「節婦吟」，以極經濟而象徵性頗強的布景來渲染整個舞台的氣氛；以流動自如的傳統分場方法使結構緊湊，高潮迭起；以層層逼人的聲情詞情傳達寡婦無助的吶喊和千古的沈哀。民國七十八年中秋，我首度觀賞此劇時即極爲感動，乃將此劇劇本攜回台灣，交給王安祈，後來安祈改編爲國劇「問天」，由郭小莊雅音小集在國家劇院演出。

「貶官記」教人感動的是，以如此小縣劇團，竟能編演如此雅俗共賞，使人不覺終場的戲曲；尤其更能將極度諷世之意，出諸滑稽詼諧之中。知府鄭則清只因娶青樓女爲妻，即授人以柄，招致貶官；雖然其廉能公正，終於大白，但是其間的種種無奈與悲苦，豈止令人同情而已。團長飾演鄭則清，將之演得出神入化；其夫人不僅編劇，還飾演巡按崔雲龍，與之作有力的襯托。他們夫妻檔所率領的劇團眞不同凡響。我在感動之餘，即席以「梅林」二字嵌首，製聯相贈，聯云：「梅花欺雪，宛如技藝超群；林苑布芳，恰似聲容高妙。」

「胡馬嘯」演金國兵馬都元帥粘罕以謀反罪下獄，陷害者正是前來探監的侄兒兀朮，作證的又正是前來送別的愛妃趙纓絡，而結束他生命的卻是前來劫獄的養子陸金龍。種種恩怨情仇彙聚於一監獄之中，而以此爲中心，將時空放射倒流，淋漓盡致地鋪叙和描繪了粘罕罪惡的一生。其場景轉換之快速，只在燈光一明一暗之際；其配樂營造之氣氛，亦彷彿萬里原野、戎馬倥傯。而最難得的是飾演粘罕的團長，將牢獄囚徒與沙場英豪集於一身，又要變化於頃刻，自始至終，無懈可擊。從而說明了英雄的身命，其實是罪惡的淵藪；人間的權勢與功名，其實是罪惡的根源。而這一切，到頭來，豈不都化爲烏有？我們同時也很欽佩編導者，成功地運用了西方的「三一律」，來處理粘罕一生中千頭萬緒的「情景」。

「契丹女」改編自國劇「四郎探母」，但已不同於「四郎探母」，也有別於「三關排宴」，大大地減輕了肅殺之氣，而增加了許多溫馨人情，有父子情、母女情、夫妻情、家國情；更有相逢相愛的喜悅、生離死別的悲切，以及臨危不懼的豪勇和化險爲夷的智謀。因之劇情波瀾起伏，環環相扣，層層疊疊而引人入勝。其人物固然少不了楊四郎與佘太君，但更精心塑造了雍容大度的蕭太后、純情率眞的桃花公主、粗獷豪爽的蕭國舅，以及風趣善良的大腳媽，使得這部傳統名劇，生發了嶄新的精神和面貌。我在訪問他們時，團長說：劇中宋金兩國化敵爲友，豈不象徵今日海峽兩岸一般？而我要特別說明的是，漫瀚劇以一邊塞劇團，而能發展成爲一規模壯大的現代劇團，既能保存廣漠漫瀚的聲樂特色，復能融會今日劇場的理念技法，實在非常難得。

「阿蓋公主」和「契丹女」一樣，同屬少數民族的戲曲，也同樣能在民族戲曲特色的前提下，汲取現代滋養，演得富麗堂皇、有聲有色。其劇情取材於雲南史實，王安祈亦曾改編爲國劇「孔雀膽」，由郭小莊雅音小集在國家劇院演出。主題在痛陳權勢使人性泯滅，無視於骨肉至情。演員俱能稱職，尤其阿蓋公主完全融入角色中，將少女的矜持、夫妻的恩愛，以及夫死痛悟的悲情，發揮得既楚楚而又惻惻動人。由於本劇背景爲雲南，所以排場中穿插的民族舞蹈，也很能新人眼目。

「情義千秋」，此劇又名「曹操、關羽、貂嬋」。元雜劇有「關公月下斬貂嬋」，此劇則叙關羽重義、貂嬋重情，英雄美人，情義相重，英雄成義，美人竟以身殉情。演出方式大抵保持徽劇傳統，雖然唱工作工俱臻水準，但是結構稍嫌鬆懈，未若所演其他折子戲臨江會、貴妃醉酒、哭劍飲恨之精緻完好。

## 四　結　語

以上六個劇種，徽劇實爲國劇之前身，其「水淹七軍」唱吹腔、撥子，其「貴妃醉酒」唱青陽腔，其「臨江會」唱西皮，其「情義千秋」則兼而有之，雖然已被「西皮」侵略，但不失徽劇古老的傳統。安徽省徽劇團是大陸唯一集研究、教學、演出於一體的徽劇藝術專業團體，其對徽劇的維護發揚，均著成績，且於選編新劇之外，尙能用力保持優良的傳統。就這一點而言，則巴陵戲、漫瀚劇、白劇就破壞傳統許多了。它們除了劇場藝術的現代化之外，巴陵戲在原來崑腔、彈腔的基礎之上，漫瀚劇以二人臺爲母體吸收漫瀚調的情況之下，白劇基本上用弋陽腔的支派——吹腔唱白族韻文「山花體」爲前提，都明顯地創新了不少曲調；而用國語演唱，以致作爲地方戲曲的巴陵戲、漫瀚劇、白劇，除了服飾身段略有異同外，已難有特色可言，倒是梅林戲和梨園戲不失傳統又能豐富傳統、發揮傳統，其旗幟鮮明，更能耀眼奪目，兀然特立。

我在拙著《說民藝》一書中，說到一種藝術在同一時空中，往往並存三種類型：其一爲保持傳統而已呈衰頹者；其二扎根於傳統而有所創新者；其三保留其名而大量汲取外來因素，已屬蛻變轉型者。我一再主張，對於第一類型，應當視之爲「動態文化標本」，使之繫一線於不墜；對於第二類型，應當獎勵「妙手」巧爲發揚，使之重新融入生活、豐富生活；對於第三類型，應當順其自然，樂觀其成。而若就「天下第一團」而言，個人以爲：「天下第一團」既然俱屬稀有劇種，亦即該劇種已岌岌於瀕臨滅絕，則當務之急，必須使之存活下來，若此則扎根傳統妙於創新，再度吸引廣大觀衆，當爲不二法門；也因此，我們這次所看到的許多劇種，事實上都不約而同地往這條路上走。有關單位如能重視藝術文化之薪傳責無旁貸，竭盡所能輔導鼓勵扶持其「文化標本」之「永垂無疆」，則於民族藝術文化之生生不息有所「典型宿昔」，亦將「功莫大焉」。也就是說，有所期於「天下第一團」者，當同時兼顧「薪傳」與「創新」，使之兩不偏廢，才能走向民族藝術文化的康莊大道。

（原載《歷史博物館館刊》第三卷第二期）

# 台灣歌仔戲之近況及其因應之道

## 前　言

中國傳統戲劇用樂曲搬演，所以稱作「戲曲」，以人搬演的戲曲有小戲、大戲之分。小戲情節極爲簡單，演員少至三兩個，藝術尚未脫離鄉土「踏謠」的形式；反之，則稱爲大戲，也就是情節複雜曲折，演員足以扮飾各色人物，藝術形式基本已屬完成的戲劇。

目前台灣所見之戲曲劇種雖然尚有二十三種之多①，但眞正土生土長的只有歌仔戲和號稱

①目前台灣現有之戲曲劇種：小戲有車鼓戲、客家三腳採茶戲兩種，大戲有歌仔戲、採茶戲、梨園戲、高甲戲、亂彈戲、四平戲、粵戲、閩劇、越劇、評劇、陝劇、豫劇、江淮劇、滇劇、湘劇、川劇、晉劇、崑劇等十八種，偶戲有傀儡戲、皮影戲、布袋戲三種，總計二十三種。

「客家歌仔戲」的採茶戲而已。

一九八八年五月，筆者出版《台灣歌仔戲的發展與變遷》一書，首度對台灣歌仔戲的淵源形成與發展變遷，作了縱貫性的歷史考察，獲得這樣的結論：由中國大陸閩南傳入台灣的「歌仔」（一九四九年後閩南改稱「錦歌」），在宜蘭地區落腳生根，稱為「本地歌仔」。其後模仿車鼓戲的陣頭形式，取其調弄舞蹈的身段而歌以「本地歌仔」，演出滑稽詼諧的民間故事，雖體用代言，但尚隨神轎遊行，故稱之「歌仔陣」。歌仔陣行進之際，遇群衆聚集之場所，即以竹竿四支圍成表演區，就地獻技，因謂之「落地掃」，其時距今約百餘年。其後歌仔陣由平地轉移到舞台，演出劇情也由散齣而為全本戲，但音樂舞蹈仍保持「踏謠」的特色，這就是宜蘭人現在所稱的「老歌仔戲」，距今八十餘年。

「老歌仔戲」既進入舞台，於是向當時流行於宜蘭地區的「四平戲」和「亂彈戲」學習服裝和身段，據說這是出生於一八八一年的陳三如率先改良的，是為「野台歌仔戲」，距今約七八十年。所以「老歌仔戲」可以說是由歌仔小戲「歌仔陣」發展為歌仔大戲「野台歌仔戲」的過渡形式。

野台歌仔戲大約在一九二三年又向京戲學習身段台步和鑼鼓點子，向福州戲學習布景和連本戲，而於一九二五年進入內台演出，成為「內台歌仔戲」，技藝大進，歌仔戲至此已臻成熟。一九二七年以後即受日本政府壓迫，終至禁演。其間於一九二五年回流福建廈門，逐漸流播漳州、龍溪各縣，形成今之所謂「薌劇」。又於三〇年外傳至新加坡。四五年台灣光復，歌仔戲重見天日，劇團林立如雨後春筍。四八年福建都馬戲班來台，以都馬調豐富台灣歌仔戲之腔調音樂，至五六年登峰造極而爲「大型歌仔戲」。在此登峰造極之際，於五四、五五年間又滋生別體而爲「廣播歌仔戲」，五六年又有「電影歌仔戲」，由此而促使閩南語電影之興起。一九六二年，隨著台視開播，歌仔戲亦於六四年七月進入台視而爲「電視歌仔戲」，那是王明山首先製播的《朱洪武》。從此舞台歌仔戲逐漸式微，至七二年夏日「台視聯合歌劇團」成立，使電視歌仔戲進入第一個顛峰時期。而在一九七四年，陳澄三宣布解散雄霸多年的「拱樂社」，使歌仔戲從此完全淪落外台。

## 一　宜蘭老歌仔戲與野台歌仔戲之近況

一九七四年以後，歌仔戲雖然完全淪落外台，但它畢竟是台灣本土文化最具體最生動的象徵，所以依舊能透過各種形式感應群衆的心靈。就上文所舉的歌仔陣、醜扮落地掃、老歌仔戲、野台歌仔戲、內台歌仔戲、大型歌仔戲、廣播歌仔戲、電影歌仔戲、電視歌仔戲等九種類型而言，其內台、廣播、電影三類型已經絕跡，現存的尚有宜蘭歌仔陣、落地掃、老歌仔戲，以及爲數尚且衆多的野台歌仔戲和三台電視歌仔戲。

電視歌仔戲雖然也號稱「歌仔戲」，但是有如廣播歌仔戲和電影歌仔戲那樣，其劇場已脫離舞台，已失去戲曲的基本特質，其製作和表演方式，以及演員藝術的修爲自然與舞台歌仔戲大異其趣，所以電視歌仔戲事實上已蛻變轉型爲另一新劇種。也因此，本文姑且置之不論。以下說的歌仔戲之近況，止就歌仔陣、落地掃、野台歌仔戲而言。但是在野台歌仔戲中有少數保留了「大型歌仔戲」的風貌，偶然遊走於國家藝術殿堂，自我作藝術提升，使得歌仔戲在一片荒煙蔓草、廢園斷壁中漸露奇葩。這些少數遊走內外台以別開境界自期的劇團，應當有別於一般野台戲班，因此本文別立篇章，以「精緻歌仔戲的建立」叙其來龍去脈。

## ㈠歌仔陣、落地掃、老歌仔戲

一九八六、八七年，邱寶珠對於宜蘭「本地歌仔子弟班」作了全面的調查[2]，原來宜蘭縣起碼有過歌仔子弟班二十七團，這些子弟團所演的，正是歌仔戲的原始型「歌仔陣」、「落地掃」和「老歌仔戲」。而這些原始型的歌仔戲團，一九八六年筆者所主持的田野調查[3]，卻只剩下宜蘭市葉讚生和陳旺欉的「宜蘭傳統歌仔戲團」、壯圍鄉大福村黃阿水的「大福歌仔戲團」，以及羅東鎮的「福壽社」三團而已。能演這種老歌仔戲的藝人，在邱寶珠作調查時尚有二十九人，但

②見《台灣戲劇中心規畫報告》邱寶珠所撰〈本地歌仔子弟班調查報告〉。

③見《高雄市民俗技藝園規畫報告書》。

不時在凋謝中。因為其中最年輕原屬「壯六班」的林水養，現年已經六十五歲，而一九八五年由筆者推薦獲得教育部首屆薪傳獎的葉讚生已高年八十六歲，幾年前既已不能演出和薪傳。

這些尚能演出老歌仔戲的老藝人，除了晨昏在宜蘭市和羅東鎮的公園內團聚，吟唱「本地歌仔」消遣，或者偶爾接受婚喪慶弔，參加歌仔班「請路」外，原已為現實社會所遺忘。所幸筆者於一九八四年八月間至宜蘭、羅東兩地作田野調查，發現了他們，肯定了他們，乃於同年九月邀請他們到由筆者所製作的「民間劇場」大展身手，那是行政院文建會所主辦，在台北市青年公園所舉行的五天五夜的大型民間藝術活動。此後筆者所製作的「民間劇場」④自然少不了他們，而且還推薦他們到教育部所主辦的「民族藝術大展」以及有關機構所舉行的民俗活動中去表演；也因此學者與傳播界乃至於一般民衆，大抵已認識和了解這些老藝人所懷抱的「絕活」實具有藝術文化的崇高意義和地位。

近日筆者審查由教育部藝術教育館製作的「歌仔戲的認識與欣賞」錄影帶，欣喜的看到宜

④「民間劇場」一共舉辦五屆，筆者主持一九八三年至八六年的二至五屆。筆者製作「民間劇場」的兩個基本概念是：其一在內容形式上是「廣場奏技、百藝競陳」；其二在功能目標上是「動態文化櫥窗」。其展現的類別和團體，逐年增加：八二年二十四類二十六團體，八三年三十七類五十一團體，八四年四十三類八十團體，八五年增至九十七類一百三十七團體，參演人數達一千七百餘人，八六年擴大至一百零九類一百六十九團體，參演藝人高達兩千人，觀衆約八九十萬人。

蘭、羅東的老藝人，尚能醜扮小丑、小旦，邊扭邊走邊唱，後面有殼仔弦、大廣弦、月琴和笛子所組成的「四管」樂隊伴奏，旁邊還有人拿著竹竿跟著走，當隊伍走到廣場時，就用竹竿圍成一個四方形的場子，「四管」在外緣彈奏，演員在場子中表演諸如「陳三五娘」戲中「益春和艄公在赤水溪相褒」、「呂蒙正」戲中「呂蒙正打七響和暢樂姐相褒」等滑稽小戲的段落。演員均爲男性，他們雖然都是年逾古稀的「阿公」，但演起戲來一絲不苟，扮小生的手裡總拿著一把摺扇，出場先整髮整裝，然後踏七星步，沿場子「行四大角」，而小旦行四大角是踩著月眉彎的小碎步，而小丑則活蹦亂跳，更以半蹲姿勢走「閹雞行」。像這樣的表演形式，正猶然即所謂的「歌仔陣」，正猶然即所謂的「醜扮落地掃歌仔戲」。

至於舞台上的「老歌仔戲」，其演員和「歌仔陣」、「醜扮落地掃歌仔戲」的演員相同，可見猶然保存古風。其演出情況，也和我在「民間劇場」所看到的一般：其服飾方面，旦腳著包頭戲裝外，其餘腳色均穿著當年時裝而爲「醜扮」；祝英台女扮男裝，則只須在珠翠包頭上戴一頂男帽即可。道具亦甚簡陋，譬如銀心奉茶，即用現代免洗紙杯。其歌唱身段，仍是「歌仔陣」以來的「踏謠」模式，只有在伴奏方面增加三重打擊樂器，即五子仔（四塊長方形板疊串而成的節板）、乃哈喀（由龜殼、木魚、小鑼組成）、四寶（俗稱四塊仔，由竹片製成，左右手各兩片）。但誠如上文所云，「老歌仔戲」是可以演全本戲的。

## ㈡野台歌仔戲概述

目前台灣現存的野台歌仔戲團，根據台北市地方戲劇協會會員名冊，有歌仔戲四十七團；高雄市劇藝協會會員名冊，有歌仔戲四十團；台灣省地方戲劇協進會會員名冊，有歌仔戲一百零七團；台灣省歌仔戲協會會員名冊，有歌仔戲六十八團，總計台灣地區現有登記在案的野台歌仔戲共二百六十二團，此外尚有未登記的，或雖登記而事實上已散團的，估計總數當有兩三百團。

這兩三百團野台歌仔戲，有些還保存著日演外江（北管、四平）、夜演歌仔的早期風格。其中譬如南投「美雲」，北港「統一」，高雄「錦華興」、「雲中玉」和台北「愛國」、「福聲」、「民安」、「玉桂冠」、「青燕」等歌劇團都能兼演北管戲；新竹「新永光」，中壢「全輝社」，桃園「進興」、「全興社」，苗栗「德泰」等則能兼演四平戲；台北「新琴聲」、新竹「錦上花」則能兼演高甲戲；至於純粹演出歌仔戲而較爲著名的，則爲屏東「明華園」，員林「新和興」，宜蘭「漢陽」、「建龍」，台北「薪傳」、「美雲」、「一心」，台中「國光」和高雄「日光」等歌劇團。

以上這些劇團，除了下文列入「精緻歌仔戲」敘述的少數劇團外，其餘無不在神誕廟會中擔負酬神的任務[5]。

⑤邱坤良《日治時期台灣戲劇之研究》第二章第三節〈戲劇演出與民衆生活〉舉出日治時期台灣演戲的

在神誕廟會中演出的野台戲，又稱外台戲、棚腳戲或外口戲，其演出屬於廟會活動的一部分，目的在娛神娛人。由於請戲者只提供舞台外殼，戲班本身流動性又大，所以舞台裝置和穿關砌末行頭都頗爲簡陋；更因其戲金日夜兩場只在兩三萬元之譜，使得戲班成員不得不精簡，造成團員不定、臨時搭班的普遍現象。而普通一個野台歌仔戲的成員，包括演員八至十人、文武場樂師各二人、走台檢場一人，起碼要有十三至十五人，則不難想見其收入的微薄。也因此，其演員往往把搭班演戲當作副業以貼補家用，自然難有敬業之心，更遑論藝術的琢磨。

---

主要場合有以下八項：

1.節令，如元宵、中元、中秋的演戲。

2.神佛聖誕，如農曆三月三日玄天上帝、三月十五日保生大帝、二十三日媽祖的祭典演戲。

3.廟宇慶典、作醮的演戲。

4.謝平安，如年尾的平安戲。

5.民間社團、祭祀公業的祭祀演戲。

6.家族婚喪喜慶的演戲。

7.民衆許願、還願的演戲。

8.民間社團、私人間的罰戲演出。

由於社會變遷，今日民間野台的戲劇演出，幾乎止於與廟會祭祀相關者而已。

在廟會演出的野台歌仔戲，正戲開演前照例要「扮仙」。「扮仙」各地習慣不同，大抵北部爲「三仙會」，東北部爲「醉八仙」，南部爲「天官賜福」。其後必定再演一小段「跳加官」和「金榜」，時間總共約需半小時。其用意在爲神明致敬獻壽。

扮仙戲的演出有其成例和定式，但其後的「正戲」絕大多數沒有劇本作依據，而是由「講戲先生」講述劇情大綱和分場分配腳色來敷演，所以演員和文武場以及演員彼此之間，必須要有默契和傳達的「程式」，才能使戲曲流轉進行；而演員也因此擁有自由發揮才藝的空間。所以野台戲的演員並非「照本宣科」，而是憑修爲在「做活戲」。

憑修爲「做活戲」，對今日由於收入微薄不講求藝術的野台歌仔戲演員而言，難免淪爲荒腔走板、牛頭不對馬嘴的境地：以歷史故事爲內容的「古路戲」，自然也要沒落於麗服、武士刀齊出，徒取「吵鬧」的「黑撇戲」之後。「黑撇」者，閩南語音近Opera，義取胡天胡地，蓋譏其隨口歌唱閩南語甚至英日語流行歌曲，不止五音不全，而且無視劇情相關與否，像這樣的野台戲演出，在現代娛樂媒體多元化的情況下，豈能吸引觀衆。也因此，黃雅蓉新近出爐的碩士論文《野台歌仔戲演出風格之研究》，其第二章第三節〈觀衆參與〉中有這樣的話語：

一場野台歌仔戲的觀衆，平均只有二三十人，甚至只有一兩個觀衆的情形非常普遍。即使如此，演出仍舊繼續。因爲野台戲的演出主要在於娛神，「神明在看」就可以了；但是觀衆的流失對演出的影響相當大。

其實如果扣除明華園、新和興等少數著名劇團之外，野台戲的觀衆至多一場二三十人，台前空無一人的場面也所在多見。試想：沒有觀衆的戲，怎能演得好？而不好的戲又如何能吸引觀衆？所以野台戲的藝術就與觀衆之流失不停的在惡性循環。

## ㈢野台歌仔戲沒落的社會因素

不止如此，野台歌仔戲的沒落，尙有其他客觀的社會因素。一九八三年九月二十二日《民衆日報》記者陳水旺有這樣的報導：

「放電影」代替傳統的野台戲，因此使得歌仔戲團班主大嘆生意愈來愈難做了。昨天下午在基市義民社區、仁愛區、中正區、中山區均有慶祝三官大帝誕辰和福德正神生日的儀式，不過參加人數不甚踴躍，只有老一輩善男信女當「基本演員」兼「基本觀衆」。……爲了不使太冷場，部分社區在舉行祭祀之後，就放映電影供「人神共賞」。據了解有些宮廟的管理會因爲籌募善款不足，無力支持野台戲的演出，乾脆以放電影方式，既省時又省力。以外台戲酬神係一種慶祝傳統，不過歌仔戲團的僱請價格不低，較富盛名的歌仔戲團演出一天兩場至少要三萬元之譜，搭戲台也要一萬元，如酬神兩天，花費十分可觀，如果請掌中戲團演出，價格比較便宜，況且布袋戲較有年輕觀衆，氣氛亦很熱烈。布袋戲班人員簡單，並有流動式舞台裝置，只要一個人來司配音，二個師傅在台上操作戲偶，即可奏功。另外一種助興節目是舉辦社區民衆聯歡會，邀請本市的輕音樂團及一些三流歌手輪番上陣，歌舞一番。這種拼湊式樂隊，一場得要八千元左右，包括一位女司儀，三四名男女歌手，四人一組的「大樂隊」，節目演出出現冷場的時候，再找台下觀衆上來即興客串，拖延時間。甚至在觀衆的鼓譟之下，也會出現香姿艷舞的高潮戲，這種尷尬情況，如果供奉在正對面布棚内的神明有知，不曉得有何感觸。放映電影算是比較經濟實惠的助興方式，但是老一輩的寺廟管理人均不很贊同；因爲他們主觀上認爲酬神演出如果沒有外台戲，就顯得不倫不類。放映電影雖然所費不高（按三五千元即可），然而也有後遺症，一則選映目前的首輪電影，會遭到電影業者的抗議，再一方面也會失去與某些戲團經紀人「打交道」的機會。最嚴重的要算是信徒事後要「查帳」，請管理委員會公布酬神演出支付情形時，必有爭論。基於上述原因，各地方的酬神活動，仍然以演外台戲爲主。不過有素質水準的歌仔戲班已經很難覓，時下有些歌仔戲所搬演出來的「忠孝節義」戲碼，内容與史實大有出入，戲中穿插了黃色笑話，國臺語流行歌曲，荒腔走板的英日語歌曲也成了主題曲，穿古裝戲的演員隨著音樂旋律大跳迪斯可、浪潮歌，更令台下觀衆看得莫名其妙。本省目前有幾家正統的歌仔戲團，因社會型態的變遷，應邀擔任酬神演出的機會愈來愈少。班底子也有「後繼無人」之虞！這些劇團負責人對於此種現象十分憂愁，如果他們要保持傳統演出水準，在酬勞方面必須「據理力爭」，不能自貶身價；但是價格太高，又乏人問津，看來這一行業即將走入式微的。

陳水旺的這篇報導標題爲「酬神活動、改放電影或演出歌舞，適應潮流、野台戲面臨存廢關鍵」。陳水旺的報導迄今已十二三年。去年二月十二日筆者偕同台大外文系主任彭鏡禧教授、中央大學中文系洪惟助教授到大川鄉看新和興歌劇團赴美加巡迴表演之「出國前彩排」，趁便到花壇鄉福延宮前看新和興第三團的野台演出，那時是夜晚十點鐘左右，天氣陰涼。我們看到的是：戲台前觀衆三五人，戲台邊的巷弄兩邊排列的不是手工藝和民俗小吃而是電動玩具，巷弄的對面另有庭院，院中的電子花車正表演熱情歌舞，車前則塞滿男女老少和電動玩具。穿得很少扭動身軀的女郎狀似迷幻，只要有人賞以三千元，即刻一絲不掛，其姿態之齷齪，眞教人不忍卒睹。如果不是親眼所見，我們絕不敢相信，傳聞中的台灣社會已經鄙陋至此地步。語云「窺豹一斑」、「嘗一臠而知全鼎」，陳水旺所報導的和我們所目睹的，十二年來眞是「一脈相承」而「變本加厲」。以新和興之聲望猶不堪艷舞之一擊，何況其他！台灣野台歌仔戲之沒落，眞是已經到了絕續存亡的時候。也因此，勉強尙能維持的劇團，每月平均演戲不過二十來天，主角的收入每日止千餘元；其他則只好改爲「業餘戲班」，有戲才演，或臨時搭班，沒戲則各幹各的活。在這種情況下，焉能求其講究演技、設備舞台，其簡陋的程度，比起草創時代可說已不相上下了。而由此也可見登記在案的兩三百個歌仔戲團，其實絕大多數在憑藉廟會以苟延殘喘而已。

## 二　精緻歌仔戲的建立

現存兩三百團的台灣歌仔戲儘管淪落野台，儘管絕大多數頹廢不堪；但是有心有識之士也明知在長年民族自尊心卑微，美風日雨侵襲，往日政府忽視本土，近年功利主義大行的環境下，歌仔戲隨同傳統與鄉土藝術文化沒落是必然的趨勢；而他們卻仍舊堅信歌仔戲的草根性非常堅強，仍有自然脈動群衆情感的力量；因而仍舊堅信歌仔戲包括力博大，可以汲取相關的文學和藝術以豐富和提升自身，藉此必能再度融入群衆生活之中。這些有心有識之士同時也體悟到，否極實係泰來的先機，「山重水複疑無路」，何嘗不豁然開朗於「柳暗花明又一村」。於是乃結合同好，莫不殫心竭慮的欲使歌仔戲「更上一層樓」。也因此，明華園和新和興兩個歌仔戲團，由「衝州撞府、沿村轉疃」、餐風飲露的「野台」生活，進入了像國父紀念館、北市社教館，乃至於國家劇院那迥異昔日「內台」的現代化藝術殿堂。

### ㈠精緻歌仔戲的契機

民國七十年以電視歌仔戲聞名的楊麗花應新象國際藝術節之邀，在國父紀念館演出「漁孃」，可以說開歌仔戲進入國家藝術殿堂的先聲；而民國七十二年六月，明華園以野台的形式演出「父子情深」和「濟公傳」兩齣戲，震撼了被文建會邀請來觀賞的藝文工作者。姚一葦教授對其團隊精神和認眞執著的態度以及編劇之出人意表感到很驚訝；吳靜吉教授認爲能夠保持傳統特色又能推陳出新，做得非常圓融；李昂教授則謂其具有「神聖劇場」與「粗獷劇場」的諸多特質，表面喧嘩生動，而內在則深具沈著細膩的感人魅力。於是那年十月，明華園參加國家文藝季，在吳靜吉教授製作策畫下，於國父紀念館盛大公演，使歌仔戲走出內台淪落江湖之後十年，再度進入設備在當時最完善的藝術劇場。翌年八月，新和興也在王生善教授編劇、許婷雅女士編曲、聶光炎教授燈光設計群策群力下，在國父紀念館公演「白蛇傳」和「媽祖傳」，也獲得很高的評價。此後明華園和新和興年年都有進入社教館和國家劇院的紀錄。民國八十年二月歌仔戲前輩劉鐘元先生的河洛歌仔戲也在國家劇院演出「曲判記」，翌年二月又演出「天鵝宴」。其後從事歌仔戲研究和推動工作的劉南芳小姐，在她編劇和製作下，也在國家劇院公演一齣「陳三五娘」。電視歌仔戲紅小生葉青和黃香蓮也分別製作並主演「冉冉紅塵」和「曲江池」，均於國家劇院盛大演出。他們的成績，都使劇院座無虛席。可見歌仔戲已經有再生再繁榮的契機。雖然現在大部分的歌仔戲團尙且輾轉於廟口廣場，但是有識有心之士的共同努力，事實上已使歌仔戲「指出向上之路」，那就是歌仔戲的「精緻化」。

「精緻歌仔戲」是我提出的口號，劉鐘元先生則相爲呼應，正用心用力使之體現的構想，而明華園的陳勝國先生也有許多不謀而合的理念，新和興的江清柳先生在學者指導下，也有所實踐。

我所謂的「精緻歌仔戲」是彰顯歌仔戲成熟以後所有的傳統和鄉土的美質，自然的融入當前藝術的思想理念和技法，並切實的調適於現代化劇場，與之相得益彰，能愉悅煥發台灣人民心靈的地方戲曲，這種台灣的「地方戲曲」，也將是台灣的代表劇種，可以作「文化輸出」，可以並立於世界劇壇而毫無愧色。然而歌仔戲畢竟是傳統的鄉土劇種，具有歷史性的利弊得失，為「精緻歌仔戲」設想，必須對此先有一番認識和了解。

個人以為中國戲曲是以詩歌為本質，密切融合音樂和舞蹈，加上雜技，而以講唱的叙述方式，通過演員妝扮，運用代言體，在狹隘的舞台上搬演故事，所表現出來的綜合文學和藝術。因此，其表現方式乃在程式規範的基礎下，可以歸納為叙述性、虛擬象徵性、誇張性和疏離性等四種特質，而以叙述性和虛擬象徵性為主要。因為中國戲曲的表現不是寫實的而是虛擬象徵的，所以要借助誇張性和疏離性來豐富和幫助觀衆的想像力和領悟力；因此能憑藉排場的變換，呈現萬事萬物和無限時空的流轉。又因為中國戲曲受到講唱文學和藝術的影響頗深，所以其題材，很少跳出歷史和傳說故事的範圍、劇作者很少專為戲曲而憑空杜撰、獨運機杼，甚至於同一故事、作而又作，不惜蹈襲前人，加上明代以後，在政府禁令與嚴刑之餘，戲曲成為「寓教於樂」的工具，於是其表現的內涵，大抵不過是一些傳統的宗教信仰和儒家思想；而情節的推動既在代言叙述，自然止於延展而無法逆轉與懸宕，欲使結構謹嚴、埋伏照映、針線細密，而不流於刻板呆滯、冗煩拖沓者幾希。但是也由於講唱文學和藝術的特性，在語言方面就產生無所不用其極的多樣性和生動性，可以肖似各色人物的口吻；在音樂方面就形成兼容並蓄的豐富性和感染性，可以傳達諸般心境的情感。

由以上可見，中國戲曲在文學上是詩歌的一環，其高雅者可與唐詩宋詞並觀，其俚俗者亦不失漢魏樂府流亞；在藝術上雖自成體系，但不免利弊相生。其可取者首在虛擬象徵的表現方式促使時空的自由流轉，次在語言的多樣性生動性、音樂的豐富性感染性；其弊病者首在主題思想的庸俗淺陋使人了無餘味，次在結構鬆散、排場蹈襲、節奏緩慢使人不耐終場。

明白了中國戲曲的利弊得失，那麼我們對於「精緻歌仔戲」經由實驗的建立，自然要彰顯其固有「利益」一面的特質，同時要避免其原本「弊害」一面的累贅，對於「弊害」一面，務必加以改良乃至重新塑造；對於「利益」一面，也要適度強化乃至累積凸顯；而其「改良」與「強化」的不二法門，則是正確的運用現代戲劇理念和妥貼的調適現代劇場設施。據我所知，河洛、明華園和新和興在這方面已經有可觀的成績。

## (二)「白蛇」、「濟公」、「天鵝宴」菁華再現

新和興的「白蛇傳」，將原本極爲冗長的情節，濃縮爲兩小時，使韻律明快，排場流轉自如，更能配置豐富的曲調唱腔，使觀衆心靈絲絲緊扣；尤其主題鮮明，使人們了悟精誠所至，何

分物我；人物塑造成功，使人們對於白娘子的堅貞美麗，爲情爲愛奮鬥犧牲，執著一往而無悔的情操，致以感嘆同情和欽敬。也因此，每次演出都能博得感動的淚水。

明華園的「濟公活佛」，雖假藉「濟公」之名，其實一關一目與思想情感，皆編導陳勝國一人所獨運。其所講究的眞摯之情，既已超越古今所執著的時空生死，進而突破物我，傳達了無限的堅忍與犧牲，較諸「白蛇傳」實有過之而無不及；尤其濟公緣情所持之理與洞賓論法所執之理，於上天入地又復人間鬥爭不休之際，狐精與閨秀已經由寒窗苦讀、狀元及第而洞房花燭矣。眞個干卿底事！眞個天下本無事，庸人自擾之！自擾之不足，復擾盡天下人，其主題思想之耐人品味，實出流輩遠甚。又其「逐鹿天下」一劇，亦復別出心裁，以項羽爲雉尾生，以劉邦爲小丑，剪取歷史故實爲主軸，巧設愛恨情仇爲渲染；而從氣蓋山河的浩潮壯魄中，傳達歷史的深刻省思：「五載瀝盡壯士血，一朝成就帝王功。帝王功，成敗英雄。英雄有成敗，誰是眞英雄？」而其關目之警策靈動每每出人意表，結構排場之新穎緊湊，往往教人賞心悅目，也就是難得的成就。

河洛的「曲判記」演出之後，佳評如潮，葉慶炳、魏子雲兩位教授著文推介，極嘆賞其主題在「情理法」之際，也教人費盡心思，難於論斷其間之善惡是非。而其情節緊湊和演技精湛更令人嘉許。其後的「天鵝宴」，則百尺竿頭更進了一步，無論主題思想、結構排場、人物塑造、曲詞賓白、音樂唱腔，乃至於服裝道具、燈光布景都有明顯的提升。劇中假藉唐太宗宮中醉太平，喜頌好諛而衍生的官場醜態，在滑稽詼諧中極盡諷刺之能事；而對於崇法務實卻遭遇諸多磨難的良吏，也致以無限的悲憫。全劇在上下自欺欺人的詭譎笑聲中，活現了一幅現世百官圖。劉鐘元先生在此劇中可謂卯足全力，集合一流的編導和演員製作演出，連民歌手出身的新科立委邱垂貞也請來擔任幕後主唱。也因此，「天鵝宴」一劇最能體現劉先生「精緻歌仔戲」的面貌。

## ㈢精緻歌仔戲的六大訴求

以上諸家所作的努力和所獲得的成果，儘管有的未揭櫫「精緻歌仔戲」的名號，但無論如何都在同心使歌仔戲「精緻化」。歸納他們所注意的方向或多或少，應當有以下幾點：

其一，講求深刻不俗的主題思想。這方面諸家的成績都有可觀，這也是歌仔戲之所以「精緻化」的第一訴求，爲此頗能滿足現代人觀劇的心理。只是不可諱言的是目前傑出的歌仔戲編劇家爲數不多，機杼獨運的更是寥寥。如果但憑改編傳統舊本或其他劇種的優秀劇本，恐怕也不是長久之計。對此應當要留意改善。

其二，情節安排緊湊明快。這是「精緻化」的第二訴求。往年常見的冗長的幕前過脈戲，諸家已減到最低的程度，而能血脈關連，針線細密，架構完整。可見在這方面的用心。

其三，排場醒目可觀。這方面諸家的追求顯得過分了些。從前「內台戲」機關布景運用已經炫眼奪目，現在劇場設備日趨完善，於是聲光電化更富麗堂皇。如此一來，必然減損演員做表虛擬象徵的藝術特質；有時也因爲舞台裝置的過分繁複而影響排場時空流轉的自如。所謂「過猶不及」正是如此，倘若能夠在充分發揮劇場功能的前提下，使布景和舞台裝置虛實相濟，以簡御繁，既能妝點排場，又能不妨礙表演，而且可以省下許多製作費，豈不是一舉三得的事！

其四，語言肖似口脗機趣橫生。所謂「肖似口脗」是「生旦有生旦之曲，淨丑有淨丑之腔」。這方面諸家都努力要達成，但除河洛「天鵝宴」外，效果均未盡理想。大抵未能充分運用閩南語的俗語、諺語、成語等豐富多樣性的詞彙來描摹人情，但若較諸電視歌仔戲往往直譯國語唱詞爲閩南語，那就要自然得多了。

其五，音樂曲調的多元豐富性。這方面雖不免因推動劇情，有的尙會有白多曲少的情況發生，但大體都已注意到充分歌唱，使「歌仔戲」名副其實。只是曲調的選擇，首重聲情詞情的相得益彰，而非不明曲調性格即生硬套用，這點雖然不容易，但非做得完好不可。

其六，演員技藝的精湛與學養的修爲。我常說一個成功的中國戲曲演員，必須集戲曲家、舞蹈家、歌唱家於一身，如此方能深切體會曲詞的意義情境，透過肢體語言和音樂旋律的詮釋與襯托，同時淋漓盡致的將思想、情感表現出來。目前諸家對於演員的選拔與培育，如孫翠鳳、唐美雲、江玉梅及一些名牌老藝人雖然都有絕對崇高的成就，但是如欲使歌仔戲的「精緻化」完全無憾，實在尙有可修爲的餘地。因爲中國戲曲藝術演進的結果，就是演員爲中心的劇場，一齣戲是否成功和演員的藝術造詣有密切的關係。

以上六點雖然諸家尚有未盡完到之處，但既已用心努力從事，相信必有圓滿的一天，那時所謂「精緻歌仔戲」，就眞的成立了。而令我感到高興的是，諸家從事的方向，果然都能將中國戲曲的傳統特質去蕪存菁，而且有所改良和發揮。只是我在這裡要特別提醒和補充的是，不要忘記歌仔戲即使「精緻化」也要充分展現它的鄉土性格，因此語言和音樂方面要格外充實的展現其共鳴的感染力；而如果在身段方面也能夠多從傳統戲曲如梨園戲、崑劇乃至於現代舞蹈汲取滋養，那麼必然更加細膩耐於觀賞，也更加合乎「精緻」的實質意義。當然「踏謠調弄」也要適度的保留穿插，用來維繫它原本傳達的鄉土情懷。這中間的調適，應當是不難的。近年來，河洛、明華園和新和興對於「精緻歌仔戲」都繼續鍥而不捨的在努力之中。明華園又陸續推出「蓬萊大仙」、「紅塵菩提」和「界牌關傳說」，河洛也推出「殺豬狀元」、「鳳凰蛋」和「浮沈紗帽」，楊麗花近日亦將推出「雙槍陸文龍」。他們倘能互切互磋，集合同志，相攜並舉，爲共同的理念而努力，相信所從事的「精緻歌仔戲」必然會有完全融入並豐富現代人生活的一天。

## 三　當前歌仔戲的因應之道

由以上對於台灣歌仔戲近況的說明，我們可說一則以喜一則以憂，喜的是「精緻歌仔戲」已展現光明的前景，憂的是宜蘭的文化瑰寶逐漸凋零，而大部分野台歌仔戲頹廢不堪。面對著今日歌仔戲的這種局面，我們應當有一分深切的省思。首先我們應當要了解藝術文化是與時推進的，藝術文化的內涵和形式也是與時而轉變的；也因此面對著今日老歌仔戲的凋零和野台歌仔戲頹廢，我們基本上無須傷感。但我們必須要認識的是有形文化容易保存，無形文化容易消失；消失之後的「藝能」將永難再現人間，而我們有爲子孫後代保存「文化資產」的義務和責任；因爲這些作爲文化資產的「藝能」曾在往日的歲月裡與先民的生活息息相關，我們保存它，維繫它於一線不墜，就是爲我們子孫後代留下了活生生的「文化標本」。

基於這樣的理念，那麼我們對於殘餘的「老歌仔戲」和頹廢的「野台歌仔戲」就應當作這樣的因應之道：將老歌仔戲納入「民俗技藝園」，將野台歌仔戲整頓爲「宜蘭縣歌仔戲團」。

「民俗技藝園」是筆者爲高雄市主持規畫用來展演民俗技藝、占地十六公頃的一個園地。在園裡，擅長各種工藝絕活的藝人，將他們製作藝品的過程，鉅細靡遺的呈現出來；而各種藝能則定時輪番，將自家最本然的面目，毫不假修飾的呈現出來。那麼我們的國民，對於傳統的民俗技藝，或者要認識，或者要重溫，或者要反省，或者要學習，只要踏入園裡，便隨時可以耳濡目染，便隨地可以得所欲得；而外國觀光客也可以從中了解眞正的中國；也就是說，這樣的「民俗技藝園」，即是活生生的民俗藝術文化的殿堂。在殿堂裡的藝人，給予豐厚的報酬和崇高的地位，以期他們所擅長的技藝，能夠由收徒授藝而原原本本的傳遞下來。在宜蘭的「歌仔陣」、「落地掃」和「老歌仔戲」不止戲老，藝人也同樣的老，也就是說「老歌仔戲」等的衰微的情況眞是已到了「不絕如縷」的程度，如果我們不緊急的做維護保存的工作，任其自生自滅，那麼恐怕不出十年，我們就再也看不到歌仔戲的「本來面目」了。因此，救急之方，宜蘭縣文化中心就應當妥善的照顧他們，使他們尚能安於他們的「絕活」，而一旦「高雄民俗技藝園」或「東北部民俗技藝園」成立，則當優先納入園中，在園裡的劇場作長年性的演出，在園裡的「技藝傳習所」授徒以培養新秀。如此一來，「老歌仔戲」等就可以在這「永久性的動態文化櫥窗」裡，做一個活生生的「文化標本」了。

其次「野台歌仔戲」儘管頹廢，而尙有兩三百團，其中當不乏演藝出色的人。譬如一九八六年由我製作的「民間劇場」，就曾委託當年紅透半天的名旦廖瓊枝女士設計「歌仔戲名角聯演」，結果使台北市的青年公園擁擠不堪。因爲「名角」的演藝，豈是一般所能望其項背的；而把他們由各戲班中選擇出來加以聯合，自然可以把歌仔戲的「舞臺藝術」完全發揮出來。因此像歌仔戲的故鄉宜蘭，主持教育文化的教育局和文化中心，就有義務和責任做這樣的事：成立「宜蘭縣歌仔戲團」，網羅國內歌仔戲菁英做爲團員，聘請歌仔戲前輩名角做爲教師，劇本由劇作家編寫，劇場由專業人員掌理；可以在縣內文化中心演出，可以巡迴各文化中心示範，可以進入國家劇院，可以宣慰海外僑胞，可以作文化之輸出；若此則不正可以保存歌仔戲昌盛時期的「舞台藝術」，甚至於可以提升其水準，可以開創其前途。而成立「宜蘭縣歌仔戲團」的這個構想，我早在一九八六年四月一日就假《臺灣日報》副刊著文呼籲，很高興的是宜蘭果然在兩年前成立了縣立的「蘭陽歌劇團」，對於游錫堃縣長的高瞻遠矚和擔當魄力，本人謹此致以萬分的敬意。

此外有關對當前歌仔戲的因應之道，值得說的是：在近年本土意識高漲的情勢之下，教育部也在國立復興劇校設立歌仔戲科，以培養後進，年來已稍著成績，今年八月在國家劇院師生聯演了新編的「什細記」用來展現教學成果，深獲各界的好評。

而本人所參與的中華民俗藝術基金會更有感於歌仔戲劇本蒐集整理的重要性，承行政院文建會的策畫和資助，兩年來，除台灣省地方戲劇協會和台北市地方戲劇協進會所編印的劇本外，已蒐集整理刊印一百五十種劇本，分老歌仔戲、舞台歌仔戲、廣播歌仔戲、電視歌仔戲四大類。

老歌仔戲演出劇目有限，僅「陳三五娘」（陳三磨鏡、益春留傘）、「呂蒙正」（千金小姐抛繡珠）、「什細記」、「山伯英台」等四種。

舞台歌仔戲指歌仔戲形成大戲之後，在內台及外台（野台）演出者。拱樂社留下一批內台戲劇本，目前收藏在國家電影資料館，不允外借，以故未能納入；而如上文所云，野台戲慣演幕表活戲，乃將其實況錄音，再逐字逐句以劇本形式記錄下來。這項工作很辛苦，我們一共做了四十種。

廣播歌仔戲係電台和唱片公司所錄製。據參與過的老藝人說，錄音時和舞台演活戲一般，不使用劇本。因此我們從所蒐集的廣播錄音帶或唱片，也將之逐句的整理爲劇本形式。這類我們做了九種。

此外電視歌仔戲劇本和近年創作的舞台歌仔戲劇本蒐集整理比較容易，前者我們做了二十二種，後者做了七十五種。

筆者相信，中華民俗藝術基金會所蒐集整理的這一百五十種歌仔戲劇本，不止是歌仔戲的寶庫，也是俗文學和民間藝術的重要資料。劇團利用它們，可以搬演戲曲，可以改編或創作更好的劇本；學者運用它們，可以作出良好的研究成績。相信歌仔戲的學術和文化藝術價值，將更爲彰明較著。

至於歌仔戲的研究，更是發掘肯定歌仔戲藝術文化價值和歷史地位的不二法門。目前爲止，已有可觀的成績。茲就個人所知見，依其先後，列目如下：

1.《台灣電影戲劇史》　呂訴上　一九六一年九月　銀華出版部
2.《台灣歌仔戲研究》　施淑青　一九七六年　中山學術文化集刊第十八集
3.《台灣歌仔戲音樂》　張炫文　一九八二年　百科文化公司
4.《歌仔戲唱腔曲調的研究》　劉安琪　一九八三年　師大音研所碩士論文
5.《七字調的音樂研究》　張炫文　一九八五年　樂韻出版社
6.《台灣歌仔戲唱曲來源的分類研究》　徐麗紗　一九八七年　師大音研所碩士論文　一九九一年　學藝出版社出版
7.《歌仔戲劇團結構與經營之研究》　黃秀錦　一九八七年　文大藝研所碩士論文

8.《本地歌仔子弟班調查報告》　邱寶珠　一九八七年　宜蘭縣政府《台灣戲劇中心規畫報告書》

9.《電視歌仔戲研究》　林瑋儀　一九八七年　宜蘭縣政府《台灣戲劇中心規畫報告書》

10.《台灣歌仔戲的發展與變遷》　曾永義　一九八七年八月在香港中大「第四屆香港國際比較文學會議」發表　一九八八年由聯經出版事業公司出版

11.《台灣歌仔戲的演變過程》　陳秀娟　一九八七年　台大人類學研究所碩士論文

12.《由拱樂社看台灣歌仔戲之發展與轉型》　劉南芳　一九八八年　東吳中研所碩士論文

13.《扮仙與作戲》　王嵩山　一九八八年　稻鄉出版社

14.《野台鑼鼓》　陳健銘　一九八九年　稻香出版社

15.《日治時期台灣戲劇之研究》　邱坤良　一九九二年　自立晚報社

16.《論歌仔戲唱腔即興方式之應用》　莊桂櫻　一九九三年　文大藝研所碩士論文。

17.《宜蘭本地歌仔之研究》　林素春　一九九四年　文大藝研所碩士論文

18.《野台歌仔戲演出風格之研究》　黃雅蓉　一九九五年　文大藝研所碩士論文

其他散見報章雜誌者一定不少，或爲筆者一時失察的專著也必然還有。但據此已可見學者對於歌仔戲的研究，已注意其尋根探源、發展演變、類型特色、樂曲唱腔分析、劇團組織與經營，乃至於從文化人類學之角度予以觀察。其間可喜的是不少研究用作碩士論文，就筆者所指導者而言，有黃秀錦、劉南芳、莊桂櫻和林素春等四篇。而筆者相信，歌仔戲研究將越來越著成績，尤其經中華民俗藝術基金會蒐集整理的劇本資料公之於世之後，當會有更多的創發。

## 結語

近二年來，本土意識逐漸覺醒，解嚴以後更是高漲。有心人士於歌仔戲或作維護保存，或作藝術提升，政府亦頗能鼓勵與配合。但欲作適切的維護保存或積極的開創發揚，都必須對歌仔戲的近況先有全面的了解，然後才有正確的因應之道。

從上文的論述我們知道：歌仔戲就其發展史而言有九個類型，即歌仔陣、落地掃、老歌仔戲、野台歌仔戲、內台歌仔戲、大型歌仔戲、廣播歌仔戲、電影歌仔戲、電視歌仔戲，後三種其實是歌仔戲的蛻變轉型，本身不能算是純粹的「戲曲」；前三種是歌仔戲的原始形態，具有極其崇高貴重的歷史地位和藝術價值，現仍存在於歌仔戲的故鄉宜蘭，只是藝人老邁不堪，逐漸在凋零之中，爲今之計，當積極從事薪傳工作，使之繫一線於不墜，納入於將來成立之「民俗技藝園」，作經常展現的「動態文化標本」。而台灣目前登記有案的兩三百個歌仔戲劇團，絕大多數係依存於廟會祭祀的酬神演戲之中，由於其他娛樂媒體，諸如布袋戲、歌舞團、野台電影的競爭，演出機會減少、戲金微薄、導致自尊心和敬業精神喪失，顯得頹廢異常，觀衆亦流失殆盡。

長年以來，惡性循環，積重難返，殆已無挽救之道；不得已當由有司聚其菁英，組織公立劇團，重新切磋技藝、努力於薪傳，庶幾再現內台歌仔戲昔日的風華，而今既已成立「蘭陽歌劇團」，倘富於歌仔戲團的縣市，如台北、桃園、台中、嘉義、高雄等，也能踵繼前修，那麼相信有朝一日異花奇葩，必能布芳競艷。

至於遊走於內外台，偶然逞技於國家藝術殿堂的少數劇團，如河洛、明華園、新和興等，則當繼續努力從事「精緻歌仔戲」的完成。雖然其道多艱，譬如河洛不作野台搬演，但卻精益求精，以致入不敷出，每每力不從心。但無論如何，其道已開，「精緻歌仔戲」已獲得廣大的認同和迴響，執此以往，必有重新融入和豐富現代人生活的一天。

於今亦復可喜的是，不止電視紅星楊麗花、葉青的劇團曾赴美演出，即新和興一九九三年亦曾巡迴美國演出，今年又復巡迴美加演出；明華園一九九四年也到過日本、東南亞，今年更遠征法國；河洛一九九三年公演於紐約，今年又將往荷蘭、紐澳、南美作文化輸出。筆者在一九八七年六月三日《聯合副刊》中曾發表〈以民族藝術作文化輸出〉一文，其中有云：

> 民族藝術由於有悠久的歷史傳承，與全民的生活息息相關，所以最具民族文化的氣息和色彩，它可以說是民族精神、思想、情感最具體的表現。我們如果從中擇菁取華，有計畫地作國際性的文化輸出，相信比起任何政治宣傳、商品推銷，乃至影歌星作秀，都要獲致更為根深柢固的情誼。這分情誼的日積月累，逐年廣布，無形中就可以美化民族形象，提高

國家地位。

而就歌仔戲而言，不止是民族藝術重要的一環，更是台灣本土藝術的代表，倘能使歌仔戲完全調適現代化劇場，又能充分保持鄉土的性格，從而擇取菁華，有計畫的作國際性的文化輸出，相信也必能達成美化民族形象和提高國家地位的目的和功能。而據我所知，明華園、河洛、新和興，皆已有良好的表現，不止蜚聲國際，也為歌仔戲開出一條邁出本土的路途。

而從事研究的學者，如果能夠從各種角度各種層面來探討歌仔戲的文化和藝術特質，並從而回饋歌仔戲的維護保存和發揚，那麼對歌仔戲而言，也必將有使之永存和催化的方法與作用；而我既身為學者，敢不身體力行。

**校後記：**

有關歌仔戲之淵源形成，發展變遷及其傳入廈門，流播漳泉等問題，此次「海峽兩岸歌仔戲學術研討會」，也有幾篇文章討論到，個人以為陳耕先生〈閩南歌仔戲早期歷史中兩個有爭議的問題〉一文，其結論是可取的，他說：

1. 關於歌仔戲傳入閩南的時間、地點、人物。最新的調查再次證明，台灣歌仔戲至遲在一九一八年就開始傳入閩南。最早的傳入地是廈門。最早的傳人是一些佚名的藝人。他們或者在廟宇前的野台演出，或者組織歌仔館傳唱。迄今，唯一知名的是歌仔戲琴師王銀河。在其之後，大約在一九二五年前後開始從事這項工作，並卓有貢獻的則有戴水寶、溫紅涂等人。

2.關於歌仔戲在閩南傳播的過程。歌仔戲在閩南的傳播，由廈門而漳泉，由市鎭而村莊，乃至山地，由看戲而學唱，由歌仔館而子弟班、戲仔班，最後傳播整個閩南，絕非在一年半載之功，也絕非僅僅依靠某個戲班或某個藝人一次性完成。而是在相當一段時間裡，大致是從一九一八年至一九三二年這一時期，由衆多的台灣藝人和戲班分別傳入，再加上閩南的戲班和藝人共同努力，經歷了播種、萌芽、擴散三個階段，大約十數年的時間。

本文述歌仔戲「小史」謂民國十四年才傳入廈門，乃根據舊說，當就陳文改正。

其次，有關當前歌仔戲的因應之道，由於這次「海峽兩岸歌仔戲學術研討會」和「海峽兩岸歌仔戲聯合實驗劇展」，本人有幸主其事，因而別有感悟：積極透過兩岸學者的研討可以集中智慧爲歌仔戲的前途指出向上之路；實際聯合兩岸舞台工作者砥礪切磋，可以相互汲取所長爲歌仔戲的藝術提高水準；而今已開其端，已見成果，倘能執此以往，同心加力以赴，相信兩岸的歌仔戲必能綻開令人刮目相看的奇花異葩。

（原載一九九六年六月《海峽兩岸歌仔戲學術研討會論文集》）

# 論說戲曲

2022年12月二版　定價：新臺幣480元


著　者　曾永義
責任編輯　吳興文

出版者　聯經出版事業股份有限公司
地址　新北市汐止區大同路一段369號1樓
叢書主編電話　(02)86925588轉5305
台北聯經書房　台北市新生南路三段94號
電話　(02)23620308
台中辦事處　(04)22312023
台中電子信箱　e-mail:linking2@ms42.hinet.net
郵政劃撥帳戶第0100559-3號
郵撥電話　(02)23620308
印刷者　世和印製企業有限公司
總經銷　聯合發行股份有限公司
發行所　新北市新店區寶橋路235巷6弄6號2F
電話　(02)29178022

副總編輯　陳逸華
總編輯　涂豐恩
總經理　陳芝宇
社長　羅國俊
發行人　林載爵

行政院新聞局出版事業登記證局版臺業字第0130號

本書如有缺頁，破損，倒裝請寄回台北聯經書房更換。　ISBN 978-957-08-6659-9 (平裝)
聯經網址 http://www.linkingbooks.com.tw
電子信箱 e-mail:linking@udngroup.com

國家圖書館出版品預行編目資料

論說戲曲 / 曾永義著．二版．新北市．聯經．2022.12．
352面．14.8×21公分．
ISBN 978-957-08-6659-9（平裝）
[2022年12月二版]

1. CST: 中國戲劇　2. CST: 戲曲評論

824.8　111019128